KB046450

다원영의
악의기원

1

박 지 리
장 편 소 설

욜로욜로

차례

프라임스쿨

옛 수도원 건물을 기반으로 재건축한 프라임스쿨 교정 한가운데에는 위엄 어린 양식의 종탑이 하나 서 있는데, 뿌리를 잊지 않으려는 학교 정책의 일환에서인지 수도원의 색채가 많이 지워진 오늘날에도 기상 시간과 취침 시간이 되면 종지기가 직접 탑으로 올라가 종을 친다.

취침 종이 울리면 말소리가 잦아들고 기숙사 불이 하나둘 꺼지는 게 프라임스쿨의 일반적인 취침 풍경이지만, 이례적으로 매월 둘째 주 금요일 밤에는 종소리를 무시한 채 늦게까지 소란이 이어지곤 한다. 평상시라면 당연히 지도에 나섰을 사감 선생들도 이날만큼은 자잘한 소음과 이동을 암묵적으로 용인하고 때론 격려까지 해 준다. 집으로의 복귀를 하룻밤 앞둔 학생들이 갖는 흥분을 충분히 이해하기 때문이다.

이른바 '프라임 보이'라고 일컫는 프라임스쿨 학생들은 한 달에 한 번, 둘째 주 토요일 아침에 집으로 가서 가족과 시간을 보낸 뒤 월요일 아침에 다시 학교로 돌아오도록 돼 있다. 설립 당시 교칙의 상당 부분을 그대로 이어 가고 있는 보수적인 교풍을 뚫고 근래에 새로이 제정된 이 교칙은 인성이 형성되는 시기의 어린 학생들이 가정생활에서 완전히 유리되는 것을 막기 위한 뒤늦은 처방이었다.

이 개혁적인 교칙이 생기기 전까지 학생들은 6년의 교육과정 중 오로지 한 학년이 끝나는 겨울방학에만 집으로 돌아갈 수 있었다. 엄격한 규율과 정해진 일과에서 벗어나 드디어 개인적인 시간을 갖게 된 학생들은 여행 준비를 하듯 설레는 마음으로 밤새 짐을 꾸렸다.

그러나 학교에서 품었던 기대와 달리 막상 집에 돌아온 프라임 보이들은 가정생활의 여러 부분과 충돌했다. 프라임스쿨의 식당에 비해 터무니없이 작은 식탁에 앉아 마주 본 부모는 어딘가 모르게 왜소하게 느껴졌고, 대중문화와 동떨어진 탓에 형제들과도 관심 있는 공통 화제를 찾을 수가 없었다. 평범한 학생들처럼 스케이트장에 가거나 시시한 카드놀이를 하면서 온종일을 보내는 것도 너무나 큰 손실로 여겨졌다. 가족과 보내는 날들이 길어질수록 가정생활에 스며들기는커녕 혼자가 된 것 같은 이질감만 더 커져

갔다.

점차 그들은 가족과 시간을 보내는 대신 혼자 산책을 하거나 방문을 닫은 채 프라임스쿨 도서관에서 빌려 온 책을 읽는 것으로 그 이질감을 달랬다. 온 가족이 함께 놀러 가는 날에도 공부를 핑계로 혼자만 집에 머물러 있곤 했다. 그런 날엔 방문 날짜를 잘못 맞춘 손님처럼 빈집을 서성이다가, 자기가 없는 동안 벽에 바뀌어 걸린 새 그림을 오래도록 바라보았다. 자신과 그림 중 어느 쪽이 이 집에서 더 낯선 존재인지 묻는 이방인의 눈동자로. 방학 막바지에 다다라서는 수준 낮은 질문을 하는 형제들을 의도치 않게 무시하는 바람에 싸움이 일어나기도 했고, 중재에 나선 부모에게 아이답지 않은 권위적인 모습을 보임으로써 당혹감을 넘어선 모멸감을 주기까지 했다.

그렇게 그들은 겨우내 가정 안에서 겉돈 채 지내다 새 학년이 시작되는 2월이 되면 하숙 생활을 끝낸 양 가뿐히 짐을 꾸려 프라임스쿨로 돌아왔다. 물론 학교에 와서는 다시 집을 그리워했다. 부모 형제와의 서먹한 감정은 스스로 생각해도 이상한 것이었다. 새로운 사람을 사귀지 못하고 자유를 맘껏 누리지 못한 것에 대한 후회도 뒤늦게 밀려왔다. 그러나 프라임스쿨의 과중한 학업 일정은 결코 아이들이 향수병에 오래 취해 있도록 내버려 두지 않았다. 자신이 가야 할 길을 잘 아는 학생들 역시 금세 그리움을 떨쳐 내고 새로운 지식을 배우는 데 몰두했다. 그러다 보면 금방 봄이 찾아왔고, 가족을 향한 그리움은 자연스레 '지난겨울의 것'으로 밀려나게 되었다.

학교를 향한 학생들의 이러한 높은 충성도는 프라임스쿨의 우월적이고 영예로운 지위가 자아를 막 형성하기 시작한 어린아이들을 짧은 시간 안에 매료시킨 데 그 뿌리가 있었다. 대학에 상응하는 최고 고등 교육기관으로 공인된 후 근 200년간 흔들림 없는 위상을 지켜 온 프라임스쿨의 설립 이념은 재능 있는 아이 한 명을 전인격적으로 교육해 미래에 만 명의 우두머리가 될 재목으로 길러 낸다는 것이었다. 그 목적을 달성하기 위해 프라임스쿨은 국가로부터 특권적인 지위를 부여받았고, 그 지위는 고스란히 학생들에게로 물려졌다. 신분 계급제가 폐지된 후에도 프라임 보이들의 위상만은 굳건했다. 물론 그 영광스러운 자리에 앉기 위해 먼저 치열한 경쟁을 펼쳐야 함은 당연한 일이었다.

1지구 소년들은 열세 살 겨울이 되면 이른 성인식을 치르듯 프라임스쿨 입학시험에 응시하는 것을 전통으로 삼는다. 최상위 지구에서 태어난 후계자들로서 자기가 가지고 태어난 그릇을 판정받기 위한 중간 의식을 치르는 것이다. '12월의 시험'이라고도 불리는 이 입학시험엔 단지 소년 한 명의 진학만이 아니라 소년이 소속된 가문 전체의 명예가 걸려 있기도 해 프라임스쿨 출신인 아버지나 할아버지가 일찍이 가정교사를 자처해 후손의 입성을 돕는 것도 드문 일이 아니었다.

표면적으로는 모든 지구의 소년들이 프라임스쿨 입학시험에 응시할 수 있었지만, 실제로는 1, 2, 3세 상위 지구 너머에서 온 지원자는 단 한 명도 없었다. 남부럽지 않은 부를 갖춘 2, 3지구 아이들마저도 웬만큼 자신이 있지 않고서는 쉽사리 출사표를 던지지 못했다. 프라임스쿨에 입학하기 위해서는 우수한 시험 성적뿐만 아니라 추천서나 면접, 가문의 내력 등이 다각도로 고려되는데, 이 각각의 요건에서 타 지구 소년들이 1지구 소년들보다 뛰어나기란 거의 불가능에 가까운 게 현실이었다. 오랜 세월을 거치며 프라임스쿨은 자연히 1지구의 유산으로 통용되었고, 간혹 운 좋게 기회를 얻은 2, 3지구 출신들은 학창 시절 내내 주변인으로 전락한 기분을 맛보아야 했다.

그러나 '예비 입학생'이라 여겨지는 1지구 소년들마저도 프라임스쿨 문 앞에선 다른 지구 소년들에 못지않은 패배감을 느낄 수밖에 없었다. 1지구의 열세 살 남아 수가 한 해 오만여 명인 것에 반해 프라임스쿨은 매년 단 이백 명의 신입생만 뽑게 돼 있기 때문이다. 시험에 떨어진 학생들은 어쩔 수 없이, 그 역시 명문이긴 하지만 프라임스쿨의 아성에는 한참 못 미치는, '일반 학교'에 가야 했고 그런 탈락자들은 학창 시절을 지나 성인이 돼서까지 열등감에 시달렸다. 2, 3지구 아이들은 출신의 한계를 변명으로 삼을 수 있기라도 하지만, 1지구 아이들은 오롯이 자신의 모자람을 탓할 수밖에 없었다.

이처럼 치열한 경쟁을 거쳐 입학 허가 통지서를 받은 이백 명의 아이들은 선택받은 자의 영광을 더 누리기 위해서라도 어느 한 가정의 일원보다는 프라임스쿨의 구성원으로서 인격과 정체성을 형성해 갔다.

열네 살에 입학해 스무 살 초반에 학교를 떠나기까지 프라임 보이들은 학업이 주는 고통과 기쁨을 함께 겪어 냈다. 학업의 이면에서는 서로의 사소한 버릇을 공부하듯 습득했고, 같은 것을 보고 동시에 웃고 동시에 슬퍼했다. 그런 감정의 동일화가 이루어지는 동안 그들의 말투와 몸에 밴 태도, 눈빛에서 풍기는 분위기도 점점 닮아 갔다. 이러한 나날이 셀 수 없이 반복된 결과, 졸업식 날의 소년은 6년 전 입학식 날의 소년과는 전혀 다른 인격체로 변화하게 되었다. 수련을 끝낸 프라임 보이의 탄생이었다.

그러나 그 변화가 모두에게 기쁨만을 주는 것은 아니있다. 프라임스쿨에 아들, 형제를 보낸 가족들은 졸업식 날, 아무나 오를 수 없는 영광의 제단 위에 우뚝 선 혈육을 자랑스러워하면서도 자신들과 공통점을 찾아볼 수 없는 한 어른을 마주하고는 놀라고 당황하여 선뜻 다가가기를 망설였다. 그는 가족과 있을 때보다 자기 동료들과 어깨를 나란히 하고 서 있을 때 훨씬 더 자연스러워 보였다.

예전엔 한 가족이 겪는 이러한 상실을 당연히 감수해야 할 일로 여겼다. 특별히 정결하게 태어난 자식을 신에게 바치는 것처럼, 우수하게 태어난 아들을 프라임스쿨이라는 위대한 교육기관에 보낸 이상 함께 생활하며 얻는 가정의 사소한 기쁨들은 마땅히 포기해야 하는 것으로 간주했다. 그러나 시대가 바뀌어 점차 가족의 가치가 대두되면서 가정에서는 아직 어린 아들을 명예로운 학교에 빼앗기는 것을 걱정했고, 학교에서는 학생들이 가정의 윤리를 갖추지 못한 결격 있는 성인이 되는 것을 우려하기 시작했다. 이들이 머지않아 가정을 이루어 남편이 되고 아버지가 되어야 할 것이라는 점을 생각하면 걱정은 더욱 깊어질 수밖에 없었다. 그리하여 10여 년 전 열린 프라임스쿨 위원회 정기 회의에서는 한 달에 한 번 학생들을 가정으로 돌려보내 가족의 전통을 습득하게 하자는 개혁적인 결정이 이루어졌다. 이후 학생들은 이전보다는 훨씬 편하게 가정과 학교생활 사이에서 균형을 잡을 수 있게 되었다.

집으로 돌아갈 날을 하루 앞둔 7월 둘째 주 금요일 밤, 동기숙사 3층 창가는 아직 불을 밝히고 있었다.

다원은 조금 전에 울린 취침 종소리에 계속 귀를 기울였다. 다른 때와 달리 오늘은 청동 종 소리의 여운을 조금 더 느끼고 싶었다. 멀어져 가는 아득한 종소리가 편지에 어울리는 문장을 찾는 데 도움을 줄지도 몰랐다. 훌륭한 시인들도 어쩌면 이렇게 사라져 가는 무언가를 붙잡으려 하다가 모두를 놀라게 하는 글귀와 맞닥뜨리는 것 아닐까…….

그러나 잃어버린 책을 찾아다니는 룸메이트 에단 때문에

방에 머무르고 있던 청동 종의 울림은 금세 흩뜨려지고 말았다.

"아무 데도 없어. 정말 완벽하게 사라져 버렸어. 분명히 이 층에 범인이 있는 것 같은데 말이야."

에단은 집으로 가져가야 하는 책이 보이지 않는다면서 옆방까지 돌아다니며 책의 행방을 묻고 있었다. 쉽게 찾을 수 있을 것 같지는 않았다. 책은 양말과 더불어 프라임스쿨에서 소유권을 주장하기 힘든 물품 중 하나이기 때문이다.

"개인은 정당한 값을 지불한 모든 물건에 소유권을 주장할 수 있다. 소유하고자 하는 욕망은 인간의 본능이므로 법이 그 본능을 엄격하고 체계적인 문구로 다스려 줄 때만이 구성원끼리 신뢰가 쌓이고 사회가 안정될 수 있다. 즉, 소유권이 확실한 사회는 신뢰할 수 있는 사회의 방증이기도 한 것이다."

지난 법학 시간에 교수가 개인의 소유권을 이렇게 설명했을 때, 주의를 끄는 목소리를 가진 누군가가 물었다.

"그 말은 곧 누구의 양말인지를 가지고 매일 다투는 우리 프라임스쿨은 확실한 권리 체계를 갖추지 못한, 신뢰할 수 없는 사회라고 해석해도 되는 겁니까?"

당돌한 질문은 양말을 잃어버린 적도, 훔쳐 본 적도 있는 수많은 피해자들과 가해자들의 웃음을 이끌어 냈다.

'엄숙한 성城'으로 알려진 프라임스쿨 안에서도 이런 식의 가벼운 조롱은 종종 일어났다. 주로 자유가 제한된 자신들의 처지를 자학하거나 학교의 폐쇄성을 비꼬는 내용이었다. 그러나 막상 그 모든 조롱의 가면을 벗겨 보면 놀라울 것도 없이 영광스러운 P 자 배지를 가슴에 달 때와 똑같은 자부심 어린 얼굴들이 숨어 있을 것이다. 권위적이고 특권적인 학교를 비웃음으로써 학생들은 더 권위적이고 특권적인 사람이 될 수 있었다.

다원은 재미있는 의견이라고 생각하며 뒤를 돌아 질문자의 얼굴을 확인했다. 얼굴은 익지만 개인적으로 이야기할 기회는 없었던 서기숙사 학생 레오 마샬이었다. 법학 수업을 제외하면 가끔 축구 클럽에서 마주치는 게 전부였다.

교수는 수업이 중단된 것에 불쾌한 표정을 지으며 말했다.

"실상이 그렇다면 양말의 소유권 강화 규칙을 하나 더 만들도록 교장 선생님과 위원회에 건의하마. 레오 마샬, 제보 고맙구나."

그 한마디로 분위기는 단숨에 역전되었다. 기숙사 학교에서 교칙이 하나 더 늘어나는 것만큼 괴로운 것은 없었다. 교수의 어조가 너무 진지한 바람에 교수 스스로 농담이라고 밝히기 전까지 강의실 대기엔 원망의 감정이 서려 있었다.

다원은 별 의미 없이 지나갔던 그날이 이렇게 다시 생생하게 기억나는 것에 흥미로운 기분이 들어, 늦긴 했지만 소유권 강화를 주장한 교수와는 다른 대안을 제시한다는 생각으로 말했다.

"프라임스쿨에선 책이 공공재라는 걸 받아들여. 그러면

잃어버린 게 아닌 게 되잖아."

"그냥 책이 아니라 할아버지 서재에서 빌려 온 초판본이
었단 말이야."

에단은 아쉬운 표정을 지으며 책상 가까이 다가왔다. 다
원은 쓰고 있던 편지지를 자연스럽게 뒤집어 품 가까이로
감추었다. 에단이 어깨 너머로 보며 물었다.

"그런데 넌 아까부터 뭘 쓰고 있는 거야?"

다원은 즉흥적으로 말을 만들어 냈다.

"별거 아냐. 그냥…… 집에서 가져올 물건 중에 빠뜨린
게 있는 것 같아서 적고 있었어."

에단은 같이 알아내 주겠다는 듯 생각에 잠기더니, 잠시
후 대단한 발견이라도 한 것처럼 목소리를 높였다.

"아, '오래된 것들' 행사에 낼 물건을 빠뜨린 거 아냐?"

편지를 쓰고 있다는 사실을 숨기려고 아무 핑계나 댄 것
이었는데, 그러고 보니 '오래된 것들' 행사를 까맣게 잊고
있었다. 에단이 말해 주지 않았다면 주말 동안 집에서 오래
된 물건을 찾아볼 생각도 못 했을 것이다. 다원은 "정확해."
라고 말하며 에단을 향해 주먹을 내밀었다. 에단은 주먹을
맞부딪치면서 "역시 좋은 룸메이트지?" 하며 의기양양해
했다.

잠시 뒤, 에단이 침대에 누워 완전히 자기 일에 몰입한 것
을 확인하고 다원은 뒤집었던 종이를 다시 바로 했다. 들키
고 싶지 않다는 생각 때문인지 자신이 하고 있는 일이 불순

하게 느껴졌다. 아니면 절대적으로 순수하길 바라는 열망이 너무 커 잠깐의 머뭇거림도 이물질처럼 느껴지는 것이거나. 다윈은 스탠드 불빛에 편지지를 비춰 보았다. 편지지에 남은 희미한 손자국이 혹시 지저분하게 보이지 않을까 염려스러웠다.

내가 너무 갑자기 편지를 줘서 놀란 건 아닌지.

매년 추도식에서 널 볼 때마다 말을 건네 보려 했는데 왜인지 계속 어긋나기만 해서 이렇게 시간을 허비할 바엔 편지를 쓰는 게 낫겠단 생각이 들었어. 이번에도 말을 걸지 못하면 또 1년을 기다려야 하니까.

책상에 앉은 지 한 시간이 지났지만 단어 하나하나가 가지는 느낌에 심혈을 기울인 탓에 편지는 아직 도입부도 벗어나지 못했다. 다윈은 예비 법학자가 되어 쓰는 논술 시험 답안보다 자신의 마음을 담은 작은 편지지 한 장을 채우는 것이 훨씬 더 어렵게 느껴졌다.

다윈은 외부인들이 프라임스쿨에 가지고 있는 편견이 어떤 것인지 알고 있었다. 사람들은 프라임 보이들이 표현할 수 있는 감정이란 이성의 수준에 한참을 못 미쳐 수학자나 법학자는 되겠지만 결코 시인은 될 수 없다고들 얘기했다. 그러나 다윈은 자신의 이성과 감정이 그 기울기가 느껴질 정도로 불균형을 이루는 것을 경험해 본 적은 없었다. 법학 시간만큼은 아니지만 작문 시간도 나름 즐거웠다. 하지만 오늘은 사람들의 편견을 수긍해야 할 것 같았다. 멋진 말로 편지지 한 줄을 채우는 게 이렇게 어려운 일인 줄 몰랐다. 하룻밤 새 모국어가 이제 겨우 철자만 뗀 외국어가 된 것 같았다.

다음 문장이 도무지 떠오르지 않자 다윈은 책상 벽에 붙여 놓은 외국어 동사 변화표를 걷어 그 안에 감추어 둔 사진을 바라보았다. 2년 전 체육대회 때 학교 행사를 기록하는 학생회 촬영팀에서 관중석을 찍은 사진인데, 운명적이게도 그 안에 루미가 있었다. 루미는 프리메라 여학교 교복을 입고 있어서 더 주목을 끌었다. 물론 루미라면 아무 옷이나 입고 군중들 사이에 섞여 있어도 가장 눈에 띌 테지만.

'넌 유일하고 특별해. 이제껏 이 지구에 한 번도 존재한 적 없었던 새로운 생명체처럼. 네 눈동자와 뺨, 입술, 어깨를 만들어 낸 능력자는 일생 동안 오로지 너 한 사람만 만들어 냈을 거야.'

혀끝에 맴도는 온갖 부끄러운 속삭임을 편지지에 그대로 옮길 수만 있다면 사진에서는 보이지 않는 루미의 팔과 다리, 영혼까지 칭송해 가며 주저 없이 편지지를 채울 수 있을 것 같았다. 다윈은 그 즉흥적인 감정에 휩싸여 '널 다시 만나기까지의 1년은 영원처럼 긴 시간이야.'라고 적었지만, 너무 갑작스러운 고백인 것 같아 흔적 없이 지워 버렸다. 아직은 마음을 온전히 고백할 수 없었다. 루미와는 어른들 틈에서 겨우 얼굴만 익힌 사이고, 최악의 경우엔 이미 남자 친구가 있을 수도 있었다. '루미 헌터의 남자 친구'라는 존재를 떠올리니, 다원은 그 힘에 자신이 지워져 버리는 기분이었다. 한 번도 느껴 본 적 없는 일방적인 패배감이었다. 다원은 부디 조이 아저씨가 딸의 이성 교제에 엄격하길 바라며 다시 펜을 들었다.

오래전부터 너와 친구가 되고 싶었어. 루미 너도 나와 같은 생각을 한 적이 있다면 오늘 밤 우리 집으로 전화해 줄래?
다시 한 번 제이 아저씨의 평안을 빌게. 아저씨의 추도식을 이용해 너에게 편지를 전해 주는 것이 예의에 어긋나는 일이라는 걱정도 들지만, 한편으론 우리가 친구가 된다면 하늘에 계신 아저씨도 기뻐하실 거라는 확신이 들어. 제이 아저씨는 우리를 만나게 해 준 분이니까.
내 편지가 불쾌했다면 그대로 버려도 좋아.

다원은 마지막 줄에 집 전화번호를 적는 것으로 편지를 정리했다. 버려도 좋다고 쓰긴 했지만, 막상 루미가 쓰레기통에 편지지를 버리는 상상을 하니, 막 출항한 배의 돛이 바람에 갈가리 찢기는 것을 바라보는 기분이 들었다. 그러나 다원은 비관적인 생각에 오래 짓눌려 있지 않기로 했다. 아무튼 내일은 집에 가는 날이고, 1년 만에 루미를 다시 만나는 날이었다.

성난 바람을 예고하는 별은 어디에도 보이지 않았다. 오히려 목적지로 정한 집의 전경과 루미의 얼굴이 더해지자, 성공적인 항해로 이끄는 기분 좋은 훈풍이 느껴졌다. 다윈은 먼저 잠이 든 에단을 따라 불을 끄고 침대로 들어갔다. 눈을 감자 사라졌던 종소리가 어둠 속에서 다시 길게 울려 퍼졌다.

넥타이

　　네온강이 내려다보이는 완만한 언덕을 따라 길게 내리뻗은 '호두나무 거리'는 1지구의 대표 고급 주택 지역 중 한 곳으로, 특히 정부 관료들이 많이 산다고 해 '두뇌'라는 별칭으로 불렸다. 이곳의 호두나무들은 집주인의 내력에 따라 각기 수명이 달라 아직 묘목에 불과한 것이 있는가 하면 수령을 추정하기 힘든 고목도 있었다. 하늘을 가릴 정도로 울창한 호두나무가 있는 집은 그것만으로도 자연스레 그 집의 주인들이 대대로 국가와 맺었던 관계를 연상시켜 사람들에게 경외심을 심어 주었다.

　관료들이 각자의 정원에 호두나무를 심는 전통은 국가가 오늘날과 같은 구조로 정비된 시대부터라고 전해진다. 많은 나무들 중 왜 하필 호두나무를 선택했는지는 뚜렷하게 밝혀진 것이 없지만, 목재와 열매가 두루 유용하게 쓰이는 호두나무의 특성이 효율성을 중시하는 관료들의 구미에 맞았을 거라는 가설과, 실리보다는 오히려 후손을 의미하는 호두 열매의 신화적 상징성이 건국 영웅들에게 더 큰 영감을 주었을 거라는 추측이 넝쿨처럼 얽혀 있었다. 사실이 무엇이든 간에 각각의 설명은 나름의 타당성을 지니고 있었고, 풍성한 이야기는 호두나무 거리의 전통을 더욱 깊게 해 주었다.

문화교육부 차관 니스 영의 2층 저택은 호두나무 거리의 경사로를 지나 언덕이 평지처럼 고른 곳에 자리 잡고 있었다. 외관의 장식을 최소화한 직선 구조와 통유리로 넓게 튼 2층 창이 이웃의 고풍스러운 저택에 비해 현대적인 분위기를 풍기지만, 주변의 분위기와 동떨어진 위화감을 줄 정도는 아니고, 다만 이 집의 주인은 젊은 관료이지 않을까 하는 기분 좋은 추측을 낳게 했다.

7월의 둘째 주 토요일, 니스는 오전에 청사로 가서 일을 처리한 뒤 약속 시간에 맞춰 세 시쯤 집으로 돌아왔다. 법적으로 마땅히 누려야 할 여가 시간이지만 2년 전 봄, 문교부 차관으로 임명된 뒤로 토요일은 국가에 반납한 것이나 마찬가지였다. 법정 근로 시간과 토요일 휴가는 실상 낮은 직급의 공무원들이나 누릴 수 있는 권리인 셈이었다. 그나마 다행인 건 싱글이라는 개인적 상황 덕에 배우자가 있는 남자였다면 가정보다 일을 우선시함으로써 아내에게 가졌을 일종의 죄책감에서 면제되었다는 것이다. 그러나 그것은 물론 남편의 역할만을 생각할 때 그런 것이고, 아버지라는 입장에서는 일 때문에 아들에게 더 많은 관심과 시간을 주지 못해 늘 미안했다. 비록 시간에 관해서는 프라임스쿨에 다니는 아들이 자신보다 더 인색한 환경에 놓여 있다고 할 수 있겠지만.

서로 간에 부족한 시간을 만회하기 위해 니스는 아들이 프라임스쿨에서 돌아오는 둘째 주 토요일만큼은 꼭 함께 시간을 보내려고 했다. 오늘도 외국에서 시차를 감안하지 않고 보낸 서류만 아니었다면 아들과 보내는 휴일의 반을 일에 할애하지는 않았을 것이다. 게다가 오늘은 제이의 서른 번째 추도식 날이기도 하니. 니스는 손목시계로 시간을 확인했다. 아마 지금쯤이면 케이터링 직원들이 추도식 준비를 시작했을 것이다.

집으로 들어서자 소파 근처에 누워 있던 벤이 열렬히 품 안으로 뛰어들어 왔다. 아들이 없을 때 집에서 이만한 애정을 주는 존재는 또 없으니, 벤도 자식이나 마찬가지였다. 니스는 "다윈이 집에 와서 흥분한 모양이구나."라고 말하며 벤의 머리를 쓰다듬었다. 뒤이어 나온 마리가 "이런, 차관님 양복이 다 망가지잖아." 꾸짖으며 벤을 떼어 냈다. 니스는 옷에 묻은 벤의 털을 가볍게 털어 내며 "다윈은?" 하고 물었다. 마리는 벤이 꼼짝 못 하도록 잡고서는 "추도식 갈 준비를 하는 것 같던데 부를까요?" 했다. 니스는 "아니, 나도 준비를 해야 하니까."라고 말하며 방으로 들어갔다.

가는 데 걸리는 시간을 감안하면 아직 한 시간 남짓 여유
가 있었다. 니스는 재킷에서부터 넥타이, 셔츠, 바지까지 모
두 벗고 화장실로 들어갔다. 추도식에도 어울리는 정장이
라 얼마든지 그 차림 그대로 가도 괜찮았고, 샤워를 해야 할
정도로 땀이 난 것도 아니었지만, 시간을 들여 깨끗이 몸을
닦아 냈다. 물론 아무리 물로 씻어 낸대도 깨끗한 기분이 들
지 않을 거라는 건 알았다. 제이의 집에 들어가기 전 몸에 밴
관청 냄새라도 지울 수 있으면 다행이었다.

샤워를 마친 니스는 늘 쓰는 가벼운 향의 향수를 뿌리고
새 옷으로 갈아입었다. 그런 뒤 머리를 손질하러 침대 옆에
세워져 있는 전신 거울 앞에 섰다. 거울 속에 말끔한 차림
의 한 남자가 서 있었다. 어디서 왔는지, 무엇을 하는지, 어
떤 기분인지 알 수 없는 낯선 남자였다. 다만 나이가 너무
들어 보였다. 거울에 부딪친 햇살에 니스는 찡그리듯 미소
를 지었다. 제이에 비하면 나이를 너무 많이 먹은 것은 사
실이었다.

"다 됐니? 이제 그만 나가 봐야 하는데."
네 시가 조금 못 돼 니스는 2층으로 올라가 아들의 방문
을 노크했다. 안에서 "들어오세요."라는 말소리가 들렸다.
문을 여니 다윈이 거울에 바짝 붙어 서서 넥타이를 매고 있
었다.

"아직도 다 안 입었어?"

다원이 거울 위로 탐구적인 눈빛을 빛내며 대답했다.

"넥타이가 제가 원하는 대로 잘 매어지지 않아서요."

니스는 "어디 보자." 하며 다원의 넥타이를 살피고는 "괜찮은데."라고 말했다. 그냥 하는 말이 아니라 실제로 흠잡을 데가 없었다. 매일 아침 스스로 프라임스쿨 교복을 단정히 차려입는 아이가 넥타이 하나 못 맬 리가 없었다. 그런데도 다원은 "아니에요. 보세요, 양쪽이 대칭이 아니잖아요."라고 말하며, 만족스럽지 않은 표정으로 다시 넥타이를 풀었다.

그 순간 거울 속에 다원과 자신의 모습이 함께 비치는 것을 본 니스는 자기도 모르게 입가에 미소를 지었다. 시간이란 때때로 이 거울과 같아서 현재 안에 늘 과거를 품고 있는 걸까. 중학교에 입학한 지 얼마 지나지 않은 일요일 아침, 벽장 거울 앞에 달라붙어 넥타이를 풀었다 맸다 하던 자신의 모습이 떠올랐다.

"예배에 지각을 하고 싶은 거냐? 대충 하고 어서 가자."

그때 자신 역시 뒤에 서서 재촉하는 아버지에게 "조금만요, 정확하게 대칭을 이뤄야 한단 말이에요."라며 고집을 피웠다. 어렸을 때의 자신은 대칭 같은 학문적 용어는 잘 쓸 줄도 모르고, 넥타이 따위의 형식적인 차림에도 아무 관심없는 좀 풀어진 성격이었는데, 이상하게 그날만은 다원처럼 비뚤어진 넥타이에 계속 신경이 쓰였다. 어쩌면 당시 마음에 품고 있었던 여자애와 교회에서 마주칠 것을 기대했기 때문인지도 몰랐다.

"아무리 해도 이상해요. 아버지가 대신 매 주시면 안 돼요?"

정말로 부탁을 하려던 건 아니었다. 소탈한 성격의 아버지가 평소에 넥타이를 잘 매지 않는다는 것은 자신이 가장 잘 알고 있었다. 다만 사업으로 늘 외국에 나가 있던 아버지가 짧은 일정으로 오랜만에 집에 온 터라 어리광을 부리고 싶은 마음에 한 말이었다.

그것도 모르고 아버지는 엄하게 훈계를 했다.

"넥타이 같은 거야 아무러면 어떠냐. 남자가 그런 사소한 거에 연연해하고……. 행여나 엄마에게 부탁할 생각은 마라. 자기가 할 수 있는 만큼만 하고 가면 되는 거야."

그날 거울에 비친 아버지의 얼굴과 귓가에 들린 아버지의 목소리가 바로 어제 일처럼 생생하게 떠올랐다. 비록 꾸중을 듣긴 했지만 그때는 아버지를 미워하지 않았다. 아버지 말대로 남자는 넥타이 따위의 사소한 것에 연연해서는 안 된다고 생각했다. 친구들 아버지와 달리 샌님이 아닌 아버지가 오히려 자랑스러웠다……. 그래, 그때는 아버지를 자랑스러워했다. 존경하고 사랑했다. 아버지를 미워하게 된 건 아버지가 넥타이를 고쳐 매 주지 않은 이유를 알게 된……. 아니지, 그보다는 그 이유를 감추기 위해 내가 했던…….

"아버지."

넋을 잃고 과거로 끌려가던 니스는 자신의 발걸음을 막아서는 목소리를 듣고 고개를 돌렸다. 넥타이를 새롭게 맨 다윈이 "이번 것도 마음에 안 들어요."라고 말하며 앞에 서 있었다. 갑자기 허물어진 시간의 경계 때문인지 순간 아들을 자기 자신으로 착각했던 니스는 곧 희미하게 들리는 시계 초침 소리에 정신을 차렸다.

"늘 잘하다가도 어느 날 이상하게 잘 매어지지 않는 날이 있지. 어디 한번 볼까?"

니스는 다윈의 목을 향해 손을 뻗었다. 사랑하는 아들을 위한 단순한 호의일 수도 있지만, 어쩌면 자기도 모르게 그 손짓 속에 아버지의 전철을 밟지 않겠다는 단호한 다짐을 실었는지도 모른다. 그날 아버지는 잘못 맨 넥타이를 바로 잡아 주지 않았지만, 자신은 아들이 애먹고 있는 문제를 기쁜 마음으로 해결해 줄 것이다. 교회 입구에 들어서기 전에 어머니가 다정한 말로 용기를 주며 넥타이를 손봐 주었던 것처럼.

니스는 다윈과 마주 보고 서서는 한쪽으로 미세하게 쏠려 있는 넥타이를 고쳐 주며 물었다.

"그런데 오늘따라 왜 이렇게 신경을 쓰는 거지?"

"격식을 차려야 하는 날이잖아요."

"하지만 작년까진 안 그랬던 것 같은데."

"그땐 열다섯 살이었고 이젠 열여섯 살이니까요."

다윈은 넥타이로는 부족한지 갑자기 "저도 향수를 뿌릴

까요?"라고 물었다. 니스는 겨우 한 살 더 먹어 놓고 어른인 척 구는 아들에게 웃음이 나왔다.

"뭐하러. 이런 거 없이도 좋은 향기가 나는데. 나이가 들면 싫어도 꼭 뿌려야 할 때가 올 거란다."

"그때가 되면 아버지가 쓰시는 걸 쓸래요."

"영광이지."

거울로 넥타이 상태를 확인한 다윈은 "완벽해요." 하며 만족스러운 웃음을 지었다. 그러고는 언제 넥타이와 씨름을 했느냐는 듯 "늦기 전에 어서 출발해요." 하며 밖으로 뛰어 내려갔다.

해맑은 다윈의 모습에 니스는 다시 웃음이 나왔다. 계단을 밟는 아들의 경쾌한 발소리가 잠자고 있던 집을 깨우는 것 같았다. 니스는 다윈을 따라 나가려고 문 쪽으로 몸을 틀었다. 그런데 그 순간 갑자기 꼼짝도 할 수 없게 침울한 기분이 몰려왔다.

넓게 창이 트인 다윈의 방은 1층보다 훨씬 많은 햇빛을 받아들이고 있었다. 창으로 쏟아지는 빛이 방 안 사물에 닿아 바닥 여기저기에 기하학적인 그림자가 생겨났다. 가장 밝은 빛 옆에서 가장 어두운 그늘이 만들어지는 것이 보였다. 빛과 어둠으로 고약하게 조각난 세계 같았다. 니스는 손바닥만 한 파편 위에 홀로 고립되어 서 있는 기분이 들었다. 어디로 발을 내디뎌야 할지 알 수 없었다. 그때 멀리서 다윈이 외치는 소리가 들렸다.

"아버지, 뭐 하세요? 어서요."

니스는 아들의 음성이 자신을 이끌어 주는 구조 신호인
양 갈피를 못 잡고 있던 걸음을 가까스로 한 발짝씩 옮겨 방
을 나갔다.

추도식

벽난로 앞에 세워진 제이 아저씨의 사진 앞에 꽃을 바치고 돌아오던 다윈은 거실 한쪽에서 추모객들이 나누는 속삭임을 듣고 그쪽으로 고개를 돌렸다. 이웃 주민으로 추측되는 중년 여자 셋이 무척이나 생기 넘치는 얼굴로 서로가 하고 온 액세서리를 칭찬하고 있었다. 그들뿐만이 아니었다. 거실과 복도, 식당 곳곳에서 훌륭한 미술품과 좋은 가전제품 이야기가 진지하게 오가고 있었다.

다윈은 그런 세속적인 대화가 불편해 추모객들이 나누는 말소리가 부디 헌터 노부부의 귀에 들리지 않기를 바랐지만, 그들을 마냥 비난할 수만도 없었다. 죽은 지 30년이 지난 사람의 추도식이라면 촛불을 흔들며 탄식하기보다는 그를 추억하는 사람들이 가볍게 술을 나누어 마시며 친목을 다지는 게 한편으로는 더 자연스러울 수도 있기 때문이었다. 자신 역시 이 추도식을 온전히 제이 아저씨만을 위한 시간이 아닌 루미와의 만남을 위한 기회로 삼고 있기는 마찬가지였다.

다원은 주변을 둘러보았다. 30년이 지난 지금까지 추도식의 경건함과 엄숙함을 고수하고 있는 사람은 제이 아저씨 가족 말고는 아버지 한 명뿐인 것 같았다.

"올해로 제이가 우리 곁을 떠난 지 30년이 흘렀습니다. 제가 그렇듯, 제이와 같은 나이였던 아이들은 모두 한 가정의 남편이자 아버지가 되었습니다. 그러나 저는 매년 이 자리에 서면 다시 열여섯 살로 되돌아가는 기분이 들곤 합니다. 실은 조금 전에 현관을 들어설 때도 마치 제이가 직접 문을 열어 주며 반갑게 맞이해 줄 것 같은 착각이 들었습니다. 아마도 제이의 흔적이 배어 있는 이 집을 30년 동안 변함없이 지키고 계시는 훌륭하고 사려 깊은 부모님 덕분이겠지요……. 비록 짧은 생을 살다 갔지만, 저에게 제이는 인생의 스승입니다. 저는 제이의 삶을 통해 죽음은 결코 끝이 아니며 죽음 뒤에 인간의 삶은 다시 두 갈래로 나뉜다는 것을 알게 되었습니다. 흔적도 없이 이 세상에서 잊히거나 사랑했던 사람들의 기억에서 영원히 살아 있거나……. 저를 포함해 오늘 이 자리에 모인 여러분은 제이가 어떤 길로 갔는지를 알려 주는 표석입니다. 부디 오래오래 제이 헌터를 기억해 주시기 바랍니다."

다원은 옛 친구의 죽음에 아버지가 고수하는 엄격함이 좋았다. 죽음을 존중한다는 건 그만큼 삶을 존중한다는 것이고, 삶을 존중한다는 건 인간을 진정으로 사랑한다는 의미였다.

추도사가 끝난 뒤, 다원은 아버지와 함께 제이 아저씨의 부모님인 헌터 노부부와 그의 동생 조이 아저씨 부부에게 인사하러 갔다. 제이 아저씨의 아버지인 해리 할아버지는 젊어서는 유명한 사진작가였는데, 일흔 살 쯤에 발병한 치매로 지금은 사람들을 거의 기억하지 못하게 됐다.

인사를 하자 헌터 노부인이 해리 할아버지를 보며 말했다.

"올해 추도식에도 니스가 큰 도움을 주었어요. 나는 이제 기력이 없어서 혼자선 이렇게 많은 손님을 못 치러요. 니스가 꽃에서부터 음식까지 모두 준비해 주어서 얼마나 수월했는지. 어서 고맙다고 인사하세요."

헌터 노부인이 부축하며 인사를 권하자 해리 할아버지는 부인을 돌아보며 "오늘은 집에 있는 거지? 그렇지?"라며 엉뚱한 소리를 했다. 노부인이 미안하고 민망한 기색으로 얼굴을 붉혔다. 그걸 눈치챈 아버지가 재빨리 "아저씨는 여전히 어머니에게 푹 빠져 있으신가 봐요." 하며 노부인의 부끄러움을 자연스럽게 자부심으로 바꾸어 주었다. 다원은 그런 아버지가 자랑스러웠고, 아버지가 사람들을 대하는 태도를 배우고 싶었다.

비록 해리 할아버지 본인은 자신의 과거를 잊었지만 할아버지 양복 가슴에 달려 있는 휘장은 그 어떤 말보다도 할아버지의 빛나던 시절을 응축해 들려주고 있었다. 문화 예술가들 중 사회 발전에 지대하게 공헌한 거장들에게 정부에서 수여하는 훈장이라고 했다. 이렇게 가까이서 보는 건 처음이라 다원은 새를 형상화한 금 배지를 유심히 살펴보았다.

문득 "해리 헌터 씨가 훈장을 받는 데 네 아버지가 힘을 많이 썼다는구나." 했던 할아버지의 목소리가 떠올랐다. 아버지가 문교부 차관으로 임명되고 얼마 지나지 않아서의 일이었다. 할아버지는 언짢은 표정으로 중요한 공직에 오르자마자 친구 아버지를 위해 권력을 쓴 것은 경솔한 행동이라고 했다. 불법은 아니지만 훗날 대통령 출마 같은 중요한 순간이 왔을 때 사람들 입에 오르내리게 되는 일이라며 "워낙에 마음이 약해서." 하고 혀를 쯧쯧 찼다. 다원은 아버지를 걱정하는 할아버지 마음은 이해했지만, 오늘 할아버지도 이곳에 와서 30년 전엔 아들을, 지금은 기억을 잃은 이 힘없는 노인을 봤다면 분명 잘한 일이었다고 아버지를 칭찬해 주었을 것이라는 확신이 들었다.

허리가 굽은 해리 할아버지의 몸엔 젊어서의 영광은 조금도 깃들어 있지 않았다. 할아버지의 전성기를 증명할 수 있는 것은 가슴에 달린 새 휘장이 유일했다. 어린 아들과 영광스러운 기억을 잃은 노인에게서 저 작은 금빛 새마저 날아가 버린다면 무척이나 허전할 것이다.

그때 조이 아저씨가 악수를 청해 왔다.

"다윈, 고맙구나. 프라임스쿨 학생이 바쁜 건 세상이 다 아는데 잊지 않고 올해도 참석해 줘서."

다윈은 조이 아저씨의 손을 잡으면서 슬며시 주변을 둘러보았다. 루미는 보이지 않았다. 다윈은 실망스러운 마음을 숨기며 대답했다.

"당연히 와야 하는 건데요."

"당연히는 무슨. 네 나이 때 이런 자리에 오는 게 얼마나 어색한지 알고 있단다."

"지난 15년간 참석했는데 갑자기 안 오면 그게 더 어색할 거예요."

인사치레가 아닌 진심에서 하는 말이었다. 지난 15년 동안 한 해도 빠지지 않고 제이 아저씨의 추모식에 참석했는데, 이제 와 안 온다면 인생의 한 부분이 중단되는 기분이 들것이다. 물론 한두 살 때의 기억까지는 없었다. 그러나 함께 추모식에 참석한 사람들이 "그때 다윈 네가 얼마나 크게 울었는지 아니?", "제이의 추모식이 아니라 네 울음을 달래는 기원식이었지.", "촛불이 너무 많으니까 무서웠던 모양이야."라고 전해 주는 이야기를 들으면서, 지워진 시간마저 기억의 틀 안에 끼워 넣을 수 있었다.

확실하게 기억이 나는 건 아마도 다섯 살 때의 추모식부터였을 것이다. 아버지를 따라 제이 아저씨의 사진 앞에 꽃을 바치던 장면이 머릿속에 남아 있었다. 물론 그때 그 꽃이 가진 의미까지는 정확하게 알지 못했다. 추모식이 어떤 것이고 제이 아저씨가 어떤 사람인지를 확실히 자각한 것은 여덟 살 때였다. 막연하게 죽은 사람은 모두 나이 든 사람이라고 생각하고 있었기 때문에 사진 속 남자가 너무 어리다는 느낌을 받았던 기억이 강렬하게 남았다.

헌터 노부인이 주변을 살피며 "우리 아기 호랑이는 어디 갔을까? 손님들과 인사하지 않고."라고 말했다. 그러자 조이 아저씨가 "아기 호랑이는 무슨……. 손님들도 계신데 제발 그렇게 부르지 마세요. 이제 열여섯 살이잖아요."라고 약간 핀잔하듯 말하더니 "식당에서 케이크라도 먹나 보죠."라고 했다.

다원은 아기 호랑이가 루미를 말한다는 것을 알아챘다. 아기 호랑이라니. 루미에게 어울리는 사랑스러운 애칭이었다.

이윽고 헌터 노부인은 가까이 있는 손님들에게 양해를 구한 뒤, 아들 부부와 함께 남편을 부축해 방으로 들어갔다.

아버지가 그 뒷모습을 지켜보며 안타까우면서도 뭔가 그리워하는 목소리로 혼잣말을 했다.

"예전의 아저씬 우리의 영웅이었는데……."

다원은 추억에 잠긴 아버지가 잠깐이지만 어린아이처럼 느껴졌다. 그때였다.

"감동적인 추도사였어. 네 말을 들으니까 정말 제이가 이 집에 계속 살고 있는 것 같은 기분이 들던걸."

다윈은 뒤를 돌아보았다. 낯선 남자가 아버지에게 다가 와 악수를 청했다. 다윈은 남자를 발견한 아버지의 얼굴이 순간적으로 굳어지는 것을 느꼈다. 아버지에게서 한 번도 본 적 없는 얼굴이었다. 그러나 아버지는 곧 "오랜만이야." 라고 웃으며 남자에게 악수를 청했다. 어두웠던 찰나의 표 정은 만남을 전혀 예측하지 못한 뜻밖의 사람을 마주한 데 서 온 당혹감인 것 같았다.

　남자는 아버지가 내민 손을 왜인지 바로 잡지 않고 머뭇 대더니 곧 악수에 응하며 아버지처럼 반갑게 웃었다.

　" '오랜만이야.'라니. 25년 만에 만난 친구에게 하는 인사 치고는 너무 서운하네. 제이에게는 그렇게 애틋한 추도문 을 써 주면서."

　"그새 25년이 흘렀나? 그러고 보니 고등학교를 졸업하 고 서로 다른 대학으로 진학한 뒤로는 만난 적이 없는 것 같 네. 그래도 소식은 신문을 통해 듣고 있어. 늘 좋은 얘기뿐 이라서 따로 걱정할 일이 없던걸."

　"늘 좋은 얘기뿐인 건 니스 너겠지. 역대 가장 젊은 문교 부 차관이라니. 몇 년 뒤엔 장관 자리에도 오를 거 아냐. 어 렸을 때를 생각하면 상상이나 할 수 있는 일이야? 그 공상 가 니스 영이 공무원이 될 줄 누가 알았겠어."

　다윈은 남자의 말이 다소 공격적이긴 해도 그 안에 아버 지를 향한 애정이 있음을 느꼈다. 남자의 빈정거림은 오랜 만에 만난 어른들끼리 하는 장난인 것 같았다. 다윈은 아버지의 어린 시절을 친근하게 이야기하는 남자의 정체를 궁금해하며 아버지가 남자를 소개해 주기를 기다렸다. 가벼운 미소로 "어릴 땐 다 공상가지."라고 대수롭지 않게 말한 아버지는 뒤늦게 자신을 향한 호기심 어린 눈빛을 인지하고 남자에게 말했다.

"아, 소개가 늦었네. 여긴 내 아들 다원 영. 다원, 아버지 학창 시절 친구였던 버즈 마샬이란다. 인사드리렴. 너도 들어 봤지? 버즈 미디어라고. 거기 대표란다."

다원은 "안녕하세요."라고 먼저 인사를 하며 버즈 아저씨와 눈을 맞추었다. 시선을 돌린 아저씨는 짧은 순간 무엇인가에 놀란 사람처럼 움찔하더니 이윽고 관찰하는 눈빛으로 오래 시선을 맞추었다. 다원은 자신을 바라보는 아저씨의 눈길이 다소 과한 것 같다는 생각이 들긴 했지만, 계속 눈을 마주치고 있으니 부담스러운 느낌보다는 오히려 따뜻한 감정이 전해져 왔다. 버즈 아저씨가 곧 악수를 청하며 물었다.

"그래, 반갑구나. 몇 살이니?"

다원은 악수에 응하며 대답했다.

"열여섯 살이에요."

아저씨는 "자유를 제일 갈망할 나이구나."라고 말하면서 장난스럽게 덧붙였다.

"아버지가 문교부 차관이면 집에서 같이 사는 게 꽤나 고역이겠구나."

그러자 아버지가 피식 웃으며 "애한테 괜한 바람 넣지 마."라고 대꾸했다. 다원은 어린 시절 친구와 격의 없이 이야기를 나누는 아버지를 처음 보는 터라 그 모습을 지켜보는 것이 꽤 신선하고 흥미로웠다.

"그럴 시간도 없는걸요. 기숙사 학교라서 한 달에 한 번밖에 집에 못 오거든요."

"한 달에 한 번 집에 오는 학교라면…… 프라임스쿨에 다니는 거니?"

다원은 프라임스쿨을 다닌다고 밝힐 때마다 사람들이 보이는 과장된 반응에 약간의 부담을 느끼고 있었다. 그것은 개인적인 성취이지 다른 사람들에게 칭송받을 일은 결코 아니라고 생각했다. 다원은 대화가 '프라임스쿨을 다니는 기분' 쪽으로 흘러가지 않기를 바라며 "네, 3학년이에요."라고 대답했다. 그런데 아저씨의 반응은 일반적인 찬사가 아닐 뿐만 아니라 오히려 이쪽의 놀라움을 불러일으키는 것이었다.

"내 아들 녀석도 프라임스쿨에 다니는데, 레오 마샬이라고. 걔도 3학년이란다. 만나 본 적 없니?"

다원은 지난번 법학 시간에 인상적인 질문을 했던 서기숙사 학생이 아저씨의 아들이란 사실에 깜짝 놀랐다. 그러고 보니 성이 같았고 두 사람이 풍기는 느낌도 어딘가 비슷했다. 다원은 어젯밤 '에단의 책 실종'으로 우연히 그날 수업 시간 일화를 떠올린 것이 마치 지금의 만남을 위한 암시였던 것으로 여겨져 반갑게 대답했다.

"기숙사가 달라서 만날 기회는 적지만 법학 수업을 같이 들어요."

아저씨는 "재미있구나."라고 말하며 묘한 표정을 지었다.

"네 아버지와 나는 비프라임 출신인데, 그 아들들은 프라임스쿨에 다니고 있다니. 니스, 이런 경우는 거의 없지 않아? 프라임스쿨 위원장이니 잘 알 거 아냐?"

아저씨의 말투는 어딘가 모르게 냉소적이었다. 아버지는 "시대가 많이 바뀌었으니까."라고 대꾸하며 덧붙였다.

"본인 재능만 있으면 아버지 출신이 무슨 상관이겠어. 실제로 2, 3지구 아이들도 있는데."

"있어 봤자 구색을 맞추는 정도겠지. 시대가 바뀐들 프라임스쿨의 높은 벽이 낮아질 리가 있겠어? 뭐, 그게 그 학교의 정체성이지만. 어찌나 높은지 쳐다보려면 고개가 아프지."

아버지는 프라임스쿨 위원장으로서 학교에 대한 이야기가 계속 나오는 게 부담스러운지 화제를 다른 곳으로 돌렸다.

"레오가 학교에 다니는 건 나도 알고 있었어. 위원장이 된 후 재학생 명단에서 레오 마샬이라는 이름을 발견했을 때는 설마 하긴 했지만. 버즈, 네가 아들을 프라임스쿨에 보낼 줄은 몰랐거든."

"나랑은 무관한 일이야. 공부에 취미도 없는 녀석이 별안간 프라임스쿨에 가겠다고 해서 가장 놀란 건 나였으니까.

뭐, 워낙에 속을 모르겠는 녀석이라……. 그런데 레오가 내 아들인 줄 알았으면 다윈에게 얘기 좀 해 주지 그랬어? 아버지들을 이어서 자식들도 친구가 되면 좋을 거 아냐."

"그러게, 생각은 했는데 워낙 다윈과 만나는 날이 적어서 깜박했나 봐. 뭐, 앞으로도 기회가 있겠지. 게다가 아직 아이들인데 부모를 통해 소개받는 것보단 자기들끼리 자연스럽게 어울리는 게 좋잖아."

아저씨는 "그건 그렇지."라고 수긍하며 말을 이었다.

"기왕 이렇게 말이 나왔으니 잘됐네. 니스, 실은 내가 오늘 여기 온 건 제이의 30주기 추모식 때문이기도 하지만, 반은 프라임스쿨 때문이거든."

아버지는 전혀 짐작이 안 되는 이야기라는 듯 의아한 목소리로 물었다.

"프라임스쿨 때문이라니?"

"사실은 올 초에 채널 원에서 크리스마스에 방영할 다큐멘터리 하나를 의뢰받았어. 지난번에 국제 필름 페스티벌에서 상 받은 게 효과가 있었던 모양이야. 주제는 뭐든지 해도 된다지만 평상시보단 좀 온건했으면 좋겠다더군. 방영 날짜를 크리스마스라고만 지정하지 않았으면 나도 '온건'이라는 말은 가볍게 비웃어 버렸을 거야. 그런데 크리스마스라는 게 말이야, 생각보다 꽤 부담을 주더군. 반군 게릴라들의 인터뷰 같은 걸로 화이트 크리스마스를 블랙으로 만들고 싶진 않거든. 그래서 여태껏 주제도 못 정하고 시간만 허비했는데 얼마 전 네온강 주변을 산책하다가 갑자기 생각이 떠오른 거야. 프라임스쿨 다큐멘터리를 만들어야겠다고. 채널 원에서도 대찬성이더군. 당연히 그러겠지. 프라임스쿨은 안개 속의 성 같은 곳이니까 그 안에 카메라를 들이댄다면 '온건'하면서도 그 자체로 파격적인 작품이 나오지 않겠어? 그래서 학교 측에 촬영 허가를 요청했는데 위원회에서 먼저 가결을 해 줘야 한다는 거야. 사실상 거절이나 다름없는 말투였지. 나도 위원회에 아는 인맥이 없었으면 다른 데를 뚫어 보려 했을 거야. 그런데 그럴 것도 없었지. 그 위원회 위원장이 누구야, 바로 내 친구 니스 영이잖아."

어렸을 때 하던 행동인지 아저씨는 아버지의 어깨를 가볍게 잡고 흔들며 말을 이었다.

"그래서 네 사무실에 전화를 했는데 비서인지 보좌관인지가 무려 한 달 뒤로 면담을 잡아 주더군. 그 친구는 다큐멘터리 제작이란 게 오늘 찍어서 내일 방송하는 거라고 생각하는 모양이야. 안 그래도 1년 제작 기간 중에 벌써 반년을 썩혔는데 더 이상 시간 낭비를 할 순 없지. 그래서 여기 온 거야. 네가 30년째 제이의 추모식에 참석한다는 건 소문으로 들어 잘 알고 있으니까."

아저씨의 들뜬 어조와 달리 아버지는 차분한 목소리로 말했다.

"버즈, 미안하지만 여기서 일 얘기는 하고 싶지 않아. 오늘은 가족끼리 추모하며 보내는 시간이잖아."

"그저 일 얘기만인 건 아니잖아. 프라임스쿨은 제이에게도 의미가 있는 곳이니까."

아저씨가 사적으로 접근하는 것을 아버지는 "프라임스쿨 개방은 나 혼자 결정할 수 있는 일이 아니야."라거나, "이름만 위원장이지 실상 내가 갖는 권한이란 건……." 하면서 공적인 문제로 바꾸었다.

다윈은 프라임스쿨을 두고 나누는 아버지와 아저씨의 대화가 흥미롭긴 했지만, 언제까지 이 자리를 지키고 있어야 하는지 난감했다. 계속 여기에 묶여 있다간 루미에게 편지를 전해 줄 타이밍을 놓쳐 버릴지도 몰랐다.

다윈은 잠시 대화가 중단된 틈을 타 "아버지." 하고 조용히 속삭였다. 시선이 마주치자 아버지는 이 자리에서 벗어나고 싶어 하는 속마음을 바로 알아채고 그렇게 할 수 있도록 자연스럽게 말을 꺼냈다.

"아, 그래. 우린 얘기를 더 해야 할 것 같으니 다윈 너는 가서 뭐라도 먹는 게 어떠니? 케이크가 맛있다고 하는 것 같던데."

다윈은 아저씨에게 "만나서 반가웠습니다."라고 인사했다. 아버지를 설득하느라 얼굴이 다소 붉어졌던 아저씨는 금세 미소 지으며 "나도 만나서 반가웠다, 다윈. 조만간 다시 볼 수 있으면 좋겠구나."라고 했다. 다윈은 자기가 등을 돌리자마자 "니스, 25년 만의 만남인데 너무 방어적으로 나오는 거 아냐?"라고 아버지를 향해 서운한 기색을 드러내는 아저씨의 목소리를 뒤로하고 거실 쪽으로 걸어갔다.

아버지가 추도사를 할 때만 해도 가족들과 함께 있는 것을 보았는데 어느 순간부터 루미의 모습이 보이지 않았다. 다원은 조용한 걸음걸이로 거실 곳곳을 옮겨 다니며 추도객들을 살폈다. 검은색 옷을 입은 보통의 추도객들과 다르게 루미는 프리메라 여학교의 여름 교복인 하얀 블라우스에 초록색 치마를 입고 리본 타이를 맸으니 어디에 있더라도 단번에 눈에 띌 것이었다. 물론 루미가 눈에 띄는 건 그 밝은색 때문은 아니었다. 세상에서 가장 어두운 색 옷을 입고 있더라도 루미는 눈부신 빛을 발할 것이다.

조이 아저씨 말대로 케이크를 먹고 있을지도 몰라 식당으로 가 보았지만 루미는 보이지 않았다. 접대 서비스를 맡고 있는 직원이 디저트를 권했다. 다원은 실망감을 정중한 거절로 표현한 뒤 식당을 나왔다. 응접실에도, 정원에도 루미는 없었다. 화창한 날씨라 어쩌면 루미는 다른 약속이 있어 먼저 추도식장을 떠난 건지도 몰랐다. 둘이 있을 시간만 기다리느라 기회가 있었을 때 루미에게 편지를 주지 않은 것에 뒤늦은 후회가 들었다. 그 후회가 더해진 듯 편지를 넣어 둔 재킷 안주머니가 무겁게 느껴졌다. 더는 루미를 찾을 만한 데가 없는 것 같아 다원은 그만 아버지에게 돌아가려고 다시 집 안으로 들어왔다. 그런데 그 순간, 복도 끝에 2층으로 올라가는 계단이 눈에 띄었다.

해마다 해리 할아버지 집에 오지만 이제껏 2층에 올라가 본 적은 한 번도 없었다. 어렸을 때 잘 모르고 계단을 올라간 적이 있는데 그걸 본 아버지가 손을 잡으며 "손님은 1층에 머무는 게 예의란다."라고 일러 주었다.

주위를 둘러본 다원은 자신을 지켜보는 사람이 없는 것을 확인하고는 계단에 발을 내디뎠다. 이제는 혼자 2층에 올라간대도 말썽을 일으킬 나이가 아니었다. 조용히 올라 갔다가 조용히 내려온다면 무례한 행동이 되지는 않을 것이다.

2층으로 올라오자 1층의 나지막한 소란이 차단되면서 주위가 고요해졌다. 계단 하나로 다른 차원의 세계로 넘어온 것 같았다. 2층에는 방이 세 개 있었다. 계단 쪽에서 가까운 방을 조심스레 열어 보니 박스와 청소 도구 같은 것들이 문 바로 앞에까지 쌓여 있었다. 맞은편은 다른 두 방과 문 색깔이 달랐는데, 1층의 화장실 문 색과 같은 것으로 미루어 여기도 화장실인 것 같았다. 어쩌면 루미가 이곳에 있을지도 몰랐다. 만약 그렇다면 화장실 문 바로 앞에서 기다리는 건 실례였다.

다원은 조금 멀리 떨어진 곳에 있어야겠다는 생각에 안쪽에 있는 방을 향해 걸어갔다. 가까이서 보니 그 방은 문이 살짝 열려 있었다. 다원은 호기심에 문틈으로 안을 슬쩍 들여다보았다가 순간 자기도 모르게 '아!' 하는 탄성을 지르고 말았다. 그 소리에 안에 있던 사람이 고개를 돌렸다.

진정한 추모

인기척 소리를 들은 루미는 침대에서 몸을 반쯤 일으켜 문 쪽을 돌아보았다. 문틈 사이로 남자애 하나가 서 있는 게 보였다. 방에서 그만 나오라고 말하러 온 아빠인 줄 알았던 터라 일단 안심이 되었다. 마음이 놓이자 남자애의 정체에 눈길이 갔다. 아는 아이였다. 다원 영. 매년 제이 삼촌의 추모식을 열어 주는 니스 아저씨의 아들이자 프라임스쿨 학생이었다. 루미는 다원이 2층까지 올라온 이유가 무얼까 싶어 그 답을 구하듯 빤히 쳐다보았다. 그런데 다원은 오히려 자기가 더 놀란 사람처럼 아무 말 없이 서 있기만 했다.

"누굴 찾고 있니? 여긴 나밖에 없는데."

침묵 상태의 대치가 너무 길어지는 것 같아 루미는 할 수 없이 먼저 입을 열었다. 그러자 다윈은 뜻밖의 자신 없는 목소리로 "1층에 사람이 너무 많아서……."라고 대답하더니, 뭔가를 부끄러워하듯 고개를 숙였다. 루미는 그런 행동을 하는 다윈이 이상해 보였다. 프라임 보이들은 왕위를 물려받을 후계자처럼 누구 앞에서든 자신만만하고 거만하게 구는 게 일반적이었다. 그런 태도가 흠결로 지탄받지도 않았다. 오히려 왕관을 떨어뜨리지 않도록 고개를 더 꼿꼿이 세우는 게 옳은 행동으로 여겨졌다. 그런데 지금 다윈의 태도는 마치 자기 머리 위에는 그런 왕관이 얹혀 있지 않다는 식이었다.

그러고 보니 예전에도 다윈에게서 지금과 비슷한 느낌을 받았던 기억이 떠올랐다. 2년 전 다윈이 프라임스쿨에 입학하던 해의 추도식 때였다. 경건한 분위기를 저버리고 야단스럽게 축하하는 추도객들을 향해 다윈은 간결한 감사 인사로 응대하며 그들의 관심을 자신이 아닌 추도식으로 돌렸다. 그날의 다윈은 믿기지 않을 정도로 겸손했다. 그때의 기억과 지금의 모습이 겹쳐지자 루미는 어쩌면 다윈이 제이 삼촌과 비슷한 정신을 공유하고 있는지도 모른다는 생각이 들었다. 프라임스쿨 입학시험에 합격하고도 프라임스쿨에 가지 않은 제이 삼촌처럼 다윈 역시 자신을 완성해 가는 과정에 외적인 도움은 크게 필요치 않은 것이다. 다윈에게 제이 삼촌의 한 면을 발견하고 나니 루미는 갑자기 우호적인 기분이 들어 다윈의 말에 대꾸하듯 말했다.

"그래, 30년 전에 죽은 소년의 추도식치고는 사람이 너무 많긴 하지?"

다원이 어린아이 같은 태도로 대답했다.

"아직도 다들 제이 아저씨를 그리워하니까."

다원의 순진한 대답에 루미는 피식 웃으며 다원이 착각하고 있는 점을 바로 알려 주었다.

"그게 아니라 사실은 다들 케이크를 먹으러 온 거야. 너희 아버지는 항상 최고급 케이터링을 불러 주시니까. 아니면 너희 아버지에게 눈인사라도 할 목적인지도 모르고. 야망 있는 학부형들에게 오늘은 문교부 차관이자 프라임스쿨 위원장인 너희 아버지를 만날 수 있는 큰 기회잖아."

다원은 아무 말도 없었다. 루미는 다원을 향해 오른손을 펼쳐 보이며 말을 이었다.

"저 밑에 진짜로 삼촌을 그리워하는 사람은 이 손가락 개수보다 적을걸. 할머니 할아버지, 너희 아버지, 그리고…… 끝. 이 세 사람이 다야."

남은 손가락 두 개를 그대로 편 채 루미는 다시 침대에 드러누웠다. 늘 하던 생각이지만 입 밖으로 뱉고 나자 어쩐지 더 쓸쓸한 기분이 들었다. 그러나 엄밀히 말하면 그 세 사람마저 진정으로 제이 삼촌을 추모하는 건 아니었다. 진정한 추모는 결코 슬퍼하는 게 아니었다. 울며 꽃을 바치는 게 아니었다. 진정한 추모란 힘을 내 일어서서 삼촌의 죽음을 덮고 있는 미심쩍은 장막을 걷어 내는 것이었다. 삼촌 사진 앞에 아름다운 꽃이 아니라, 추악해도 진실을 밝힌 신문 한 부를 증정하는 것이었다. 그런 점에서는 자신을 제외한 모든 사람이 추도객의 자격에 못 미치는 것 같았다.

루미는 눈을 감고 제이 삼촌의 존재를 느꼈다. 삼촌이 누웠던 침대, 삼촌이 숨 쉬었던 공기, 삼촌이 했을 생각…….

삼촌은 머나먼 존재였다. 아니, 이제는 '존재'라고 부를 수조차 없는지도 모른다. 그러나 집에서 자신이 혼자라는 사실을 자각하게 된 것을 계기로 루미는 그때껏 자기 삶 가장자리에서 자기가 발견해 줄 때까지 기다리고 있던 삼촌의 존재를 감지했다. 그리고 삼촌과 똑같은 날에 열여섯 살이 된 순간부터는 이 세상에 살아 숨 쉬는 그 누구보다도 죽은 제이 삼촌을 자신의 중심에 있는 존재로 여겼다. 삼촌과 닿으면 더불어 자기 존재도 선명해지는 느낌이었다. 두 겹으로 갈라졌던 종이가 다시 하나로 포개어질 때 그 위에 쓰여 있던 글이 또렷해지는 것처럼.

루미는 문 쪽으로 돌아누우며 눈을 떴다. 진즉에 아래층으로 내려간 줄 알았던 다원이 여전히 문 앞에 서 있었다. 루미는 다원이 왜 아직까지 이 자리를 지키고 있는지 의아스러웠다. 우물쭈물하며 어딘가 답답하게 구는 태도도 신경에 거슬렸다. 그러나 다른 한편으로는 정식으로 허락을 받기 전까지 방에 함부로 발을 들이지 않고 있는 다원의 신중함이 마음에 들었고, 이런 프라임 보이에게라면 삼촌의 방을 보여 줘도 괜찮지 않을까 하는 생각이 들었다. 보통의 생각 없는 남자아이들이었다면 멋대로 방에 들이닥쳐 아무 물건에나 손을 대며 "이거 가져도 돼?"라고 물었을 것이다.

루미는 침대에서 일어나 앉으며 말했다.

"이 방은 삼촌이 살아 있던 30년 전 그대로야. 가구 위치나 벽에 붙여 놓은 사진들, 음악 방송을 녹음해 놓은 카세트테이프들까지 그대로 간직돼 있어. 할머니는 제이 삼촌이 살아 있는 것처럼 이 방을 돌보시거든."

루미는 손짓으로 다윈을 불렀다. 다윈은 죽은 사람 방에 들어올 때의 경건함을 가지고 조심스럽게 발을 옮겼다. 루미는 그런 다윈의 태도가 마음에 들어 다윈을 옆자리에 앉게 한 뒤 말했다.

"꼭 우리가 태어나지도 않았던 30년 전으로 시간 여행을 온 것 같지 않아? 박물관에 있는 것들보다 이런 게 더 진실에 가까울 거야."

방을 둘러본 다윈이 감탄한 얼굴로 고개를 끄덕였다. 루미는 다윈의 표정을 눈여겨보고 있다가 다윈 쪽으로 돌아앉으며 "다윈 넌 인간에게 영혼이 있다고 생각해?"라고 물었다. 대답 여하에 따라 이 방의 더 깊은 곳으로 데리고 들어갈지, 아니면 여기서 그만 발길을 돌리게 할지 결정할 셈이었다.

다윈은 뜻밖의 질문에 조금 당황한 것 같았지만 곧 "있다고 생각해."라고 대답했다. 그러면서도 조건을 붙였다.

"하지만 모두가 가지고 있진 않을 거야."

루미는 호기심이 일어 물었다.

"그럼 어떤 사람들만 가지고 있는데?"

"다른 사람을 진정으로 사랑하는 마음을 가진 사람들만."

"사랑?"

"응. 사랑하는 마음이 없는 사람들에겐 영혼 같은 건 아무 쓸모도 없잖아. 쓸모없는 건 퇴화하는 게 진화의 법칙이겠지."

프라임 보이에게 기대한 철학적이고 과학적인 답과는 거리가 멀었지만, 루미는 다윈의 생각이 흥미로웠다. 진화론과 창조론을 독자적인 방식으로 잘 배합한 것 같았다.

"그럼 다윈 넌 영혼이 있는 사람이니?"

바로 전까지 분명한 생각을 밝히던 다윈은 그 질문엔 대답하기가 싫은지 말없이 애꿎은 재킷 주머니만 만지작거렸다. 루미는 그제야 자기가 지나치게 사적인 질문을 했다는 것을 깨달았다. 영혼이 있는 사람이냐고 묻는 건 진정으로 사랑하는 사람이 있느냐고 묻는 것이고, 그것은 여자 친구와의 관계를 의미하는 물음이 될 수도 있었다. 이제 막 대화를 시작한 남자애의 연애 경험을 캘 생각은 조금도 없었다. 루미는 다윈이 불편해하지 않도록 화제를 돌렸다.

"다윈 넌 사랑에 기준을 뒀지만 난 죽음을 두고 생각해 봤어. 죽은 사람의 영혼이 살아 있는 사람에게 전해지는 게 가능할까 하고 말이야. 왜냐면 난 삼촌 방에 이렇게 들어와 있으면 삼촌의 존재가 느껴지거든. 내가 이런 말을 하면 아빠는 내가 삼촌이 들었던 음악을 듣고, 삼촌이 읽었던 책을 읽으면서 그런 느낌을 스스로 부추기는 거래. 계속 그런 말을 했다간 할머니 집에 오는 것도, 이 방에 들어오는 것도 금지하겠다면서…… 넌 어떻게 생각해? 이 방 안에 삼촌 영혼이 정말로 있을까? 아니면 아빠 말대로 내가 만들어 낸 걸까?"

다원은 방금 전의 머뭇거리던 얼굴을 지우고 꽤 단호하게 대답했다.

"있다고 생각해."

"정말?"

"응. 나도 이 방에 들어와 보니까 너희 가족이 얼마나 제이 삼촌을 사랑하는지 느껴지거든. 살아서 이런 사랑을 받았다면 제이 아저씨 영혼은 불멸할 거야."

루미는 이제껏 누구에게서도 사랑이라는 감정의 위대함을 느껴 본 적이 없었다. 피를 나누긴 했지만 아빠나 엄마는 결코 자기와 위대한 사랑 같은 것을 주고 받을 만한 사람들이 아니었다. 그러나 다원의 짙은 갈색 눈동자는 신비한 공감 능력을 지니고 있었다. 눈에 영혼이 담겨 있다는 말이 사실이라면 다원의 영혼은 한 번도 숲을 벗어나 본 적 없는 아이처럼 맑을 것 같았다. 루미는 더 이상 다원을 시험하지 않아도 되겠다는 확신이 들었다. 다원은 이 방의 더 깊은 곳으로 들어올 자질과 자격을 충분히 갖춘 사람이었다.

"잠깐만 기다려. 너에게 보여 주고 싶은 게 있어."

루미는 그렇게 말한 뒤 책장으로 가 맨 아래 칸에서 백과사전만큼이나 두꺼운 사진 앨범을 꺼내 왔다. 침대에 앨범을 내려놓자 무게 때문에 침대가 출렁댔다. 루미는 앨범을 사이에 두고 다원과 나란히 앉았다.

"이건 우리 할아버지가 사진작가로 활동했을 때 찍은 사진들인데, 제이 삼촌의 열여섯 살 생일 때 할아버지가 선물한 거래. 삼촌이 직접 앨범 정리를 했다고 들었어. 이제는 손녀 이름도 오락가락하는 처지가 돼 버렸지만, 이 사진들을 보고 있으면 우리 할아버지가 정말 열정적인 사진작가였구나 하는 걸 느끼게 돼."

다원이 흥미로운 눈길로 사진을 살펴보았다. 루미는 다원이 사진을 감상할 수 있도록 충분한 시간을 주며 천천히 앨범을 넘겼다. 시간 역순으로 정리된 사진들 덕분에 한 장 한 장 넘길 때마다 과거 속으로 빨려 들어가는 기분이 들었다. 살아 본 적 없는 시대가 사진 한 장 크기로 압축되어 눈앞에서 다시 살아 움직였다. 네온강이 갈라 놓은 두 지역을 잇는 다리 건설 현장, 종교 지도자의 연설 장면, 행군하는 군인들, 외국 난민촌에 세워진 천막…….

루미는 사진첩을 계속 넘기면서 다원에게 이야기했다.

"작년까진 아빠가 삼촌 방에 들어오는 걸 금지해서 나도 이 앨범에 대해서 알지 못했어. 아빤 내가 분별력이 없다나 뭐라나. 프리메라 여학생한테 분별력이 없다고 하는 사람은 우리 아빠밖에 없을 거야. 물론 그 전에도 아빠 몰래 한 번씩 들어오긴 했지. 할머니는 완전히 내 편이니까. 아무튼 그러다가 올해 4월에 삼촌과 똑같이 열여섯 살이 되자마자, 아, 사실은 내 생일이랑 제이 삼촌 생일이 같은 날이거든. 우연이긴 하지만 신기하지? 난 운명이라고 생각하지만, 아무튼 그날 정식으로 아빠에게 얘기했지. 이젠 나도 삼촌과 똑같은 나이가 됐으니 삼촌 방에 들어갈 수 있는 그 '분별력'이라는 게 생겼다고. 아빠도 더는 반대할 명분이 없는지, 너무 자주 가서 할머니를 귀찮게 하지 말라고만 했어. 할머니가 귀찮아한다니 말이 돼? 할머니가 나를 얼마나 좋아하는데. 아무튼 그래서 이젠 자유롭게 삼촌이 읽던 책도 읽고, 침대 밑에 감추어 둔 물건은 없나 뒤져 보기도 하고, 집에서 카세트 플레이어를 가져와서 저기 테이프에 녹음된 라디오 음악도 들어 볼 수 있게 됐어. 이러고 있으면 난 삼촌이 나랑 가장 친한 친구 같다는 느낌이 들어. 알 기회도 없이 세상을 떠나 버려서 더 많은 것을 알고 싶은 친구."

앨범의 거의 끝에 다다랐을 때 루미는 손을 멈추며 다원을 바라보았다.

"그런데 얼마 전에 앨범에서 이상한 점을 하나 발견했어. 봐, 모든 페이지가 꽉 채워져 있는데 여기 이 부분의 사진만 빠져 있지?"

루미는 빈 곳을 가리키며 다원에게 "이게 어떤 의미 같아?"라고 물었다. 다원은 잠시 생각에 잠기는가 싶더니 "잘

못 정리한 사진을 나중에 뺀 거야?"라고 되물었다. 루미는 다윈의 일차원적인 대답이 아쉬웠지만 어쩔 수 없는 일이 었다. 자기만큼 제이 삼촌을 알지 못하는 다윈이 자기만큼 삼촌의 죽음에 의문을 가질 리 없으니까.

루미는 고개를 저으며 말했다.

"할머니는 제이 삼촌이 이 앨범을 보물처럼 여겼다고 했어. 봐, 모든 사진이 한 군데도 비뚤어진 데 없이 정확하게 간격이 맞춰져 있지? 삼촌은 이런 면에선 꽤 엄격한 성격이었던 것 같아. 뭐, 프라임스쿨 입학시험에 합격할 정도였으니 말 안 해도 알겠지만. 다윈, 한번 생각해 봐. 이런 성격의 사람이 사진을 잘못 정리한 거라면 이대로 두었을 것 같아? 당연히 다시 정리하지 않았겠어?"

다윈은 수긍하는 듯 고개를 끄덕거리더니 물었다.

"그럼, 누군가에게 주려고 일부러 뗀 건?"

사라진 사진이 있는 데가 풍경 사진을 모아 놓은 페이지였다면 가능한 이야기일 수도 있다. 옛날엔 사진이 꽤 귀했기 때문에 삼촌이 좋아하는 친구나 여자애에게 하늘이나 꽃 사진을 선물했을지도 모른다. 그러나 주변 사진들을 보면 그럴 가능성은 낮았다.

루미는 비어 있는 자리 주변 사진들을 가리키며 되물었다.

"하지만 옆의 사진들까지 같이 봐 봐. 그럼 사라진 사진이 어떤 건지 대강 짐작이 가지 않아?"

사진을 유심히 살펴본 다윈이 잠시 뒤 무언가를 깨달은

눈빛으로 고개를 들었다. 루미는 고개를 끄덕거렸다. 사진 속엔 60년 전, '후디'라고 불렸던 폭도들이 9지구의 어느 거리를 점령하고 있는 장면이 포착되어 있었다. 이전에도 봤던 사진들이지만 루미는 볼 때마다 이 어린 폭도들이 내뿜는 에너지에 묘한 기분이 들었다. 자신과 비슷한 또래의 아이들이 국가를 전복할 폭동에 참여했다는 사실이 지극히 현실적인 사진을 초현실적으로 보이게 만들었다.

"그래, 비어 있는 사진은 12월의 폭동쯤에 연속으로 찍힌 사진들 중 하나야. 사진 밑에 날짜가 나와 있지? 난 이런 중요한 사진을 삼촌이 다른 사람에게 선물했을 것 같지는 않아."

다원이 압도된 얼굴로 말했다.

"너희 할아버지는 정말로 역사적인 사진작가셨구나."

루미는 치매에 걸린 노인이 할아버지의 전부가 아니란 것을 다원이 알아준 것에 자부심을 느꼈다. 할아버지도 젊어서는 니스 아저씨 못지않게 영향력 있는 사람이었고, 헌터라는 성을 전 지구에 알렸다. 헌터 가문의 쇠퇴는 아빠 대에서 시작된 것이었다. 수재인 제이 삼촌이 살아 있었다면 할아버지가 이룬 영광이 이토록 허무하게 끊어지는 일은 결코 없었을 것이다.

다원이 물었다.

"그런데 이 사진 한 장이 빠져 있는 게 그렇게 중요한 일이야?"

기다렸던 질문이 나온 것을 반기며 루미는 다윈 쪽으로 완전히 몸을 틀고 말했다.

"너도 대강은 알고 있지? 제이 삼촌이 이 방에서 강도한테 목 졸려 살해당했다는 얘긴. 바로 여기, 바닥에 쓰러져 있었대."

다윈이 고개를 끄덕였다.

"불행하게도 범인은 잡지 못했지. 그런데도 경찰은 9지구 후디가 침입해 강도 짓을 한 거라고 결론 내렸어. 지금은 돌아가셨지만 당시 근처에 살았던 한 할아버지가 그날 새벽 한 시 무렵에 잠이 안 와서 정원에 나왔다가 후디가 거리를 뛰어가는 것을 봤다고 증언했거든. 당시엔 후디가 상위 지구를 침범하는 유사 범죄가 종종 일어났기 때문에 그런 사건들 중에 하나로 묻히고 끝난 거야."

루미는 다윈이 자신의 이야기에 집중하고 있는지 확인해 가며 이야기를 이었다.

"하지만 삼촌 방엔 없어진 물건이 하나도 없었어. 심지어 책상 위에 지갑까지 그대로 있었대. 이상하지 않아?"

다윈이 그 상황을 추측해 보는 듯 시간을 좀 두고 되물었다.

"원래 아저씨를 살해할 의도는 없었는데 상황이 잘못되는 바람에 당황해서 그냥 도망쳤던 걸까?"

다방면에서 압도적인 프라임 보이라지만 다윈의 생각은 일반적인 추측의 선을 넘지 못했다. 루미는 다윈의 부족한 추리력을 아쉬워하며 그때의 정황을 자세히 이야기해 주었다.

"경찰도 그렇게 말했지. 원래 목적지는 할아버지 방이었는데 외벽 비상계단과 이어진 삼촌 방으로 들어오기가 쉬우니까 먼저 삼촌 방으로 들어왔고, 그 과정에서 잠이 깬 삼촌과 맞닥뜨려 살해한 뒤 도주한 것이라고. 하지만 생각해 봐. 그 정도로 겁이 많은 9지구 후디가 애초에 1지구까지 올 수 있었을까? 1지구까지 침입했을 때는 당연히 살인 정도는 각오하지 않았겠어?"

"그 말은…… 루미 넌 경찰 발표를 믿지 않는다는 거야?"

"뭐, 어렸을 땐 당연히 믿었지. 뭘 모르니까 믿을 수밖에 없잖아. 하지만 나이가 들면서 생각해 보니까, 어떻게 다른 어른들은 그걸 그대로 믿었을까 싶을 정도로 의심쩍은 면이 보이기 시작했어. 경찰이 무시하고 넘긴 당시의 다른 정황을 조금만 더 유심히 살펴봤어도 범인이 미상으로 결론 나진 않았을 테니까 말이야."

"경찰이 무시하고 넘긴 다른 정황이라니?"

루미는 아직 잘 모르는 남자애에게 너무 많은 이야기를 하고 있는지도 모른다는 경계심에 잠시 입을 다물었다. 그런데 한편으로는 그 경계심 때문에 다윈을 더 알고 싶고 함께 이야기를 나누고 싶은 마음이 생기기도 했다. 이제 막 대화를 나누기 시작한 남자애가 자신으로 하여금 이렇게 많은 이야기를 하도록 탐구적인 태도를 취해 주고 있다는 사실이 흥미로웠기 때문이다. 이제껏 제이 삼촌 이야기에 이 정도로 귀를 기울여 준 사람은 아무도 없었다. 유일한 친구라 믿었던 레오조차도 삼촌 이야기는 지겨워했으니까.

루미는 경계심과 호기심이 뒤섞인 목소리로 속삭이듯 다원에게 말했다.

"삼촌이 살해되던 날 새벽, 아빠는 삼촌 방에서 어떤 말소리를 들었다고 해. 우리 아빠 방이 예전엔 옆에 있는 잡동사니 방이었거든. 그래서 경찰이 아빠한테 왜 말소리를 듣고 방에 가 보지 않았느냐고 물으니까 아빠는 그냥 말소리였기 때문에 가 봐야 한다는 생각을 안 했다고 했어. 소리를 질렀으면 당연히 가 봤겠지만 그냥 말소리였기 때문에 가 보지 않았다고. 이 부분에서도 경찰의 설명은 설득력이 떨어져. 강도였다면 그렇게 말을 하고 있을 게 아니라 당연히 소리를 지르거나 도망쳤어야 하잖아?"

"소리도 지르지 못할 정도로 온몸이 얼어붙어 버린 거라면?"

루미는 다원이 제기하는 가능성을 차가운 태도로 일축했다.

"제이 삼촌은 그런 겁쟁이가 아니었어. 종군 사진기자인 할아버지의 피를 그대로 이어받아 용감하면서도 프라임스쿨 입학시험에 합격할 정도로 현명한 소년이었다고. 강도한테 죽음을 당하더라도 비명 한번 못 지르고 죽을 사람이 결코 아니야."

다원은 자신이 실수했다는 것을 깨달았는지 미안한 기색을 보이며 다시 물었다.

"그럼 그 강도는 어떻게 해서 용감한 제이 아저씨 입을 다물게 할 수 있었던 건데?"

"그건 의외로 간단해."

루미는 이렇게 말한 뒤, 지금껏 누구에게도 얘기해 본 적 없는 비밀스러운 생각을 털어놓았다.

"제이 삼촌과 강도가 서로 아는 사이였기 때문이야."

다원이 놀란 얼굴로 물었다.

"두 사람이 아는 사이였다고?"

"그래."

다원은 혼란스러워 보였다. 루미는 쉽게 볼 수 없는 프라임 보이의 그런 모습이 마음에 들었다. 제이 삼촌 사건에 관한 한 프라임 보이보다 자신의 통찰력이 훨씬 더 뛰어났다.

루미는 앨범을 다시 가까이 가져오며 말했다.

"강도가 들어왔는데 없어진 게 아무것도 없었다, 심지어 지갑까지. 그건 일단 돈 때문은 아니란 얘기야. 당황해서 도망쳤다느니 하는 경찰 발표는 자신들의 무능력을 감추려는 눈가림일 뿐이지. 그리고 강도는 삼촌하고 어떤 이야기를 주고받았어. 절대 처음 본 사이는 아니야. 그것만 알아낼 수 있다면 정말 큰 도움이 될 텐데. 단어 하나만이라도 알면 난 모든 이야기를 유추해 낼 자신이 있거든."

"그럼 조이 아저씨에게 물어보면 되지 않아?"

다원의 제안을 들은 순간 루미는 자기도 모르게 피식 웃어 버렸다. 다원을 비웃은 게 아니라 아빠를 비웃은 것이었다.

"난 신문 박물관에 가서 당시 삼촌 사건을 다룬 신문 기사를 다 찾아보았어. 그래서 알게 된 게 뭔 줄 알아? 아빠가 얼마 안 가 바로 자신의 진술을 번복했다는 거야. 사건이 처음 기사화됐을 때는 분명 삼촌 방에서 말소리를 들었다고 했는데, 다음엔 잠결에 잘못 들은 것 같다고 말을 바꾸었어. 이상한 일이지? 자기 형이 죽었는데 동생이 그렇게 무책임한 모습을 보이다니."

"그건 아저씨가 어려서 착각했기 때문이 아닐까? 아저씬 그때…… 아홉 살이나 열 살 정도밖에 안 됐잖아."

루미는 바로 다원의 말을 반박했다.

"어려서 착각을 하고 증언을 번복한 것이라면 애초에 말소리를 들었다는 말 같은 건 왜, 어떻게 지어낸 걸까? 비명이 아니라 단순한 말소리였기 때문에 방에 가 보지 않았다는 신빙성 있는 설명까지 하면서 말이야. 아빠는 누가 강요한 것도 아닌데 스스로 먼저 그런 증언을 했어. 그건 그게 진실이라는 뜻이야. 아빠는 분명 거짓말을 했어. 경찰은 그 거짓말에 보기 좋게 넘어갔고."

"설마……. 아저씨가 왜 자기 형의 죽음이 얽힌 사건에 거짓말을 하겠어?"

루미는 다원이 제기하는 의문에 즉각 답을 주었다.

"제이 삼촌과 다르게 아빠 겁쟁이거든. 경찰이 이것저것 물어보는 게 겁나기도 했을 테고, 또 할아버지 할머니한테 혼날까 봐 무섭기도 했겠지. 아빠가 그 말소리를 듣고 바로 방에 가 보기만 했어도, 아니 최소한 내려가서 할아버지 할머니를 부르기만 했어도 삼촌이 그렇게 살해당하진 않았을 거잖아. 아빠 어른이 된 지금도 나아진 점이 전혀 없어. 무슨 일에서건 현상 유지가 가장 좋은 거라고 생각하지. 내가 삼촌 얘기를 꺼낼 때마다 아빠는 힘들게 묻은 상처를 들추지 말라고 화를 내거나 아예 대화를 회피하는 식이야. 정말 딱 법원 7급 서기관이 되기 위해 태어난 사람 같지 않아? 재판관이 읊은 판결문을 아무 의심 없이 그대로 옮겨 적기만 하면 되니 얼마나 편하겠어."

다원은 아무 말이 없었다. 난감한 표정인 걸 보니 바로 앞에서 자기 아버지를 비판하는 자식의 모습을 보는 게 어색한 모양이었다. 루미는 비록 가족일지라도 문제점이 있는 한 냉철하게 평가하는 게 옳다고 믿는 쪽이었지만, 다원이 느끼는 불편함을 이해 못 하는 것도 아니었다. 니스 아저씨처럼 훌륭한 아버지를 둔 아들이라면 이 세상 다른 아버지들도 다 당연히 자기 아버지처럼 훌륭한 줄로만 알 테니까.

루미는 다원을 배려해 화제를 본론으로 돌렸다.

"아무튼 이렇게 미심쩍은 점이 많은데도 삼촌을 죽인 범인은 그대로 9지구 후디로 지목되었고, 반년 정도 추가 수사를 한 끝에 삼촌 사건은 그냥 미제 사건으로 넘어가 버렸어. 애초에 9지구 사람을 지목한 이상 범인을 잡는 건 불가능한 일이었겠지. 형사사건에선 피해자가 열일곱 살이 되는 해부터 공소시효가 기산되니까 드디어 내년 4월이면 살인범을 처벌할 수 있는 30년 공소시효가 끝나게 돼. 그 생각을 하니까 난 초조한 기분이 들기도 하고, 다른 사람들은 추도식에나 참석하면서 이 상황을 그냥 받아들여 온 것에 화가 나기도 했어. 그러다 얼마 전 앨범에 있는 이 단 하나의 빈 자리를 발견한 거야. 그 순간 난 사라진 사진이 삼촌의 죽음과 관련 있다는 걸 바로 직감했어. 아니, 이건 내가 느낀 게 아니라…… 뭐랄까, 제이 삼촌의 영혼이 나에게 말해 준 것 같은 기분이 들었어. 자신의 죽음에 얽힌 진실을 풀어 달라고."

루미는 이성적인 논리를 중시하는 프라임 보이가 자신을 지나친 신비주의자로 여기며 거부감을 느껴도 어쩔 수 없다고 생각했는데 다행히 생각이 그대로 드러나는 다윈의 갈색 눈동자에는 이 자리를 피하고 싶어 하는 기색은 보이지 않았다.

루미는 그 눈빛에 힘을 얻어 다윈에게 물었다.

"다윈 넌 미싱 링크란 게 뭔지 알지?"

다윈이 고개를 끄덕거리며 "인류 진화의 퍼즐을 맞출 수 있는 잃어버린 연결 고리?"라고 대답했다.

"역시 진화론자답구나. 난 이 앨범에서 사라진 사진 한 장이 일종의 미싱 링크처럼 느껴져. 사라진 사진이 범인에게 어떤 의미를 가진 사진인지만 알아낼 수 있다면 삼촌을 죽인 사람이 누군지도 알 수 있을 거야."

"그럼 루미 넌 제이 삼촌을 죽인 범인이 이 사진을 가져갔다고 생각하는 거야?"

루미는 질문의 답을 다원에게로 돌렸다.

"넌 어떻게 생각하는데? 그 추측에 합리성이 있는 것 같아?"

다원은 사라진 사진 자리를 신중하게 바라보더니 말했다.

"합리적인 추측인지 아닌지는 실증적인 접근이 더 필요할 것 같은데."

자신의 존재감을 과시하지 않는 태도는 보통의 프라임 보이들과 차이가 있었지만, 신중한 대답이 요구되는 순간에는 다원 역시 표본적인 프라임 보이의 면모를 그대로 드러냈다. 루미는 '영혼'과 '실증적 접근'의 영역을 자유자재로 넘나드는 다원의 정신적인 포용력이 마음에 들었다. 양쪽 세계에 걸쳐 있는 제이 삼촌의 죽음에 얽힌 진실을 밝히는 데 무척 유용할 것 같았다.

"그래, 네 말이 맞아. 아무리 완벽한 추측이라도 증명해내지 못하는 한 아무 힘도 없는 거겠지. 그러면 다원, 그 증명을……."

말을 마치려던 그때 갑자기 방문이 활짝 열렸다. 다원과의 대화에 몰두한 나머지 발걸음 소리를 듣지 못했던 루미는 깜짝 놀라 문 쪽을 돌아보았다. 아빠였다.

"여기서 뭐 하니?"

기습적인 출현 때문인지 루미는 아빠가 자기 방에 무단 침입한 침략자처럼 느껴졌다. 루미는 그 기분이 눈빛에 그대로 드러나는 것을 굳이 숨기지 않은 채 대답했다.

"얘기 중이었어요."

"무슨 얘기?"

"프라임스쿨 남학생과 프리메라 여학생이 만나면 공통 화제가 꽤 많거든요. 외부인들은 잘 모르겠지만."

아빠가 시큰둥한 얼굴로 대꾸했다.

"그래, 난 외부인이라서 두 학교 학생이 무슨 얘기를 나눌지는 잘 모르겠다. 그런데 이 방에서만큼은 두 사람 다 외부인이라는 것은 확실히 알겠구나."

냉소적인 말투였던 아빠가 다원에게는 따뜻한 목소리로 말했다.

"다원, 아버지가 찾고 계시단다. 이제 가 봐야지."

다원이 침대에서 일어나며 말했다.

"조용한 곳을 찾다가 한번 올라와 봤는데 루미가 있어서 잠깐 이야기를 나누었어요. 불쾌하셨다면 죄송해요."

"불쾌하긴. 루미가 이 방을 너무 자기 것처럼 생각하는 것 같아서 주의를 줄 겸 한 말이었단다. 신경 쓰지 마렴. 참, 그런데 아버지에게는 이 방에 있었다고 얘기하지 않는 게 좋겠구나. 괜히 다원 네가 우리에게 폐를 끼쳤다고 생각하실 거야. 워낙 사려 깊으신 분이라……. 자, 배웅해 줄 테니

어서 내려가자."

감싸 안듯 다원의 어깨에 손을 두른 아빠의 몸짓에서 루미는 어쩐지 아빠가 자신과 다원의 접촉을 차단하려고 한다는 느낌을 받았다.

아빠가 방을 나가며 말했다.

"루미 넌 앨범을 제자리에 갖다 두고 침대도 깨끗이 정리해 놓고 나오렴. 알다시피 제이 삼촌은 흐트러진 걸 싫어하니까."

방에 들어온 걸 훈계하는 것치고는 지나치게 차가운 눈빛이었다.

잠시 뒤, 루미는 제이 삼촌 방 창가에 섰다. 부모님이 니스 아저씨와 다원을 배웅하는 모습이 보였다. 아빠가 아저씨에게 하는 인사도 어렴풋이 들려왔다.

"감사드려요. 매년 하는 말이라 염치도 없지만요. 그리고 역시 매년 하는 말이긴 하지만 이제는 정말 추도식을 그만 여는 게 좋겠어요. 어차피 아버지는 기억도 못 하시고 어머니도 손님을 치르는 게 힘들 만큼 노쇠해지셨으니……. 30년이면 충분하죠."

니스 아저씨가 미소를 지으며 아빠의 어깨를 가볍게 두드렸다. 일방적으로 추도식을 중단하려는 것에 대한 부드러운 질책으로 보였다.

인사를 마친 두 사람은 정원을 걸어갔다. 루미는 추도식의 책임자나 다름없는 니스 아저씨가 떠나는 것을 지켜보며 올해의 추도식도 아무 의미 없이 막을 내렸다는 공허감을 느꼈다. 그런데 그 순간, 울타리를 넘어서던 다윈이 갑자기 고개를 돌려 창가를 힐끔 올려다보더니 무언가를 말하려는 듯한 눈빛을 보냈다. 어른들에게 둘러싸여 있어 찰나의 순간으로 끝나긴 했지만 분명히 어떤 의미를 가진 시선이었다. 어떤 의미…….

루미는 미소 지었다. 제이 삼촌의 진정한 서른 번째 추도식은 지금부터 시작되는 것이다.

파티 후의 쓸쓸함

　　7월의 둘째 주 일요일, 러너는 지하
실로 들어가 바비큐 파티에 쓸 도구들을 꺼내 정원으로 날
랐다. 일흔 중반에 달하는 나이 때문에 대형 그릴을 혼자 옮
기는 일이 다소 버겁긴 했지만 벌써부터 휠체어를 타는 이
웃 동년배들과 비교하면 자신의 육체는 여전히 흔들림 없는
나무와 같다고 자신할 수 있었다.

　러너는 수돗가에 묶어 놓은 호스에 물을 틀고 솔로 그릴
틈새 하나하나를 열중해서 닦았다. 애나가 자기에게 맡겨
두고 그늘에 가서 그만 쉬라고 했지만, 러너는 어깨를 으쓱
해 보이는 몸짓으로 거절의 말을 대신했다. 한 달에 한 번 아
들과 손자가 방문하는 날에 손수 준비하는 바비큐 파티에
정성을 쏟지 않는다면 다른 무엇에 정성을 쏟을까. 러너는

얼룩 한 점 없는 그릴이 햇빛을 받아 눈부시게 반짝이는 것을 보고 만족스러운 미소를 지었다.

줄곧 옆에서 자리를 지키고 있던 애나가 말했다.

"다윈이 할아버지 정성을 알아야 할 텐데요."

"이깟 걸 갖고 무슨. 큰일을 할 아이가 이런 하찮은 것에 신경 써서야 되나? 위대하고 고차원적인 생각을 해야지."

"아무렴요, 미래의 대통령이 될 아이니까요."

애나가 맞장구를 쳐 주기 위해 하는 말이란 건 알았지만 러너는 굳이 부정하지 않았다. 프라임스쿨에 다닌다는 사실만으로도 모두들 자연스럽게 미래의 대통령이나 대법관을 떠올리니, 아주 허황된 말도 아니었다. 이럴 땐 마음에도 없는 겸손을 떨기보다는 오히려 솔직하게 자신감을 드러내는 것이 상대방의 시기를 덜 사는 방법이었다.

"그래, 제 아버지의 뒤를 이어서 말이지."

러너는 은색으로 반사되는 화려한 빛 속에서 아들의 미래를 본 것처럼 미소 지었다. 차기 문교부 장관으로 확정된 것이나 다름없는 지금의 상황을 감안하면 아들이 대통령 자리에 오르는 게 결코 소망이기만 한 것은 아니었다. 들리는 소문으로는 니스를 지도자로 만들기 위해 이미 문교부 원로들이 물밑 작업을 시작했다고 했다.

그런데 이렇게 정계에서 위상을 쌓아 가는 아들을 보는 기쁨이 커질수록 그 밑으로는 지난 시간에 대한 후회가 깊어졌다. 아들의 진로를 일찍이 바로잡아 주지 못한 것이 아

버지로서 큰 실책으로 여겨졌기 때문이다. 후회가 지나치
다 보면 때로는 아들을 너무 자유롭게 키운 아내에게 슬쩍
원망스러운 마음이 들기도 했다. 사업으로 오래 집을 비워
야 했던 자신을 대신해 아내가 다른 1지구 학부모들처럼 아
들을 조금만 더 닦달했다면 니스도 당연히 프라임스쿨에
들어갈 수 있었을 테니까. 니스가 프라임 출신이기만 했으
면 지금보다 훨씬 더 많은 지지와 지원을 받을 수 있을 것이
다. 호스 끝을 눌러 물줄기를 퍼져 나가게 하던 러너는 문득
아들의 어린 시절이 생각나 웃음이 나왔다.

  '문교부의 혜안'이라고 불리는 아들이 실은 중학교를 졸
업할 무렵만 해도 공부와는 담을 쌓은 장난꾸러기였다는
것을 아는 사람이 있을까. 이따금 학교에서 나머지 공부를
했던 사실을 아는 사람은. 혹시 장관 후보 합동 토론회 때 부
끄러운 성적표가 공개돼 모두를 놀라게 하는 것은 아닐지.

  그러나 사실은 그런 상황을 심각하게 걱정하지는 않았고
오히려 난처해하는 아들의 모습을 떠올리며 실없는 웃음을
흘릴 때도 있었다. 장담컨대 열등생이었던 아들의 과거가
미래를 해치는 일은 없을 것이다. 외려 수완이 좋은 참모진
만 꾸려진다면 훗날 그 많은 C⁻를 이용해 표를 더 끌어모을
가능성도 있다. 치명적인 흠이 아니고서야 완벽한 사람이
가지고 있는 한두 가지 결핍은 대중에게 더 친근하게 다가
갈 수 있는 귀중한 자산이 되기도 하니.

  그렇게 긍정적으로 받아들이고 나자 러너는 아내를 원망

할 것이 아니라 그 자애로움에 고마워해야 하는지도 모르겠다는 생각이 들었다. 어쨌거나 아들이 공부에 흥미를 붙이기까지 인내심을 갖고 기다려 준 것은 아내였다. 그리고 그걸 알고 있기라도 한 듯 아들은 때가 되자 드디어 알을 깨고 나와 훌륭한 사회인이 됨으로써 제 어머니의 사랑에 보답했다.

러너는 호스 물줄기를 정원의 나무들 쪽으로 돌렸다. 여름 햇살을 먹고 나뭇잎이 하루가 다르게 무성해졌다. 매일같이 보는 풍경인데도 어느 날 아침 문득 '이렇게나 많이 자랐나.' 하는 생각이 들 때가 있었다. 그러고 보면 아이들도 이 나무들과 비슷한 건지도 모른다. 하룻밤 사이에 열등생에서 우등생으로 환골탈태한 아들처럼, 도무지 대책 없는 장난꾸러기였다가도 어느 순간 사물을 깊게 응시하는 눈빛을 보이는 게 아이들이란 존재이니. 아들에게 그 순간이 조금만 일찍 와 프라임스쿨에 들어갔다면 더 바랄 게 없었겠지만, 비프라임스쿨 출신이라는 약점을 딛고 그만한 자리에 올랐다는 것은 오히려 아들이 프라임스쿨 출신들보다 훨씬 더 명석하다는 증거이기도 했다. 분별력 있는 대중이라면 분명 그 점을 알아봐 줄 것이다.

러너는 높게 뻗어 오른 나뭇가지들을 보며 세대가 이어질수록 더 발전하는 영 가문의 핏줄에 무한한 긍지를 느꼈다. 훌륭한 아들에 더 훌륭한 손자. 나뭇잎 사이사이로 쏟아지는 햇빛이 얼마나 빛나는지 눈을 뜨고 있기가 힘들었다.

"어르신, 차관님 차가 오는 게 보이네요."

준비를 마친 뒤 파라솔 그늘에서 쉬고 있던 러너는 애나의 말을 듣고 얼른 자리에서 일어나 마중을 나갔다. 다윈이 미리부터 창을 열고 반갑게 손을 흔들고 있었다. 어느덧 열여섯 살이 돼 프라임스쿨의 엄격한 규율을 수용할 만큼 성숙했지만, 집에 오면 그저 어리고 귀여운 손자일 뿐이었다.

러너는 "할아버지!" 하고 외치며 차에서 내리는 다윈을 품 안으로 끌어안은 뒤 다윈이 들고 온 가방을 대신 어깨에 멨다. 잠깐이라도 공부하겠다고 휴가날까지 책을 챙겨 온 손자가 더욱 기특하고 자랑스러웠다. 이런 마음가짐이라면 제 삶에서 이루지 못할 것이 없으리라. 차곡차곡 성을 쌓아 가는 손자의 모습을 지켜볼 수 있도록 자신의 시간만 느리게 흘러 준다면 더 바랄 게 없을 것 같았다.

이웃들까지 참석한 바비큐 파티가 무르익어 갔다. 러너는 호스트로서 친구들 얼굴에서 웃음이 끊이지 않는 것에 만족했다. 날마다 연금제도나 건강 보조제 같은 정보나 나누며 지내는 친구들에게 현직에 있는 문교부 실세와 프라임스쿨 학생이 전하는 이야기는 정체된 혈액을 다시 돌게 해 줄 만큼 흥미로울 것이다. 니스와 다윈 모두 신중하고 겸손한 성품 탓에 말을 아꼈지만 "미래 세대는 저희 세대보다 성취감을 더 직접적으로 느껴 봐야 해요. 앞으로의 교육은 그걸 어떻게 실현할지를 두고 벌이는 싸움이죠."라거나,

"법학 시간이 재미있어요. 법이란 건 평소엔 뒷자리에서 침묵하고 있다가 결정적일 때 앞으로 나와 모두를 납득시키는 말을 하잖아요." 같은 진지한 대화는 은퇴자들로 하여금 다시 중요한 자리에 앉은 듯한 환상을 갖게 해 주었다.

친구들은 앞다투어 각자가 일했던 분야에서 얻은 경험과 교훈을 들려주었다. 배려심 깊은 두 부자는 누구의 조언 하나 허투루 넘기지 않고 "다음번엔 그렇게 해 봐야겠네요."라고 말해 친구들의 어깨를 으쓱하게 했다. 물론 그중에서도 어깨가 가장 높게 솟아오른 사람은 이렇게 훌륭한 아들과 손자를 둔 러너 자신이었다.

저녁이 다 돼 손님들을 모두 배웅하고 난 러너는 과제를 무사히 치러 낸 것처럼 홀가분한 기분이 들었다. 친구들의 부러움을 사며 왁자지껄하게 보내는 것도 좋지만, 진정 바라는 것은 삼대가 둘러앉은 이런 시간이었다. 애나가 고기를 소화하는 데 좋다는 차를 내왔다. 러너는 느긋한 자세를 취하며 말했다.

"역시 가족끼리가 가장 편하구나. 친구들이 아무리 좋아도 결국엔 외부인들이지 않냐. 너무 말을 많이 한 날엔 혹시 실수를 하진 않았는지 염려가 들기도 하지. 자, 이젠 우리끼리니 다른 사람이 있는 데서는 못 할 얘기까지 실컷 해 보자. 다윈, 지난달에 왔을 때와 비교해 너한테서 일어난 가장 큰 변화가 뭐니?"

그런데 다윈이 대답하기 전에 니스가 먼저 통명스러운

목소리로 "겨우 한 달인데 뭐 큰 변화랄 게 있겠어요." 하고 끼어들었다. 아들의 무뚝뚝한 말투에 러너는 좋았던 기분이 조금 상하고 말았다.

"어린애들의 한 달을 너나 내가 보내는 한 달과 똑같이 생각하는 건 잘못된 거다. 한 달 내내 걸어도 나는 겨우 3지구 근처에나 갈 수 있을지 모르지만, 다윈은 국경도 넘어갈 수 있을 거 아니냐. 그건 대단한 차이지. 안 그러니, 다윈?"

다윈이 얘기하는 사람의 기분을 좋게 해 주는 웃음을 지으며 "맞아요."라고 했다. 손자의 동의에 러너는 상했던 마음이 금세 풀리는 것 같았는데, 그 말에 니스는 더 냉소적인 투로 대꾸했다.

"대단한 차이긴 하겠네요. 실제로는 기숙사에 사는 다윈보다 실버힐에 사는 아버지가 더 멀리 갈 수 있을 테니까. 아침마다 조깅도 하시고, 워낙 잘 뛰시잖아요."

그러더니 애나를 불러서 차에 위스키를 조금만 타 달라고 부탁했다. 애나가 "돌아갈 때 운전해야 하는데 괜찮으시겠어요?"라고 걱정을 비치니, 니스는 "한 모금만요." 했다. 애나는 눈치를 살피며 "술이 깨야 한다는 핑계로 어르신이 차관님을 더 오래 붙잡고 계실 수 있겠네요."라고 말한 뒤 부엌으로 들어갔다.

니스는 술을 기다리는 동안 피곤한 듯 소파에 머리를 뉘었다. 러너는 아들이 술을 마시는 것도, 한 달 만에 만나는 아비 앞에서 세상 다 산 것 같은 얼굴을 하고 있는 것도 다

파티 후의 쓸쓸함

73

마음에 들지 않았다. 그중에서도 가장 마음에 안 드는 것은 아들이 저렇게 행동하는 이유였다.

"어제가 제이의 추도식이었지?"

공허한 눈빛으로 천장을 바라보고 있던 니스가 고개를 돌리더니 물었다.

"알고 계셨어요?"

러너는 퉁명스럽게 나오는 목소리를 굳이 감추지 않았다.

"모를 리가 있겠냐. 장장 30년 동안 이맘때만 되면 늘 그 집안 일부터 챙기는데. 다윈이 프라임스쿨에 입학한 뒤로는 그만두려나 했는데 공교롭게도 학교 휴가까지 기일이 있는 주에 들어맞아서……. 아무튼 참 대단한 우정이다."

니스는 아무 말도 없었다.

러너는 이 기회에 마음에 품고 있던 충고를 할 겸 목소리를 높였다.

"그만하면 너도 친구로서 할 만큼 한 거다. 아니, 지나치게 했지. 다른 동창들을 봐라. 그 애 기일을 너처럼 챙기는 애가 하나라도 있던? 처음 1, 2년간은 얼굴을 비쳤던 애들도 지금은 완전히 발길을 끊었지 않아? 그게 현명한 거다. 이제 와서 갑자기 참석도 않고 지원을 끊었다간 그 집안 사람들에게 오히려 서운한 소리를 듣게 생겼지 않냐?"

애나가 위스키를 넣은 차를 새로 가져왔다.

니스는 찻잔을 받아 들고 한 모금 마신 뒤 말했다.

"다른 사람들이야 어떻게 하든 무슨 상관이에요. 전 제가 해야 할 일을 하는 것뿐인데."

러너는 답답한 마음에 혀를 찼다.

"그게 어떻게 네가 해야 할 일이라는 거냐? 제이에게 부모가 없어, 형제가 없어? 문교부 차관이 얼마나 막중한 자리인데 해마다 죽은 애 기일을 챙기는 것도 모자라 그 집 아버지, 어머니 생일까지 챙겨. 그 시간에 차라리 그 뭐냐, 아까 말했던 미래 세대를 위한 교육 방향을 구상하는 게 훨씬 가치 있는 일일 게다."

니스는 더 들을 가치도 없는 충고라는 듯 일언지하에 잘라 말했다.

"제이가 살아 있었다면 당연히 했을 일이에요."

러너도 물러서지 않았다.

"말 한번 잘했구나. 그래, 제이가 살아 있었다면 백번이고 했을 일이지. 네가 아니라 제이가. 도대체 그 애가 죽었다고 네가 그 일을 해야 할 이유가 뭐란 말이냐. 제정신도 아닌 양반에게 훈장 수여를 하질 않나, 친구로서의 도의는 이제껏 한 것만으로도 차고 넘친단다."

니스는 차가운 목소리와 그보다 더 차가운 눈빛을 하고서 말했다.

"어떤 게 제 일인지 아닌지는 제가 결정하는 겁니다. 아버지 말씀대로 생각하고 행동할 나이는 진즉에 지났어요. 제가 다음부터 이 집에 오지 않길 바라시는 게 아니라면, 이 얘기는 더 꺼내지 마세요."

러너는 손자도 지켜보는 앞에서 자신을 가르치려 들듯 얘기하는 아들의 태도가 괘씸했다. 조금 전 친구들과 있었을 때 보이던 상냥한 웃음을 생각하면 집에 들어오는 순간 완전히 다른 사람으로 돌변한 것 같았다. 물론 이러는 게 오늘이 처음은 아니었다. 대외적으로는 예의 바르기로 소문난 아들이지만 사실 제 아비에게는 버릇없고 적대적으로 반응할 때가 종종 있었다. 이유도 모른 채 일방적으로 그 차가운 눈빛을 받고 있노라면 "세상의 모든 아들들은 아버지의 적군이다."라는, 어느 신문 서평에선가 읽은 문구가 어렴풋이 떠올랐다. 독서를 즐기지 않는 탓에 제목도 기억해 두지 않고 그냥 지나쳐 버렸는데 혹시 지금 그 책을 다시 찾아 끝까지 읽는다면 도대체 세상의 아들들이 제 아버지를 적군으로 삼는 황당한 이유가 무엇인지 알 수 있을지 궁금하기도 했다.

테이블 사이로 긴장된 적막감이 도는 가운데 애나가 부엌에서 나오며 물었다.

"어르신, 아무리 찾아도 무선전화기가 보이지 않는데 혹시 다른 곳에 두셨어요?"

한참을 생각하던 러너는 "아차!" 하며 소파 팔걸이를 쳤다.

"아까 지하실에 갈 때 친구들이 식사 시간을 묻는 전화를 계속 걸어 오기에 가지고 들어갔는데 그대로 놓고 온 모양이야. 이것 참, 나도 갈 때가 됐네."

러너는 아들이 늙은 아비에게 조금이라도 미안한 마음을 가지도록 마음에도 없는 자책을 했는데, 니스는 찻잔에만 시선을 둘 뿐 눈길 한번 돌리지 않았다.

대신 애나가 웃으며 위로했다.

"정말 갈 때가 되신 분은 본인이 물건을 어디에 뒀는지조차 기억 못 하는 법이에요. 베테랑 도우미로서 장담하는데, 어르신이 천국에 가려면 아직 30년은 더 기다려야 할 거예요. 대기 줄이 길어지면 50년도 될 수 있고요."

애나의 다정하고도 재치 있는 응수에 러너는 아들과의 설전으로 언짢았던 마음이 조금 풀렸다. 앞으로 50년. 물론 허황된 숫자라는 건 알지만 20대 때도 70대는 절대 오지 않을 그저 먼 미래이기만 했다.

애나가 "집에 전화를 걸어 줄 시간이라 얼른 내려갔다 와야겠어요." 하며 발걸음을 옮겼다.

그때 다윈이 자리에서 일어나며 말했다.

"제가 다녀올게요. 아주머니는 지하실을 무서워하시잖아요."

러너는 배려 있게 행동하는 다윈이 기특했다.

"오, 다윈, 그래 주겠니? 그래, 남자가 셋이나 있는데 여자를 지하실에 내려보내는 건 명예롭지 못한 일이지."

"얼른 다녀올게요."

지하실로 내려가는 다윈을 보고 애나가 말했다.

"정말 착한 아이예요, 자랑스러우시죠?"

러너는 할아버지가 손자에게 보낼 수 있는 가장 흐뭇한 눈길로 다윈의 뒷모습을 바라보는 것으로 대답을 대신했다. 그러고는 아들이 손자의 반만이라도 다정해졌으면 좋겠다는 생각에 에둘러 말을 걸었다.

"이래서 어린이가 어른의 스승이라는 말이 있는 거겠지. 넌 어떠냐, 네가 보기에도 참 착한 아들이지 않냐?"

니스가 소파 등받이에 양팔을 올린 채, 또 비아냥거림이 느껴지는 투로 말했다.

"착하죠, 아버지와 저의 쓸데없는 언쟁을 지켜보고 있게 하는 게 미안할 정도로. 전화기를 놓고 오신 건 잘하셨어요. 그런 핑계로라도 이 불편한 자리를 뜨게 해 줘야죠. 아, 그리고 덧붙여 하나 말하자면, 어린이가 어른의 스승이라는 그 표현 말이에요, 그건 사실 어린이에 비추어도 부끄럽지 않은 깨끗한 삶을 산 사람이나 할 수 있는 꽤나 엄격한 말이에요. 그렇지 않은 사람이 했을 땐 아주 우스운 뜻이 돼 버리거든요. 한번 비교해 보세요, 훌륭한 성인이 '어른의 스승은 어린이'라고 말하는 것과 극악무도한 범죄자가 그렇게 말하는 게 얼마나 다른지."

아들의 찻잔은 바닥이 드러나 있었다.

러너는 화를 간신히 참으며 물었다.

"벌써 취한 거냐?"

"전혀요. 말짱해요."

"그럼 네 말은 뭐냐, 나는 그 말을 할 자격이 없는 사람이라는 뜻이냐?"

"그렇게 말씀드리진 않았어요. 다만 아버지가 그 말이 담고 있는 위험성을 알고 계셨으면 좋겠다는 생각에서 조언을 드린 것뿐이에요. 혹시라도 사람들에게 비웃음을 사선 안 되니까."

"모욕하는 방법도 참 여러 가지구나. 그래, 고맙다. 네 덕분에 하나 배웠으니 앞으로는 더 당당하게 그 말을 쓸 수 있겠구나. 비록 내가 제 아비를 농락하는 자식을 낳아 키우느라 훌륭한 성인은 못 됐지만, 극악무도한 범죄자는 아니지 않냐."

러너는 목까지 차오르는 숨을 간신히 참으며 니스를 똑바로 바라보았다. 잠시 뒤, 니스는 손바닥으로 얼굴을 쓸어내리더니 "취하긴 했나 봐요." 하고는 운전하기 전 잠깐 눈을 붙여야겠다며 2층 손님방으로 올라갔다. 이제야 제가 한 말실수를 깨달은 모양이었다.

혼자 거실에 있기가 쓸쓸해진 러너는 정원으로 나왔다. 바람에 나뭇잎이 스치는 소리가 유독 크게 들려왔다. 러너는 아들과 왜 툭하면 이렇게 부딪치는지 이유를 알 수 없었다. 자신은 아들을 진심으로 사랑하고 자기 인생보다 아들의 인생에 더 많은 영광이 있기를 바랐다. 그런데 그런 마음이 시험이라도 당하듯 아내가 세상을 떠난 후로는 이런 식의 신경전이 일상사가 되어 버렸다. 아들은 마치 제 어머니가 세상을 떠날 때까지 묵묵히 참아 오기라도 한 것처럼 이

전에 보이지 않았던 반감을 불쑥불쑥 드러냈다. 도대체 어떤 생각들이 머릿속을 어지럽히고 있어 사춘기 때도 하지 않은 반항을 이제 와 하는 걸까. 그러나 아무리 고민해 봐도 쉽사리 속 시원한 답을 찾을 수가 없었다. 그럴 땐 아들이 아니라 자신의 행동과 말을 돌이켜 보기도 했다. 혹시 나에게 내가 모르는 무슨 문제가 있는 걸까? 만약 그렇다면 아들과의 관계를 위해 기꺼이 자신을 고칠 의향도 있었다. 그러나 아무리 생각해 봐도 아들을 진심으로 사랑하고 아들의 장래를 축복하는 아버지의 마음에 잘못된 구석이 있을 리가 없었다.

러너는 주머니에 손을 찔러 넣은 채 어둠이 내리는 정원을 말없이 걸었다. 대지는 세상의 풍경을 단조로운 색으로 조용하게 받아 그리고 있었다. 러너는 자신의 인생도 이 땅처럼 외부에서 일어나는 불꽃들을 담담히 받아들이는 시기로 접어든 지 오래라는 것을 알았다. 이제 남은 것은 아들과 손자가 인생의 꿈을 이루고 가족끼리 화목하길 바라는 소박한 꿈밖에는 없었다. 그것이 그렇게 말도 안 되는 과욕이란 말인가.

"아버지 때문에 속상하셨죠?"

러너는 자신의 어깨에 얹힌 따뜻한 손의 무게를 느끼고 뒤를 돌아보았다. 다윈이 제 아버지 대신 미안해하는 표정을 지으며 등 뒤에 서 있었다. 러너는 아들도 몰라주는 자기 마음을 손자가 알고 위로해 주는 것이 기특하면서도 아이에게 어른들 일을 걱정하게 만들었다는 사실에 부끄러운 마음이 들었다.

러너는 할아버지라는 위치에 걸맞은 여유를 보이며 말했다.

"속상하긴. 다윈 너는 아직 모르겠지만 내 나이가 돼서 아들과 그렇게 언쟁할 수 있다는 건 오히려 고마운 일이란다. 아까 만났던 친구들 중에 하나가 그러더구나. 자기 아들은 자기가 하는 말에 늘 웃으면서 '맞아요.'라고만 하는데 본인은 그게 그렇게 화가 날 수가 없다고. 자기를 이미 죽은 사람 취급 하는 것 같다지 않아? 그렇게 보면 니스는 아직도 이 늙은 아비를 협상 테이블 상대로 대우해 주는 거지."

그러자 다윈이 어린아이처럼 품속에 안기며 말했다.

"할아버지랑 아버지도 가끔은 이렇게 안아 보세요. 그러면 서로를 더 잘 이해하게 될 거예요. 전 할아버지랑 아버지가 스킨십 하는 모습을 본 적이 별로 없는 것 같아요."

러너는 자기 그림자 옆에 다정하게 붙은 그림자를 흐뭇하면서도 쓸쓸하게 바라보았다.

"별로가 아니라 아예 없을 거다. 나도 기억이 가물가물하니."

"육체는 영혼을 담는 그릇이라고 하죠? 그릇끼리 부딪치지 않는데 어떻게 서로의 영혼을 느끼겠어요?"

러너는 웃으며 다윈의 머리를 쓰다듬었다.

"우리 다윈은 시인이구나."

"바로 이거예요. 저한테 하듯이 아버지에게도 이렇게 해 보세요."

러너는 다원의 머리를 쓰다듬었던 손으로 다시 손자의 어깨를 감싸 안으며 말했다.

"글쎄다, 상상이 안 되는구나. 이젠 머리를 쓰다듬어 줄 나이도 지났고."

"하지만 아무리 나이를 먹어도 아버지가 할아버지의 아들이란 사실엔 변함이 없잖아요. 저보다도 더 가까운 사이인걸요."

"그게 말이다, 나도 왜 그러는지는 모르겠는데, 아주 오래전부터 아버지와 아들보다는 할아버지와 손자 사이가 더 쉬운 거라는 말이 있더구나. 나만 그런 게 아니라 대부분의 사람들이 그렇게 느끼는 모양이야."

다원이 이해할 수 없다는 얼굴로 말했다.

"하지만 아버지와 전 세상에서 가장 가까운 사이인걸요."

러너는 "그러니 축복이지. 언제까지나 그랬으면 좋겠구나."라고 말하며, 티끌 하나 없이 매끄러운 손자의 뺨을 쓰다듬었다. 어린 시절 아들의 흔적이 깃들어 있기에 더 사랑스러운 얼굴이었다.

그때 현관에서 "다원, 이제 그만 집에 가자." 하고 외치는 소리가 들렸다. 어느새 니스가 잠에서 깬 모양이었다. 다원이 "네." 하고 대답하며 얼른 니스에게 달려갔다.

점점 작아지는 다윈의 뒷모습을 보며 러너는 어쩐지 아쉬운 마음이 들었다. 방금 전 다윈에게서 아들의 자취를 느껴서인지 마치 열여섯 살의 니스가 어느 날 밤 홀연 자신의 품을 떠나 어딘가로 날아가 버리는 것 같았다. 손에 다윈의 따뜻한 체온이 남아 있어 쓸쓸한 마음이 더 컸다.

오래된 것과 새 친구

　　'오래된 것들' 행사를 위한 탁자가
교정 곳곳에 마련된 토요일 오후, 프라임스쿨로 쏟아지는
환한 햇살에 '지혜의 책장'을 넘기는 청동상의 어깨가 유독
빛나 보였다. 매년 이 시기에 행해지는 '오래된 것들' 행사
는 프라임스쿨 정신의 한 축을 받들고 있는 오랜 전통이었
다. 그러나 전통이라 불리는 대부분의 양식이 그렇듯 '오래
된 것들' 행사 역시 시작은 그것이 전통의 기원이 될 줄 몰
랐던 200여 년 전 기숙사 한 방에서 우연히 움을 틔웠다.
　　그 무렵 학생들은 가문을 상징하는 작은 물건 한두 개를
늘 지니고 다녔는데, 낯선 기숙사에서 동지가 된 기념이자
영원한 우정을 약속하는 증표로 서로가 소중히 여기는 가
문의 물건들을 교환하곤 했다. 몇몇끼리의 사적인 일화에

지나지 않았던 이 나눔은 전염성 강한 또래들의 입을 타고 빠르게 유행해 기숙사의 비공식 규칙으로 보편화되었다. 그리고 얼마 뒤, 학생들 간의 교류를 독려할 방법을 찾던 학교에서 이 소년다운 행위를 공식적으로 인정함으로써 오늘의 의식에 이른 것이다.

학교의 나이 든 인사들은 오래된 물건을 통해 어린 학생들이 자신의 현재와 닿아 있는 가문의 역사를 되돌아보고, 그 물건을 다른 가문의 친구와 교환함으로써 프라임스쿨 학생들만의 미래를 공유할 수 있다고 믿었다. 그 믿음에 응답하듯 오래전 학교를 떠난 졸업생들 사이에서도 '오래된 것들' 행사에서 교환한 물건의 가치는 여전히 유효했다. 이를테면 의회의 냉기류가 지속될 경우 학창 시절 물물교환했던 추억을 되살려 "45년 전, 의원님과 저는 백금 커프스 단추와 헌팅캡을 교환함으로써 등가의 거래를 뛰어넘는 동반자 정신을 공유했던 경험이 있죠."라고 말하며 합의로 가는 물꼬를 트는 식이었다.

행사는 동기숙사와 서기숙사의 대표가 제비뽑기로 '접대'와 '응대'를 정하는 것으로 시작되었다. 접대는 교정에 마련된 탁자 위에 자신의 오래된 물건을 올려놓은 채 앉아 있는 것이고, 응대는 자신의 오래된 물건을 들고 다니면서 흥미로워 보이는 물건에 접근하는 것이었다. 양쪽이 아무 불평 없이 합의에 이르렀을 때만 물물교환이 성사되는데 이번에 접대를 맡은 쪽은 동기숙사였다.

행사장 입구에는 프라임스쿨의 학생회가 참관한 가운데, 각자 가져온 물품의 종류를 써넣는 종이가 마련되어 있었다. 누구와 어떤 물건을 교환했는지 이곳에서 기록으로 남기는 것이었다. 다윈은 학생회 멤버들과 인사를 주고받은 뒤, 자신의 이름 옆 빈칸에 '의류'라고 적고는 빈자리를 찾아갔다.

천이백 명이 한꺼번에 쏟아진 교정은 물건이 아니라 서로의 몸을 교환하는 것으로 느껴질 만큼 금세 혼잡해졌다. 오래된 물건을 앞에 놓고 '방문자'를 기다리고 있던 다윈은 혼자 있는 시간이 길어지자 자연스레 하늘로 눈길을 돌렸다. 구름 없는 하늘은 지상과 달리 극단적인 선명함과 단순함을 띠고 있었다. 그 대비는 돌연 선명하지도 않고 단순하지도 못했던 자신의 행동에 대한 때늦은 후회를 불러일으켰다.

왜 그렇게 머뭇거렸던 걸까. 편지가 담긴 주머니를 더듬거리면서도 왜 끝내 편지를 꺼내지는 못했던 걸까. 루미가 "다윈 넌 영혼이 있는 사람이니?"라고 물었을 때 주저하지 않고 편지에 담긴 영혼을 보여 주었어야 했는데. 아니, 창가에 선 루미와 눈이 마주쳤던 그 마지막 순간에라도 아버지께 놓고 온 것이 있다며 다시 제이 아저씨의 방으로 뛰어 올라갔더라면…….

하늘이 가깝게 다가올수록 주변의 소란은 자신과 상관없는 곳에서 일어나는 일처럼 점차 멀어졌고, 다윈은 그 자발적인 고립감 속에서 한순간의 망설임으로 다시 1년이라는 시간을 지체하게 된 것에 허탈감이 들었다. 단지 허탈감만은 아니었다. 스스로에 대한 실망감은 그보다 훨씬 더 크고 깊었다. 편지를 주지 못한 행위는 단지 계획했던 일의 '불발'에 그치는 것이 아니라, 용기 없는 자신의 한 단면을 발견한 또 다른 '사건'이었기 때문이다. 자기 안에 그런 모습이 있음을 인정하는 것은 쓰디쓴 사탕을 천천히 녹여 먹는 일과 같았다. 사탕의 형체는 줄어들어 결국 사라지겠지만 한번 경험한 맛은 영원히 뇌리에 남을 수밖에 없다. 다윈은 자신의 기분과는 너무나 대조적으로 빛나는 하늘을 향해 가볍게 한숨을 내뱉었다. 그때였다.

"이게 뭐냐니까?"

어디선가 들어 본 적 있는 목소리에 하늘에서 시선을 내린 다윈은 정면에 햇빛을 가리고 서서 자기 얼굴 앞으로 손을 휘젓고 있는 사람의 형상을 마주하고 깜짝 놀랐다. 얼마나 오래 그러고 있었던 건지 몰라 미안해진 다윈은 얼른 자세를 바로잡고 "아, 미안. 잠깐 딴생각을 하느라."라고 사과했다. 그 애는 개의치 않는 듯 "괜찮아, 나도 늘 그러니까." 하더니, 책상 위에 있는 오래된 물건을 활짝 펼치며 물었다.

"멋지네. 출처가 어디야?"

"우리 할아버지 지하 창고."

"멋진 할아버지네. 다른 건 또 뭐가 있는지 나도 그 지하실에 한번 들어가 보고 싶은데?"

온통 하늘에 몰두해 있던 시선이 다시 지상에서 벌어지고 있는 일들로 내려오자, 다원은 '방문자'의 정체를 확실히 파악할 수 있게 되었다. 그러자 문득 일주일 전, 추도식에서 들었던 음성이 들려왔다. "아버지들을 이어서 자식들도 친구가 되면 좋을 거 아냐."라고 했던 버즈 아저씨의 목소리였다. 그 위로 "자기들끼리 자연스럽게 어울리는 게 좋잖아."라고 했던 아버지의 목소리가 겹쳐졌다. 다원은 아버지가 말한 '자연스럽게'가 어쩌면 이런 상황을 예고한 것이 아니었을까 생각하며 말을 걸었다.

"너, 레오 마샬 맞지?"

상대방도 바로 똑같이 응대했다.

"넌 다원 영, 맞지?"

이야기를 나눠 본 적은 없지만, 상대방의 존재를 인지하고 있었던 것이 자기만이 아니었다는 것을 알고 나자, 다원은 친교의 몇 단계를 훌쩍 뛰어넘은 것 같은 친근감이 들었다.

"나, 지난번 휴가 때 너희 아버지 만났는데 혹시 말씀하셨어?"

"우리 아버지를 알아?"

"그럼, 버즈 미디어. 유명인이시잖아."

레오가 시큰둥한 얼굴로 말했다.

"유명인은 다원 너희 아버지 아니야?"

"공무원을 대중 인사에 비교할 건 아닌 것 같은데."

"프라임스쿨 위원장을 맡고 있는 공무원이라면 얘기가

달라지지."

다윈은 잠시 입을 다물었다. 되도록이면 학교 안에서는 아버지의 직위를 거론하지 않으려고 하지만, 지금 같은 우연한 상황의 대화까지 피해 갈 방법은 없었다. 그러자 레오는 마치 그 불편함을 이해하기라도 한 듯이 이야기를 본론으로 돌렸다.

"그런데 우리 아버지를 어디서 만난 거야?"

"아는 분 추도식에서."

"추도식? 이맘때의 추도식이라면…… 혹시 제이 아저씨?"

레오의 정확한 추측에 다윈은 깜짝 놀랐다.

"제이 아저씨를 알아?"

프라임스쿨에서 오직 자신만이 참여하는 제이 아저씨의 추도식을 레오가 알고 있다는 것이 신기해 한 질문이었는데, 뒤늦게 버즈 아저씨가 제이 아저씨의 옛 친구였다는 사실과 레오가 버즈 아저씨의 아들이라는 관계를 더해 보니 충분히 알 수도 있겠다는 생각이 들었다. 자기 역시 그런 단계를 통해 제이 아저씨의 추도식을 알게 된 것이니. 그런데 이어진 레오의 대답은 그 추정에서 완전히 벗어난 것이었다.

"알지. 루미 헌터 삼촌이잖아. 우리랑 같은 나이에 죽은……."

다윈은 순간적으로 눈을 찡그렸다. 레오의 입에서 예상

치 못한 이름이 나와서인지, 아니면 레오의 머리 위로 떠 있는 태양이 너무 눈부셔서인지는 확실하지 않았다.

레오가 말했다.

"그렇게 오래전에 죽은 사람 추도식을 하는 건 루미네밖에 없을 거야, 안 그래?"

다윈은 '루미는 어떻게 아는 거야?'라고 묻고 싶었지만, 어쩐지 그 질문을 하는 게 망설여져 "제이 아저씨를 안다면 너도 추도식에 왔으면 좋았을 텐데."라고 얼버무리듯 말했다.

그러자 레오는 지겨운 숙제라도 떠맡은 것 같은 표정을 지으며 "한 달 만에 얻은 자유를 한 번도 본 적 없는 사람의 추도식에?"라고 혼잣말로 중얼거리더니 이어 말했다.

"난 오히려 다윈 네가 거기에 가는 게 놀라운데. 너도 제이 아저씨를 만나 본 적 없긴 마찬가지잖아. 물론 만날 수도 없는 사람인 게 먼저지만."

"만나 본 적은 없지만, 그래도 아버지의 친한 친구였으니까."

"우리 아버지랑 너희 아버지, 제이 아저씨가 옛 친구 사이라는 건 알고 있었는데 참 다르다. 우리 아버지는 나한테 추도식에 가자는 말은 한 번도 한 적이 없는데. 물론 본인도 안 가고."

다윈은 오늘 처음 이야기를 나눠 본 레오 마샬이 예상과 달리 아버지 대부터 이어져 온 관계를 자신보다 더 잘 알고 있다는 사실에 조금 놀랐다.

"레오 넌 세 분이 친구 사이라는 걸 알고 있었나 보구나. 난 너희 아버지 얘기는 한 번도 들어 본 적이 없는데. 두 분이 친구였다는 것도 이번에야 알게 됐어."

"뭐, 나도 자세히 아는 건 아니야. 예전에 루미가 우리 집에 놀러 왔을 때 아버지가 루미의 성을 듣고는 혹시 제이 헌터의 친척이냐고 물어서 알게 된 정도니까. 그때 루미가 여러 가지를 캐묻는 바람에 잠깐 세 사람이 어렸을 때 친구였다는 얘기를 듣긴 했는데, 그게 다였어. 아버지는 옛이야기 하는 걸 안 좋아하시거든. 물론 다른 이야기도 그렇지만……. 우리 아버지를 전혀 언급 안 하셨던 걸 보면 너희 아버지도 옛이야기는 별로 안 좋아하는 성격이신가 보네."

레오의 이야기에서 일상적으로 튀어나오는 루미의 이름에 다원은 주변으로 점점 밀려나는 기분이 들었다. 이미 주인공들이 정해지고 결말이 난 이야기에 자기 혼자 헛된 기대를 품었던 것 같았다. 그런 기분을 알 리 없는 레오는 "아니면 우리 아버지가 껄끄러워서 그러셨거나."라고 덧붙였다.

심상치 않은 말에 다원은 루미에 대한 생각에서 빠져나와 레오에게 물었다.

"껄끄러워서 그랬다니?"

"아무리 옛 친구라도 문교부 차관에게 마약에 빠진 8지구 아이들의 이야기를 만드는 감독이 반가울 순 없을 것 아냐."

"마약에 빠진 8지구 아이들?"

레오가 탁자 한쪽에 걸터앉으며 물었다.

"〈무한 지구의 무한한 절망〉이라고, 우리 아버지가 만든 다큐인데 들어 본 적 없어?"

다원은 고개를 저었다.

"프라임스쿨에 갇혀 있는 이상 모르는 게 당연한가? 아무튼 그 다큐를 텔레비전에서 방송하려고 했는데, 너희 아버지가 위원장으로 있는 문화교육 방송 심의회에서 막았다나 봐. 엄마가 명색이 옛 친구인데 서운하다고 이야기하는 걸 들었거든. 아, 물론 이건 우리 엄마의 일방적인 의견이야. 맹세컨대 우리 아버지가 너희 아버지를 안 좋게 말한 적은 단 한 번도 없어. 뭐, 애초에 얘기도 안 꺼냈다고 하는 게 맞겠지만."

다원은 아버지가 프라임스쿨 위원회를 포함해 셀 수 없이 많은 단체의 위원장을 겸직하고 있다는 사실을 알고 있긴 했지만, 아버지가 하는 일의 속성까지는 완전하게 파악하지 못했다. 그저 수행해야 하는 역할이 많은 만큼 책임감도 크리라 짐작할 뿐이었다. 그러나 아버지의 직무를 완전히 모르는 상태에서도 가장 중요한 한 가지만은 흔들림 없이 확신할 수 있었다. 아버지는 늘 정의로운 선택을 하고 옳은 일을 하려고 노력하신다는 것. 자세히는 모르지만 버즈 아저씨 일도 분명 그러한 일환에서 내린 결정이었을 것이다.

침묵이 길어지자 레오가 지금까지의 대화를 뒤로하고 원래의 목적으로 돌아가서 말했다.

"아버지들 일은 아버지들 일이고, 우린 우리가 해야 할 일을 하자. 난 이 후드가 맘에 들거든. 어때, 다원? 내 거랑 교환할래?"

자기가 좋아하는 여자애와 깊이 연관돼 있는 것 같은 남자애와 의미 있는 물건을 주고받는 것은 누구라도 하고 싶지 않은 일일 테지만, 자진해서 그 거부감을 거둬들일 정도로 다원은 레오가 마음에 들었다. 열네 살 때 루미를 이성으로 인식하자마자 마음을 빼앗겼던 것처럼, 대화를 시작하는 순간 레오에게서도 비슷한 느낌이 전해져 왔다. 자신의 아들을 향해 "워낙에 속을 모르겠는 녀석"이라고 평했던 버즈 아저씨의 판단은 아무래도 틀린 것 같았다. 지금 바로 루미와 어떤 관계냐고 물으면 레오는 분명 숨김없이 있는 그대로를 말해 줄 것이다. 감추고 머뭇거리고 있는 쪽은 레오가 아니라 자기 자신이었다. 설령 레오가 루미의 남자 친구라 하더라도 그게 레오를 미워할 이유는 되지 못했다. 오히려 사실을 알고 나면 미움받을 쪽은 남의 여자 친구를 몰래 마음에 품고 있는 자신일 테니까.

다원은 연적조차도 마음껏 미워하지 못하도록 이성적인 논리 과정을 습관 들여 놓은 프라임스쿨의 수업 방식에 처음으로 쓴웃음이 나왔지만 대답이 너무 늦어 레오에게 잘못된 신호를 주기 전에 얼른 레오의 제안에 화답했다.

"좋아, 바꾸자. 네 건 뭔데?"

바로 전까지 거침없이 다가오던 레오가 갑자기 어울리지 않는 의기소침한 몸짓으로 주머니를 뒤적거리며 말했다.

"그게 말이야, 사실 내가 오늘 행사가 있다는 걸 완전히 잊어버려서 지난번에 집에 갔을 때 아무것도 못 가져왔거든. 어제 급하게 방을 뒤져 봤는데 여기에 가져올 만한 건 하나도 없고, 그나마 이게 제일 오래된 거더라."

레오가 탁자 위에 올려놓은 것은 유효기간이 2년 전 여름으로 끝나 있는 놀이공원 입장권이었다.

"신입생 때 가지고 들어온 것 같은데 지금까지 완전히 잊어버리고 있었어. 프라임스쿨에서 놀이공원에 가는 건 꿈도 못 꿀 일인데 애초에 이런 건 왜 가지고 왔는지. 아무튼 그래도 이게 내가 찾을 수 있는 가장 오래된 거라……. 별로 바꾸고 싶진 않지?"

다원은 시시한 물건을 가져온 게 대단히 큰 잘못인 양 미안해하는 레오가 어린아이처럼 순수하게 느껴져 주저 없이 입장권을 집으며 대답했다.

"물물교환 성립."

레오가 뜻밖이라는 듯 물었다.

"네가 훨씬 손해인데도?"

"그게 '오래된 것들'의 기본 정신이잖아. 손해를 손해로 느끼지 않는 것. 난 이게 마음에 들어."

레오가 웃으며 손을 내밀었다.

"여태껏 여기서 친구로 지내고 싶은 사람은 한 명도 없었
는데, 다윈 너랑은 친구가 돼도 좋을 것 같아. 물론 너도 같
은 생각이어야겠지만."

다윈은 레오의 손을 잡으며 말했다.

"레오 네가 내 앞에 섰을 때부터 난 이미 우리가 친구가
된 거라 생각했어, 자연스럽게."

프라임스쿨에서 학업은 성취감보다 자괴감을 줄 때가 더
많았지만, 모두 각자의 방법으로 괴로움을 이겨 내고 있었
다. 다윈은 프라임스쿨을 둘러싼 자연에서 위안을 얻었다.
자신 있게 제출한 리포트에서 기대보다 못한 결과를 얻어
낙담한 날이면 혼자 기숙사 부근의 오솔길을 걷곤 했다. 흔
들림 없이 한 자리를 지키고 있는 나무들과 외부의 도움 없
이도 나날이 무성해지는 풀, 땅에 떨어진 뭔가를 열심히 모
으는 작은 곤충들을 지나치다 보면, 자연이라고 불리는 모
든 존재가 자신의 운명에 맡겨진 책임을 완수하기 위해 최
선을 다하고 있다는 믿음에 이르게 되었다. 인간만이 힘든
운명을 떠안은 게 아니었다. 혼자 애쓰고 있는 게 아니었다.
자연의 그런 조화로움을 느끼고 나면 상심했던 마음도 천
천히 회복되어 갔다.

길은 걸음만이 아니라 생각도 함께 이끌었다. 걷고 걸어
길이 끝에 다다를 즈음이면 교수님이 지적한 부족함이 무

엇인지 알 것 같았고, "기대가 크기 때문에"라는 충고 속에 깃든 애정을 진심으로 받아들이게 되었다.

산책을 통해 얻은 또 다른 의미 있는 발견은 인류가 얻은 모든 진리가 결국엔 자연에서 온 것이라는 깨달음이었다. 어느 오후, 산책을 하던 다윈은 문득 과학과 수학, 철학, 문학, 종교, 예술에서 이루어진 근본적인 성취가 모두 이렇게 하늘과 땅과 나무를 바라보는 행위에서 비롯한 것이라는 생각을 하게 되었다. 과학자도 화가도 어느 날 이렇게 똑같이 자연을 바라보았을 것이다. 그리고 각자 자신이 바라본 자연을 전혀 다른 기호로 역사에 남겼다. 그 간결한 진리를 체득하고 난 뒤로는 도서관에서 보내는 시간 역시 자연에서 얻은 결과물을 해석하는 과정으로 느껴져 공부에 더 큰 흥미를 가질 수 있었다.

아버지와의 전화 통화도 큰 힘이 돼 주었다. 기숙사 1층에는 비교적 자유롭게 이용할 수 있는 전화실이 있는데, 다윈은 일요일마다 그곳에서 아버지에게 전화를 걸어 근황을 알렸다. 축구 클럽 연습 때 맡은 포지션에서부터 리포트 주제, 점심 식사 메뉴 같은 사소한 것들까지 모두 화제에 올랐다. 아버지는 무슨 이야기든지 늘 세심하게 귀를 기울여 주었다. 다윈은 아버지가 자신을 위해 진지한 경청자가 되어 주듯 자기 또한 아버지의 의논 상대가 되고 싶었지만, 그럴 때마다 아버지가 하는 말은 늘 한결같았다.

"내 일까지 걱정할 필요는 없어. 원래 걱정이란 건 부모

몫이니까. 아이들은 자기 일을 해내는 것만으로도 충분히 훌륭하지."

다윈은 가끔은 그게 불만으로 여겨져 "아버지는 절 너무 어린애 취급 하신다니까요." 했지만, 전화를 끊고 난 뒤엔 언제나 따뜻한 안정감이 몰려왔다. 그런 느낌들로 한 주를 시작할 새로운 힘을 얻었다.

월요일 아침, 다윈은 기숙사를 나와 식당으로 향했다. 프라임스쿨 식당은 양 기숙사의 산책로가 만나는 지점에 있는데, 고딕풍의 외관이 다른 중후한 건축물들에 뒤지지 않을 만큼 위엄이 있어서, 학교에 처음 발을 들인 신입생들은 성당 같은 건물로 오해하는 일도 더러 있었다. 식당 안에서도 똑같이 정숙과 예절이 권장된다는 점에선 펜 대신 포크만 들었을 뿐, 강의실과 비슷한 분위기이기도 했다.

그러나 오늘 아침 식당에 들어선 다윈은 평소와 달리 입구에서부터 작은 소란이 일고 있는 것을 느꼈다. 삼삼오오 머리를 맞댄 아이들이 심각하면서도 흥미로운 표정으로 이야기를 나누고 있는데, 지나가면서 들으니 '명예'라든가 '징계' 같은 단어가 오가는 것 같았다. 자세한 내막은 같은 식탁에 앉은 학생회 멤버한테 들었다.

"어젯밤에 기숙사를 빠져나갔던 애들이 새벽에 들어오다가 잡혔거든."

다윈은 깜짝 놀라 수프를 뜨던 숟가락을 잠시 멈추었다. 기숙사를 빠져나간다는 것은 상상도 해 본 적 없는 일이었다. 프라임스쿨의 높은 벽을 넘어간 방법도 궁금했지만, 왜 그런 행동을 했는지가 더 의문이었다.

"기숙사를 빠져나갔다니, 왜?"

학생회 아이는 "자세한 건 나도 몰라." 하면서도 단호한 어조로 말했다.

"사실 이유가 뭔지는 별로 중요하지 않지. 이유가 뭐가 됐든 규율을 어기고 프라임스쿨의 명예를 실추시켰다는 건 변함없는 결과니까. 아마 상당히 수위가 높은 징계를 받게 될 거야. 학생회에서 교장 선생님께 그렇게 건의드릴 거거든. 물론 위원장님도 같은 생각일 테고. 그렇지, 다원?"

다원은 그 애가 자기에게 기대하는 반응이 어떤 것인지 알았지만, 가볍게 웃는 것으로 대답을 대신했다. 아버지의 권위를 이용해 성급한 재판관 노릇을 해서는 안 되었다.

첫 수업이 시작될 무렵, 학교 게시판에 이탈자들의 신원이 공개되었다. 총 세 명으로 모두 서기숙사 아이들이었는데, 레오도 포함돼 있었다. 다원은 레오를 만나 이야기를 듣고 싶었지만, 그 아이들과의 접촉은 모두 금지되어 있었다.

수업에 들어온 교수들은 하나같이 간밤에 일어난 비행을 성토하며, 그 아이들은 처음부터 프라임스쿨에 들어와서는 안 됐던 자격 미달자들이고 프라임스쿨 교복이 어울리지 않는 천박한 반항아들이라고 했다. 아무래도 레오를 제외한 1학년 두 명 모두 3지구 출신이라는 점을 염두에 둔 말인 것 같았다. 교수들은 덧붙여 말하기를, 프라임스쿨의 선발

체계는 훌륭하지만 모든 체계엔 오류가 있기 마련이라며 "이 자리에 있는 너희들 역시 매 순간 자신이 오류가 아니라는 점을 증명해야 할 것이다."라고 했다.

레오는 프라임스쿨 안에서 완전히 자취를 감추었다. 법학 수업에도 들어오지 않았다. 다원은 레오의 기숙사까지 찾아갔지만 침대는 비어 있었고, 사감 선생에게서 "레오 마샬은 징계를 받는 중이니 만날 수 없다."라는 말밖에 듣지 못했다. 일주일 뒤, 함께 학교를 빠져나갔던 두 명은 기숙사로 복귀했지만, 레오는 여전히 보이지 않았다.

다원은 기숙사에서도, 법학 수업 시간에도 레오를 찾는 사람이 아무도 없다는 사실에 놀랐다. 축구 클럽도 다르지 않았다. 운동장 사용 순서를 기다리느라 서기숙사의 훈련을 지켜볼 기회가 있었는데, 늘 주전으로 활약한 레오가 없음에도 레오의 결장을 아쉬워하는 목소리는 어디서도 들려오지 않았다. 모두 눈앞에 보이는 일들에만 몰두해 있었다. 다원은 자신이 프라임스쿨에서 레오를 알고 기억하는 유일한 사람으로 느껴졌다.

8월 둘째 주 금요일 오후, 이틀 간의 휴가를 앞두고 다원은 부족한 학업 시간을 보충하기 위해 도서관으로 갔다. 두 시간쯤 책상에 앉아 있다가 잠깐 쉴 겸 창가로 갔는데, 교정 벤치에 혼자 앉아 있는 사람의 뒷모습이 눈에 들어왔다.

반가운 마음에 다원은 아직 끝내지 못한 책을 서둘러 정리하고 밖으로 달려 나갔다.

"다음 주부턴 수업에 들어올 수 있는 거야?"

뒤를 돌아본 레오는 피곤해 보이는 얼굴로 "그렇다나 봐." 하고 남의 일인 양 대꾸했다.

다원은 레오 옆에 앉으며 물었다.

"왜 기숙사를 나간 거야?"

"모르겠어."

"모르겠다니?"

"모르겠어. 그냥, 여기 있는 게 갑자기 참을 수 없이 싫어 졌다는 것밖에는."

다원은 레오의 말이 이해가 가지 않았다.

"레오 넌 스스로 원해서 이 학교에 들어온 게 아니었어?"

"물론 원해서 들어왔지. 그 대단한 시험까지 쳐 가면서."

"네가 한 선택이었는데 여기가 참을 수 없이 싫어졌다는 건 좀 이율배반적인 거 아니야?"

레오가 시큰둥하게 웃었다.

"다원 넌 본인이 선택한 일이라면 무조건 괴로움이 없어 야 한다고 생각하는 거야? 그럼 몇백 년 전 이 수도원에서 살았던 수도사들은 왜 자기가 선택한 일에 행복을 느끼지 못하고 늘 그렇게 괴로운 얼굴들을 하고 있었을까? 제 발로 걸어 들어오긴 했지만 그 사람들도 늘 세상으로 나가고 싶 은 유혹으로 고뇌했기 때문 아니겠어? 그래서 수도원에서 그렇게 많은 일탈과 범죄가 벌어졌던 거겠지. 살인, 방화, 매춘……."

다윈은 레오의 말을 끊으며 말했다.

"하지만 여긴 더 이상 수도원이 아니고 우리도 수도사가 아니야. 우린 평생을 인내하는 수도사들에 비하면 훨씬 많은 자유가 있잖아."

"자유? 여기에? 내 눈에만 안 보이는 자유인가 보네."

"안 보이긴. 6주나 되는 겨울방학이 있고, 외출 허가서를 미리 내기만 하면 일요일에도 외출할 수 있잖아. 또 한 달에 한 번씩 집에 가기도 하고. 벌써 내일이면 집에 가는 날이야. 레오 넌 이런 게 전혀 자유로 느껴지지 않는다는 거야?"

"다윈, 자유란 건 그렇게 공휴일처럼 날을 정해 놓고 누리는 게 아니라, 갑자기 한밤중에 거리로 뛰쳐나가고 싶을 때 뛰쳐나갈 수 있는 걸 말하는 거 아니야?"

"한밤중에 거리로 뛰쳐나가서 뭘 하는데?"

"뭐, 그냥 돌아다니는 거야. 시청 앞에 있는 동상에 올라가 보기도 하고, 문 닫힌 가게를 발로 차 보기도 하고, 차 없는 도로를 달려 보기도 하면서."

"그런 일들이 무슨 의미가 있는 거야?"

"해 보고 나면 의미를 알게 되겠지."

"그럼 난 평생 모르겠네."

레오가 일어나 앞을 가로막고 서서 말했다.

"넌 정말 한 번도 그런 충동에 휩싸여 본 적이 없어? 취침 종소리가 울린 다음 이 세상에서 무슨 일이 벌어지는지 보고 싶다거나, 야간열차를 타고 다른 지구로 가고 싶다거나,

갑자기 한밤중에 누군가를 찾아가서 놀래 주고 싶은 그런 거."

해를 등지고 선 레오의 몸이 어쩐지 제단 아래서 바라보는 석상처럼 거대해 보였다. 근신을 당해 수척해진 친구에게서 그런 감상이 느껴진다는 게 신비로웠지만, 더 신비로운 힘은 레오가 씨앗처럼 뱉어 놓은 말 속에 있었다. 다원은 취침 종소리가 울리자마자 바로 잠이 들어 버리는 바람에 다른 지구로 가는 야간열차에 대해서 한 번도 상상해 본 적 없고, 무엇보다도 좋아하는 여자애 집을 한밤중에 찾아가서 놀래 주고 싶다는 생각 같은 건 감히 해 본 적도 없는 자신에게 처음으로 의문이 들었다.

그 의문이 실망으로 번지려던 찰나, 레오가 쓴웃음을 지으며 말했다.

"아냐, 다원. 방금 내가 한 말은 다 잊어버려. 독방에 갇혀 있던 스트레스 때문에 자유니 뭐니 일부러 더 떠들어 댄 것뿐이니까. 너에게 이런 말 하고 있는 걸 사감 선생이 듣는다면 아마 근신을 일주일 더 내릴 거야. 교수관 독방에 더 갇혀 있다간 난 미쳐 버릴걸."

"근신이라기에 그냥 수업에서만 제외된 줄 알았는데 많이 힘들었나 보구나."

"원래 난 아무것도 안 하고 있는 걸 제일 못 견디는 체질이거든. 차라리 프라임스쿨의 이 많은 나무들을 다 가지치기하라는 벌을 받는 게 더 나았을 거야. 물론 선생님들은 나에게 가위를 들려 주는 것도 위험하다고 생각하겠지. 내가 가위로 뭘 쳐 넣을지 확신하지 못할 테니까 말이야."

자기가 한 말에 잠시 웃는가 싶던 레오는 돌연 독방에 갇혀 있던 것보다 더 나쁜 기억이 떠올랐는지 미간을 찌푸렸다.

"독방에서 하루 종일 명상을 하고 상담을 받는 게 괴롭긴 했지만, 그래도 부당하다고 생각하진 않았어. 내가 저지른 죄에 상응하는 벌이긴 하니까. 도망자는 가둬 두는 게 제일 합리적이잖아. 하지만 후드까지 빼앗아 가 버린 건 이해가 안 가."

다원은 갑작스럽게 등장하는 후드 이야기에 놀라 물었다.

"후드라면 우리가 물물교환 했던 그 후드?"

레오는 고개를 끄덕인 뒤, 정확한 방향을 알 수 없는 어딘가를 바라보며 말했다.

"그날 밤에 후드를 입고 나갔거든. 학교 안에선 입고 다닐 수 없으니까. 그런데 교장이 후드를 보자마자 당장 벗으라고 하더니 그 자리에서 바로 압수해 버렸어. 무단으로 학교를 벗어난 벌로 가두는 건 받아들일 수 있지만 후드는 왜? 다원, 법학 수업에서 교수도 그랬잖아. 죄와 벌 사이엔 비례의 원칙이 있어야 한다고. 그 점을 따지고 들었더니 교장은 프라임스쿨 학생으로서 품행을 지켜야 한다는 조항에는 행동거지와 옷차림, 말투까지 모두 포함되는 거라고 하더라. 후드는 당연히 프라임스쿨에서 허용되는 옷이 아니고 또 내 행동과 말투도 프라임 보이의 기준에 한참 미달이라면서. 징계위원회에서도 그 말 그대로 결정됐어. 독재자들……. 그 조항 하나면 이 세상에서 눈에 거슬리는 사람은 모두 잡아낼 수 있을 거야. 아무튼 다윈, 너에겐 정말로 미안해. 소중한 후드를 이렇게 어이없게 뺏겨 버려서. 교장 평계를 대긴 했지만, 어쨌든 다 내 잘못이야."

자신은 전혀 신경 쓰지 않는 일에 레오가 너무 진지하게 용서를 구해 오자, 다윈은 후드를 압수당한 걸 크게 아쉬워하지 않고 있던 자신이 오히려 더 미안해졌다. 다윈은 레오를 위로하고 안심시키려 웃으며 말했다.

"나한테 사과할 건 없어. 물물교환을 한 이상 레오 네 후드인걸."

그러자 레오는 상심한 어린아이 같은 얼굴로 고개를 내저었다.

"아니, 우리의 후드였지."

아버지의 서재

　　　　　　토요일 오전, 집에 도착한 다원은 사
다리에 올라 가지치기를 하고 있는 정원 관리사를 발견하
고 "안녕하세요, 아저씨." 하고 인사했다. 그랬더니 아저씨
는 친절하게도 사다리에서 내려와 굳이 도움이 필요치 않
은 가벼운 가방을 빼앗다시피 받아 들고는 집 안까지 옮겨
주었다. 다원은 아저씨의 호의에 감사 인사를 한 뒤 안으로
들어섰다.

　문소리를 들은 벤이 기다렸다는 듯 품속으로 뛰어들었다.
벤은 기숙사에서 흠뻑 밴 수많은 소년들의 냄새를 다 파헤
쳐 낼 기세로 몸 여기저기에 코를 갖다 댔다. 자기 세계에서
는 나름대로 스스로를 수사관으로 생각하고 있는 모양이었
다. 다원은 그동안 부족했던 애정을 보충해 주려고 교복이

털로 뒤덮이는 것도 개의치 않고 벤의 목덜미를 쓰다듬어 주었다. 그러다 벤의 발톱에 셔츠 단추가 뜯어지려고 할 때가 되어서야 마리 아주머니에게 벤을 맡기고 피신하듯 2층으로 뛰어 올라갔다.

방문을 열자 혼자만의 공간이 내뿜는 안락함이 오랫동안 사용한 향수 냄새처럼 퍼졌다. 탁상시계의 미세한 초침 소리는 사적인 시간으로 돌아온 것을 환영해 주는 것 같았다. 다원은 잠시 그대로 멈춰 서서 자기 방이 건네는 인사를 받았다. 창밖으로 정원사 아저씨가 나뭇가지를 쳐 내는 모습이 보였다. 금속 가위 표면으로 떨어지는 햇살에 눈이 부신지, 아저씨는 계속 얼굴을 찡그린 채 일을 하고 있었다. 나무 한 그루가 정리되자 아저씨는 사다리를 옆 나무로 옮겨 다시 무성한 잎사귀에 가위질을 했다. 힘들고 단순하고 반복되는 작업……. 어제 레오에게서 "프라임스쿨의 이 많은 나무들을 가지치기하는 벌을 받는 게 더 나았을 거야."라는 말을 들어서인지, 순간 다원은 아저씨가 자신이 저지른 죄에 대한 벌을 받고 있는 것처럼 여겨졌다. 쇳덩어리 가위와 목덜미에 쉼 없이 흐르는 땀방울과 일그러진 얼굴이 벌의 속성을 그대로 띠고 있었다.

옆 나무로 사다리를 옮기려던 아저씨가 자신을 향한 시선을 알아채고는 손을 들어 다시 인사했다. 다원은 똑같이 가볍게 손을 흔든 뒤, 아저씨의 작업을 방해하지 않으려고 창에서 물러났다. 잠시지만 아저씨를 죄인으로, 아저씨의 노동을 벌로 생각했던 것이 미안했다.

정원사에 관한 정보는 마리 아주머니에게 대강 들어 알고 있었다. 5지구 사람인데 성실성을 인정받아 아버지의 추천으로 1지구의 여러 정원을 관리하게 됐다고 했다. 실제로 작업하는 모습을 눈앞에서 지켜보니 앞으로 아저씨가 더 많은 정원을 관리하게 될 거라는 확신이 들었다.

늦은 점심을 먹은 뒤, 다원은 오랜만에 벤을 데리고 센트럴 공원으로 산책을 나갔다. 덥지만 밝은 햇살에 기분이 좋았다. 다원은 벤을 데리고 가볍게 조깅을 했다. 벤의 황금색 털에 햇빛이 쏟아지자 눈부신 생명력이 느껴졌다. 다원은 벤을 위해 평소보다 더 속력을 내 달렸다. 한참을 뛰어 길 끝에 이르자 갈증이 일었다. 다원은 벤을 멈추게 하고 매점을 찾았지만, 어디에도 음료수를 파는 곳이 보이지 않았다.

다원은 근처 벤치에 앉아 있는 노부부에게로 가서 물었다.

"실례지만 음료수 파는 데가 어디 있는지 아세요? 예전엔 여기쯤에 있었던 것 같은데."

웬일인지 그들은 서로 마주 보고 웃더니 "여름 들어 공원에 처음 오는가 보구나." 했다. 다원은 노부부의 정확한 추측에 깜짝 놀라 "어떻게 아셨어요?"라고 물었다. 노부부는 "올봄부터 공원 내에서 모든 상업 행위가 금지됐단다. 그래서 더 멋진 공원이 됐지."라고 설명하면서 친절하게 급수대가 있는 곳을 알려 주었다.

다원은 노부부가 일러 준 급수대에서 목을 축인 뒤 벤에 게도 물을 먹였다. 그리고 땀을 식힐 겸 나무 그늘 밑에 누워 잠깐 눈을 붙였다. 사람들이 주고받는 이야기가 기분 좋은 노랫소리가 되어 귓가를 오갔다.

얼마 뒤 눈을 떠 보니 푸른 하늘 위로 옅은 붉은색 기운이 감돌고 있었다. 수그러드는 빛을 따라 공원에 감도는 공기도, 사람들의 열기도 차츰 식어 가고 있었다. 생각보다 오래 잔 모양이었다. 오후에 해야 할 공부가 있긴 했지만, 오늘만은 굳이 시간에 얽매이고 싶지 않아 다원은 그대로 팔베개를 한 채 초록 숲에 내려오는 노을을 감상했다. 극단적인 두 색이 조화롭게 섞이면서 평화로운 풍경을 만들어 냈다. 그런데 계속 보고 있으니 알 수 없는 허전한 기분이 몰려왔다. 가슴이 차갑게 식어 버리는 것 같았다. 다원은 곁에 누워 있는 벤을 끌어안았다. 벤의 털에 남아 있는 태양의 기운이 따뜻하게 피부로 전해졌다. 그러나 그 온기도 가슴속까지는 미치지 못했다. 입 안에서는 쓴사탕 맛이 다시 느껴졌다.

집에 돌아와 보니 시간이 벌써 일곱 시에 가까워져 있었다. 이 시간이면 당연히 아버지가 퇴근해 집에 와 있을 거라고 생각했는데, 이상하게 아버지의 인기척이 느껴지지 않았다.

다원은 마리 아주머니에게로 가서 물었다.

"아버지 아직 안 오셨어요?"

아주머니 역시 뜻밖이라는 듯 대답했다.

"그러게, 웬일인지 오늘은 좀 늦으시네. 다윈이 오는 토요일엔 항상 일찍 오시는데 말이야. 사무실에 전화를 해 보는 게 어떠니?"

"바쁜 일이 있으신가 봐요. 조금 더 기다려 보고 안 오시면 전화해 볼게요."

다윈은 방으로 올라가 샤워를 했다. 운동으로 인한 피로감이 따뜻한 물속에서 활력으로 바뀌었다. 그러나 노을 지는 하늘을 바라보며 느꼈던 쓸쓸함은 여전히 몸 어딘가에 남아 있는 것 같았다.

샤워를 마치고 방 정리를 하던 다윈은 책상 위에 놓여 있는 책 한 권을 발견했다. 아버지 서재 책장에서 꺼내 온 과학 시리즈물 중 마지막 권인데, 예전에 이미 다 읽은 것이었다. 이대로 가지고 있어도 상관없겠지만 시리즈 번호의 완결성을 위해서는 제자리에 갖다 놓는 것이 좋을 것 같았다.

다윈은 벗어 놓은 옷과 함께 책을 들고 1층으로 내려왔다. 아주머니가 빨랫감을 받아 들며 먼저 저녁 식사를 하지 않겠느냐고 물었다. 다윈은 아버지에게 전화해 보겠다고 하고는 1층 복도 끝에 있는 아버지 서재로 들어가 불을 켰다. 그 순간 책장에 꽂힌 수많은 책들이 마치 잠에서 깨어난 거인처럼 방 분위기를 압도했다.

다윈은 가져온 책을 제자리에 꽂아 놓으며 같은 칸에 꽂힌 책들의 책등을 손끝으로 천천히 훑었다. 익숙한 촉감에 문득 어린 시절 이 책장 앞을 서성이며 보냈던 시간들이 떠올랐다. 그땐 프라임스쿨에 입학하려면 이 책장을 가득 채운 책들을 모두 읽어야 한다는 막연한 의무감을 가지고 있던 터라 내용이나 수준을 가리지 않고 눈에 보이는 책은 무조건 다 읽으려고 했다. 그러면 아버지는 나이에 따라 읽을 만한 책을 선별해 추천하기도 하고, 너무 어려운 책인 경우에는 "읽지 말고 제목만 봐도 좋단다. 어떤 책들은 제목에 모든 게 담겨 있으니."라고 조언해 주었다. 그러나 사실 이 서재에서 아버지가 가장 자주 했던 말은 "너무 애써 공부할 필요는 없어. 아이들은 책을 내려다보기보다 하늘을 올려다보고 상상해야지."였다. 일반적인 1지구 부모들이 보이는 태도와는 완전히 다른 것이었다. 그래서 언젠가 한번 "아버지는 친구들 부모님이랑은 정반대되는 말씀을 하세요." 했더니 아버지가 웃으며 말했다.

"우등생이었던 부모들과 다르게 나는 공부가 얼마나 힘든 일인지 아니까. 아버지는 어려서부터 머리가 별로 좋지 못했거든."

물론 다원은 그 말이 아버지가 자신의 부담감을 줄여 주려고 하는 농담이란 걸 알았다. 더불어 아들을 위해 기꺼이 열등생을 자처하는 아버지의 여유로운 태도 덕분에 자신이 괴로움 없이 학업을 즐길 수 있게 되었다는 것도.

즐겁게 어린 시절을 회상하던 다원은 시간이 여덟 시에 가까워져 있는 것을 보고 이제는 정말 아버지 사무실에 전화를 걸어 봐야겠다는 생각이 들었다. 마리 아주머니 말대로 자기가 집에 오는 토요일에 아버지가 아무 이유 없이 이렇게까지 늦을 리가 없었다.

다원은 비서실로 전화를 걸었다. 그러나 벨만 오래 울릴 뿐 전화를 받는 사람은 없었다. 어쩌면 조금 전에 모든 직원이 퇴근했고 아버지도 집에 오고 있는 중인지도 몰랐다. 다원은 그래도 혹시나 하는 생각으로 벨 소리가 끝날 때까지 수화기를 든 채 기다렸다. 그러면서 무심코 전화기 옆에 놓인 전화번호부를 훑어보았는데, 그 순간 'home'으로 분류된 장에서 눈에 띄는 이름 하나를 발견했다. '조이 헌터.'

곧 벨이 멈추면서 전화를 받을 수 없다는 안내 음성이 들려왔다. 다원은 전화기를 내려놓았다. 갑자기 지금 이 상황을 둘러싼 모든 것들이 낯설게 느껴졌다. 전화번호부에 일상적으로 적혀 있는 조이 아저씨의 연락처는 집에 올 시간이 지나서까지 연락이 닿지 않는 아버지의 행방만큼이나 생경한 것이었다. 예전에 루미네 집 전화번호를 모르고 있다는 사실을 깨달았을 때도 이와 비슷한 이질감을 느꼈었다.

어느 일요일 오후, 아버지와 통화를 끝내고 난 직후였다. 문득 지금 루미에게 전화를 걸면 받을까 하는 생각이 들어 다시 수화기를 들었다. 그런데 이상하게도 숫자 버튼을 누르기 바로 직전이 돼서야 루미의 전화번호가 전혀 떠오르지 않는다는 것을 깨달았다. 할 수 없이 전화 거는 것을 그만두고 기숙사 방으로 올라오며, 다원은 루미의 전화번호도 모르면서 막연히 알고 있다고 착각한 이유를 생각해 보았다. 그러다 문득 루미네 집과 자기 집 사이에 존재하는, 조금은 특이하다 할 수 있는 관계를 돌아보게 되었다.

아버지는 매년 제이 아저씨의 추도식에 참석해 조이 아저씨를 친근하게 대하지만, 그날을 제외하면 따로 조이 아저씨를 집으로 초대하지도 연락을 주고받지도 않았다. 조이 아저씨 역시 마찬가지였다. 추도식에서는 조카처럼 따뜻하게 대해 주지만, 졸업식이나 입학식 같은 행사가 있을 때 축하 카드를 보내 주거나 전화를 해 온 적은 단 한 번도 없었다. 아버지와 조이 아저씨는 자신과 루미를 소개해 주는 일에도 무심했다. 추도식에서 만났을 때 지나가는 말로라도 "나이도 같은데 둘이 친구가 되면 좋겠구나."라는 얘기를 한 번도 꺼내지 않았다. 대부분의 어른들은 오히려 아이들이 귀찮아할 만큼 '친구 맺어 주기'에 적극적인데도.

다원은 그런 여러 정황을 끼워 맞추고 나서야 추도식에서는 친척만큼 가까운 사이지만 평소에는 연락을 주고받지 않는 이런 모순된 관계가 자신으로 하여금 루미의 전화번호를 모르면서도 안다고 착각하게 만들었다는 것을 깨달았다.

다원은 다시 시계를 확인했다. 여덟 시가 조금 넘어 있었다. 전화를 걸기에 많이 늦은 시간은 아니지만 여기서 조금만 더 망설인다면 결국엔 늦어 버리게 될 것이다. 그리고 그와 함께 편지를 전해 주지 못한 자신에 대한 실망감을 떨쳐 낼 기회도 놓쳐 버릴 것이다.

다원은 더는 주저하고 싶지 않아 바로 루미네 집 번호를 눌렀다. 조이 아저씨나 아주머니가 전화를 받으면 루미와 통화하고 싶다고 솔직하게 말하면 그만이었다. 두 분이 굳이 통화를 막을 이유는 없을 테니.

벨이 울리자, 초조해할 틈도 없이 바로 누군가 전화를 받았다.

"여보세요."

루미 목소리였다.

"저…… 나 누군지 알겠어?"

다원은 부디 자신의 전화 목소리가 이상하지 않기를 바라며 그렇게 물었다.

"다원?"

다원은 단번에 자기임을 알아챈 루미의 대답이 기뻤지만, 곧 기쁨보다 놀라움이 더 커졌다. 그러한 반응은 기대할 수 있는 범위를 훌쩍 넘어선 것이었다.

"어떻게 나인 줄 알았어?"

"오늘이 프라임스쿨 휴가니까 네가 연락해 올지도 모른다고 생각해서 계속 전화기 옆에서 기다리고 있었어."

루미의 설명은 놀라움을 해결해 주기는커녕 오히려 더 큰 의문을 불러일으켰다.

"내가 연락할 걸 알았다고? 어떻게?"

"지난번에 우리 아빠 때문에 대화가 끊겨 버렸잖아. 그때 네가 내 이야기를 끝까지 듣고 싶어 한다는 걸 알았거든. 그래서 당연히 내일 만나려면 최소한 오늘은 전화를 주지 않을까 생각했던 거고. 내 말이 맞지?"

루미가 무슨 말을 하는지 잘 알 수가 없었지만, 다원은 "그래."라고 대답하며 루미가 이끄는 대로 끌려갔다.

"그럼 내일 아침 여덟 시에 센트럴 역에서 만날래?"

다원은 훌쩍 앞서 나가는 루미를 놓치지 않기 위해 "내일 여덟 시까지 센트럴 역." 하고 따라 말했다.

"좋아. 그리고 다원, 될 수 있으면 가장 후줄근한 옷으로 입고 나오는 거 잊지 마."

루미는 그러더니 이유를 물어보기도 전에 낮은 목소리로 "아빠가 와. 그럼 내일 만나."라고 속삭이며 전화를 끊었다.

통화 종료음이 울리는 전화기를 한참이나 그대로 귀에 대고 있던 다원은 팔이 아픈 걸 느끼고 나서야 수화기를 내려놓고 창가로 갔다. 창문을 열자 습기를 머금은 미지근한 여름 밤바람이 불어왔다. 바람이 부는 방향대로 정원의 나뭇잎들이 살랑살랑 흔들리고 있었다. 자연이 위대한 것은 그것이 뜻을 이루는 데 어떠한 어색함도 띠지 않는다는 것에 있는지도 모른다. 온종일 비를 내리다가도 갑자기 해를 띄우고, 그러다 또 깜깜한 밤을 만들어 달을 내보내고 별을 반짝이게 하고…….

그렇게 생각하니 책을 돌려 놓을 목적으로 들어온 아버지 서재에서 우연히 전화번호를 발견하고 루미에게 전화를 걸어 내일 아침으로 약속을 정한 지금까지의 흐름들 또

한 마치 어디에선가 불어온 바람에 나무가 흔들려 가지마다 앉아 있던 새들이 한꺼번에 날아오르며 군무를 추는 자연현상처럼 느껴졌다. 그렇게 바라던 일이 굳이 애쓸 필요도 없이 자연스럽게 한 번에 이루어진 것이다. 놀라운 풍경을 목격한 뒤의 황홀한 기분이 쉽게 가라앉지 않아 다원은 마음이 진정될 때까지 서재를 서성였다.

얼마나 시간이 흘렀는지 가로등에 하나둘 불이 들어오기 시작했다. 그 규칙적이고 기계적인 약속에 다원은 흥분으로 잠시 허물어졌던 현실적인 시공간 감각이 회복되는 것을 느꼈다. 그러고 나자 내일이 할아버지 집에 가는 날이라는 생각이 들었다. 아차 싶었지만 이제 와서 루미와 한 약속을 취소할 수는 없었다.

다원은 실버힐로 전화를 걸었다. 애나 아주머니가 전화를 받았다가 "어르신, 다원이에요." 하며 할아버지에게 전해 주었다. 오랜만의 통화여서인지 할아버지의 목소리가 여느 때보다 한층 더 다정하게 들렸다.

"다원, 전화를 주다니 정말 기쁘구나. 별일 없는 거지? 내일은 이 할아비 집에 오는 게 맞고?"

할아버지의 기대를 실망으로 바꿔야 하는 것은 괴로웠지만 어쩔 도리가 없었다.

"할아버지, 죄송하지만 사실은 내일 집에 못 가게 됐다는 말씀을 드리려고 전화한 거예요."

할아버지는 아무 말이 없었다. 전화가 끊긴 것은 아니었다. 수화기 너머로 할아버지의 숨소리가 전해져 오고 있었다. 다원은 다시 한 번 "죄송해요."라고 사과드렸다.

그러자 할아버지가 말했다.

"니스가 가지 말자고 하던?"

다원은 할아버지의 엉뚱한 반응에 "네?" 하고 되물었다. 할아버지가 왜 갑자기 아버지 얘기를 꺼내는 것인지 알 수가 없었다. 한 달 전에 아버지가 퉁명스럽게 굴었던 일을 할아버지는 아직도 마음속에 품고 계시는 걸까.

"할아버지도 참, 아버지가 왜 그런 말을 하겠어요. 그게 아니라 내일 친구랑 갑자기 약속이 생겨서요. 다른 학교에 다니는 친구라 평소엔 만날 기회가 없어서 내일은 꼭 만나기로 했거든요."

다원은 할아버지가 그 친구가 누구냐고 묻는다면 루미라고 솔직히 말할 준비가 돼 있었다. 특별한 사이가 되기도 전에 루미 이야기를 꺼내는 게 조심스럽긴 했지만, 제이 아저씨의 조카란 것을 알고 나면 할아버지도 안심하고 더는 서운해하지 않을 것이다. 그런데 친구의 이름은 무엇이고 한 달에 한 번 보는 이 할아비와 그 친구 중에서 누가 더 우선순위인지 장난 섞인 질문을 할 줄 알았던 할아버지는 뜻밖에도 "그래, 알겠다." 하더니, 피곤해서 일찍 자야겠다며 먼저 전화를 끊었다.

당연히 내일 손자가 오는 것으로 생각하고 있다가 저녁에 갑자기 걸려 온 취소 전화에 실망한 채 잠자리에 들 할아버지

를 생각하니 다원은 마음이 편치 않았다. 다음번에 할아버지
와 더 많은 시간을 보내는 것으로 오늘의 서운함을 달래 드려
야 할 것이다.

그런 생각으로 수화기를 내려놓는데, 열린 문틈으로 갑
자기 벤이 뛰어 들어왔다. 벤이 중요한 책을 할퀴어 놓은 사
건 이후로 아버지 서재는 벤의 출입 금지 구역이었다. 다원
은 얼른 벤을 막아섰지만 평상시에는 못 들어오는 곳이어
서인지 벤은 다른 때보다 더 흥분해 있었다.

벽 쪽에 세워진 스탠드 조명이 벤의 꼬리를 맞고 쓰러지려
고 했다. 다원은 가까스로 스탠드를 잡아 세운 뒤 "벤, 멈춰!"
하고 외쳤다. 그러나 벤은 아랑곳없이 책장을 기웃거리더니
책장과 벽 틈에서 무언가를 이빨로 물고 끌어당겼다.

"벤, 아버지 물건에 손대면 안 돼. 진짜 혼나고 싶어?"

다원은 벤을 붙들려고 했지만 벤은 그 물건을 문 채 재빨
리 서재 밖으로 달아나 버렸다. 다원은 뒤따라 뛰어나가며
마리 아주머니에게 "벤 좀 잡아 주세요!" 하고 외쳤다. 마리
아주머니가 길을 막아선 뒤에야 벤이 겨우 멈추어 섰다.

마리 아주머니가 벤의 입에 물려 있는 물건을 잡아 빼면
서 말했다.

"이런 건 도대체 어디서 찾아온 거야, 다 낡아 빠진 걸. 나
도 모르는 이런 빨랫감이 어디에 숨어 있었던 거지? 벤, 도
대체 이런 건 어디서 주워 오는 거니?"

아주머니 곁으로 천천히 걸어간 다원은 아주머니 손에

들린 물건의 정체가 자신이 짐작하고 있는 것일 리 없다고
생각하면서도 아주머니에게서 물건을 받아 들었다.

그때였다. 현관 쪽에서 아버지의 목소리가 들려왔다.

"무슨 일인데 이렇게 소란스럽지?"

마리 아주머니가 "벤 때문에 들어오셨는지도 몰랐네요."
라며 당황해서 상황을 설명하는 소리가 들렸다.

"벤이 어디서 이상한 옷을 물어 와서요. 다른 집 마당에
라도 갔다 온 모양이에요."

아버지는 대수로운 일이 아니라는 듯 "그래요?" 하고 대
꾸하더니 "다원, 오늘은 너무 늦었지? 일이 밀리는 바람에.
한 달 만인데 어디 얼굴 좀 보자꾸나." 했다. 다원은 아버지
쪽으로 몸을 돌리면서도 자기 손에 들려 있는 물건에서 눈
을 뗄 수가 없었다. 다원은 먼저 인사한다는 것도 잊어버리
고 아버지에게 물건을 내보이며 물었다.

"이 후드가 어떻게 아버지 서재에 있는 거예요?"

아버지는 걸음을 멈추고 제자리에 섰다. 아무 말도 없이.

다원은 아버지가 잘 볼 수 있도록 후드를 가까이 들어 올
리며 다시 물었다.

"네? 왜 아버지가 이 후드를 가지고 계세요?"

이따금 절대 일어나지 않을 일들을 상상할 때가 있다.

어느 날 아침, 화장실 거울 속에 예전에 잠깐 스치고 지나갔던 얼굴이 다시 비치는 일, 황급히 화장실에서 나와 옷장 문을 열었는데 안에 걸린 옷들이 모두 한 뼘씩 늘어나 하나도 맞지 않게 되는 일, 소매와 바지를 대충 접어 입고 차를 탔는데 운전하는 방법을 완전히 잊어버려 가로수를 그대로 들이받는 일, 망가진 차 안에서 간신히 몸만 빠져나와 관청 사무실까지 절뚝대며 걸어가는 일······. 청사 마당에서 참새가 독수리를 잡아먹고 있는 일, 갈가리 찢겼던 독수리가 되살아나는 일, 되살아난 독수리가 나에게 달려들어 눈을 쪼아 대는 일, 덜걱거리는 구두로 땅을 구르며 독수리를 쫓아내다가 '다음 세대를 위한 교육정책'을 발표하는 기자회견장에 늦고 마는 일, 새 깃털을 뒤집어쓴 채 뛰어온 나를 보고 모두가 웃음을 터뜨리는 일, 기자들이 던지는 질문에 아무 답변도 못 하고 땀만 뻘뻘 흘리고 있는 일, 화가 난 기자들이 나를 '얼간이 꼬마'라고 무시하며 조롱하는 일, 그 모든 광경을 제이가 맨 앞자리에 앉아 지켜보고 있는 일.

그 시절, 나는 묻고 또 물었다.

"엄마, 죽은 사람은 절대 다시 살아날 수 없죠, 그렇죠?"

어머니는 땀에 젖은 내 이마와 눈물이 흐르고 있는 뺨을 찬 수건으로 닦아 주며 다정한 목소리로 말했다.

"죽은 사람이 다시 살아날 수만 있다면 인간이 이렇게 슬퍼할 이유가 없지. 니스, 이제 그만 제이를 보내 주렴. 그게 하느님의 깊으신 뜻이란다."

매일 밤 어머니는 내가 잠이 들 때까지 침대 곁을 지켰다. 때로는 잠이 올 때도 있었지만, 나는 어머니를 아래층으로 보내고 싶지 않아 일부러 "찬물이 먹고 싶어요." 하거나 "배가 아파요." 하고 어린애처럼 거짓말을 했다. 어머니는 분명 그걸 알고 있었을 테지만, 단 한 번도 "사내애가 돼서 꾀병 부리지 마라." 하고 꾸짖는 일 없이, 따듯한 손으로 잠들 때까지 배를 문질러 주었다. 귓가엔 늘 다정한 목소리가 울렸다.

"내일은 오늘보다 조금 더 괜찮아질 거야. 엄마도 부모님이 돌아가시고 난 뒤 한동안은 매일매일 울며 지냈지만, 어느 순간 주위를 둘러보니 짧았던 죽음의 순간 대신 그분들이 살아 계셨을 때 함께 보냈던 소중한 시간들만 남아 있었거든. 우리 니스한테도 그 순간이 어서 오기를 엄마가 기도할게."

훌륭한 부모는 어느 훌륭한 종교보다도 낫다. 그러나 훌륭한 종교가 드물듯 훌륭한 부모도 드물다. 내 어머니에게서 태어나, 그분의 교육을 받으며 자라날 수 있었던 것은 내가 받을 수 있는 가장 큰 축복이었다. 나에게 신은 따로 필요하지 않았다.

근래에는 별로 생각한 적 없었던 일련의 그 '절대 일어나지 않을 일들'이 그날 아침 다시 떠오른 것은 아마도 얼마 전 제이의 추도식에 다녀왔기 때문일 것이다. 추도식을 전후해 얼마 동안은 우울증에 빠진 어린애처럼 독수리니 참

새니, 발에 맞지 않는 큰 구두니 하는 쓸데없는 생각들을 하곤 하니…….

출근하는 내내 머리가 아프고 기분이 좋지 않아, 라디오를 켜 놓은 운전기사에게 생각하는 시간을 방해하지 말라고 짜증을 냈다. 당황한 그는 죄송하다면서 얼른 라디오를 껐다. 그는 내가 평소 요청한 대로 뉴스 채널을 틀어 놓았던 것뿐인데. 어쩌면 중간에 버즈 미디어에서 만든 공익 광고가 흘러나와 더 예민해졌던 것인지도 모른다.

버즈 녀석, 학교와 사무실로 연락한 것만으로도 모자라 제이의 추도식에까지 나타나 프라임스쿨 다큐멘터리를 찍겠다고 하다니. 무슨 생각인 걸까. 마약에 빠진 8지구 아이들을 뒤쫓는 선정적인 카메라를 프라임스쿨에까지 들이밀 생각인 건가. 그러나 무턱대고 촬영 협조를 거부할 수도 없는 노릇이었다. 어릴 때부터 프라임스쿨에 반감을 가지고 있던 녀석이라 촬영 허가를 거절했다간 '제멋대로' 이야기를 만들어 버릴 위험이 있기 때문이었다. 위원회 내에서도 버즈의 명성을 고려했을 때 촬영 허가는 해 주되 엄격한 지침을 만들어 심의권을 확보하는 편이 좋겠다는 의견이 다수였다.

머릿속을 어지럽히는 갖가지 생각들로 출근길은 우울했다. 그대로 집에 돌아가고 싶었다. 백미러를 통해 내 기분을 살피는 운전기사도, 갑갑한 정장도, 공무원들로 가득한 거리도 싫었다. 그러나 그렇게 모든 것을 포기하고 싶은 마지막엔 늘 어머니의 따뜻한 목소리가 귓가에 울린다.

"하느님은 아무리 약한 사람일지라도 가장 소중한 한 가지는 지킬 수 있는 힘을 주셨지. 부모에게는 그게 자식이란다. 무슨 일이 있어도 우리 니스는 엄마가 지켜 줄 거야. 그리고 네가 나중에 커서 부모가 되면 넌 네 자식을 지킬 수 있는 힘을 갖게 될 거고."

그래, 나에겐 다원이 있지……. 포기라니, 무슨 생각을 하는 거야.

다행히 청사에 도착할 무렵에는 여러 좋은 이야기들을 들려주던 어머니의 음성이 떠올라 우울한 기분을 떨쳐 낼 수 있었다. 운전기사에게는 골치 아픈 일이 생각나 괜히 신경질을 냈다며 사과했다. 그는 고맙게도 "아무려면요, 매일 중요한 결정을 내리셔야 할 테니까요. 전 신경 쓰지 마세요." 하며 이해해 주었다. 중요한 결정이라……. 공무원이 되고 난 뒤 정말 중요한 결정을 내린 적은 없었던 것 같은데…….

사무실로 들어오니 비서가 토요일 오후부터 몇 시간 전 아침까지 받아 놓은 연락들을 전해 주었다. 그중 프라임스쿨에서 걸려 온 전화에는 '긴급'이라는 문구가 적혀 있었다. 순간, 다원에게 무슨 일이 생긴 건 아닌가 하는 걱정이 들었다. 그래서 아침에 그 반갑지 않은 생각들이 떠올랐던 걸까.

가방을 내려놓을 새도 없이 얼른 학교에 전화부터 걸었다. 다행히도 다원에 관한 건 아니었다. 교장은 간밤에 일어난 몇몇 아이들의 '무단 외출' 이야기를 했다.

"학생들이 밤에 몰래 기숙사를 빠져나가는 불미스러운 일이 일어나서 관리를 맡은 저로서는 참 할 말이 없습니다. 소란이 커지기 전에 시급히 징계 수위를 결정했는데, 학부모님들께 연락을 드리기 전에 위원회와 먼저 상의를 하고자 전화를 드렸습니다. 나중에라도 학교와 위원회 간에 불협화음이 생기면 안 되니까요."

교장은 나보다 나이가 스무 살쯤 많음에도 공적인 위치에선 늘 나를 예우했다. 나 역시 그의 지혜를 존중한다는 의미로 "되도록 학교 결정을 우선하겠습니다."라고 했다. 교장이 이탈자 세 명의 신상을 알려 주었다. 버즈 아들이 포함된 것도 신경 쓰였지만 하필이면 나머지 둘 모두 3지구 출신이었다. 1지구 출신으로만 신입생을 선발하자는 다수의 목소리를 누르고 어렵게 기회를 준 것인데, 입학한 지 반년 만에 하룻밤 철없는 행동으로 자기 출신 지역의 기대를 저버리다니. 강경파들이 내년 프라임스쿨의 문을 더 좁힌대도 어쩔 수 없는 노릇이었다. 둘의 근신 기간은 일주일로 하기로 했다. 그런데 교장이 레오 마샬에게는 이 주일 간의 근신 기간을 주겠다고 했다.

나는 왜 레오만 근신 기간이 더 기냐고 물었다. 다큐멘터리 일도 있는데 버즈에게 쓸데없는 오해를 사고 싶지 않았다. 무엇보다 죄가 같다면 벌도 같아야 하는 게 원칙이었다. 혹시 레오가 선배라 더 무거운 책임을 지우는 거냐고 다시 물으려는 찰나, 교장이 먼저 레오가 프라임스쿨의 품위를 손상하는 복장을 하고 있었기 때문이라고 설명했다.

"후드를 입고 있었습니다. 프라임스쿨 학생이 하위 지구 범죄자들이나 입고 다니는 후드를 입는다는 건 절대 용납할 수 없는 일 아닙니까?"

후드?

내가 생각을 하는 사이 교장이 망설이듯 "그런데 사실 다원에게도 일정한 징계를 내려야 하는지 고민입니다."라고 말했다. 나는 이 일과 다원이 무슨 관련이 있는 것인지 전혀 가늠이 안 돼 "다원에게요?"라고 물었다.

교장이 설명했다.

"후드가 어디서 났느냐고 추궁해도 레오가 끝까지 대답을 안 해서 어디선가 밖에서 구해 가지고 온 줄 알았는데, 알아보니 '오래된 것들' 행사에서 다원과 레오가 물물교환을 했다더군요. 그래서 기록을 확인해 보니 정말 다원이 가져온 옷과 레오가 가져온 티켓을 교환한 것으로 되어 있었습니다."

그 순간…….

자기 몸보다 훨씬 큰 양복을 엉성하게 입은 어린아이가 자동차 핸들을 조작하지 못해 가로수를 들이박는 영상이 다시 떠올랐다. 나는 실제로 사고를 당한 것 같은 충격에 힘을 잃고 의자에 주저앉았다.

"물론 저도 알고는 있습니다. 제 세대에 비해 12월의 폭동을 책으로만 배우는 요즘 아이들은 후드에 대한 공포심이나 반감이 크지 않다는 것을요. 듣자 하니 요즘은 하위 지구뿐만 아니라 중위 지구에서조차 버젓이 후드를 입고 다니는 일들이 비일비재하다더군요. 하지만 그건 어디까지나 변방의 일탈적인 풍조 아니겠습니까? 장차 사회의 이념적 기준을 정하게 될 인재들을 키우는 프라임스쿨에선 결코 있을 수도 없고 일어나서도 안 되는 일이죠. 레오 녀석은 징계가 끝나면 자기에게 후드를 돌려주는 게 정당하다고 주장하는데, 저는 프라임스쿨의 교장 직위를 떠나 한 명의 어른으로서 우리 1지구 아이들이 그런 옷을 입고 다니는 것을 절대 용납할 수 없습니다. 위원장님은 어떠십니까? 제 생각에 동의하십니까?"

나는 힘없는 목소리로 "물론 동의합니다."라고 했다. 교장은 나를 시험하듯 "그럼 다윈의 징계는 어떻게 할까요?" 물었다. 자기 자식의 재판관 노릇을 하고 싶은 부모가 어디 있을까. 나는 달리 할 말이 없어 "학교 측의 결정을 따르도록 하겠습니다."라고 대답했다. 교장은 미리 대답을 준비한 것처럼 "위원장님 뜻이 저희와 일치하는 것을 알았으니, 이번엔 그냥 넘어가도록 하겠습니다." 했다. 그러고는 말을 이었다.

"엄밀히 말하면 그런 물품의 반입을 미리 막지 못한 학교 측의 잘못도 있습니다. 우리가 먼저 그런 물품은 허용이 안 된다고 확실히 해 놓았으면 다윈처럼 모범적인 아이가 그런 것을 가져왔을 리가 없을 테니까요. 그런데 다윈은 어디서 그런 후드를 구해 온 건지……. 뭐, 그건 가정에서 위원장님이 따로 훈계하실 일이겠죠. 알겠습니다. 그럼 이 건은 이대로 처리하도록 하겠습니다."

그렇게 계속 처박힌 차 안에 앉아 있을 수는 없었다. 얼른 사고 현장에서 빠져나와 주변을 둘러보고 무슨 일이 벌어진 건지 파악해야 했다. 나는 전화를 끊으려는 교장을 "잠깐만요." 하고 붙든 뒤, 후드를 사무실로 보내 달라고 요청했다. 후드를 직접 확인해 봐야 다윈에게도 그것을 얻은 경위를 정확히 물어볼 수 있을 거라며. 교장은 그러지 않아도 처분 방법을 고민하고 있었다면서 바로 사람을 보내겠다고 했다.

후드가 도착하기까지 아무 일도 손에 잡히지 않았다. 결재를 기다리는 서류들은 모두 오후로 넘겼다. 두 시간쯤 뒤, 프라임스쿨 교직원이 종이에 싼 두툼한 물건을 가지고 왔다. 비서에게 아무 전화도 연결하지 말라고 한 뒤 문을 잠그고 책상 뒤에 숨듯이 앉았다. 떨리는 손으로 포장 종이를 뜯으며 계속 되뇌었다. 설마, 아닐 거야. 그래, 아닐 거야……. 그러나 후드를 마주한 순간, 코 속으로 끼치는 그 냄새를 맡고 목에 달린 그 끈을 다시 느낀 순간, 머릿속에서 9897969594939298…… 끝 모를 숫자가 펼쳐졌다.

나는 어디 가느냐고 묻는 보좌관의 질문에 대답할 겨를도 없이 그길로 운전을 해 아버지 집으로 갔다. 아버지는 막

점심 식사를 하려던 참이었다. 월요일 낮, 예고도 없이 무작정 찾아온 나를 아버지는 반갑게 맞이하면서 "같이 점심을 먹으면 되겠구나." 하고 태평한 소리를 했다. 자신의 인생에 먹구름이 드리울 것이라고는 조금도 생각하지 않는 모양이었다. 그래, 천둥소리에 놀라 울고, 비를 맞아 벌벌 떠는 건 언제나 나였지. 오히려 애나가 내 기색을 알아채고는 "정원에 스프링쿨러 좀 작동시켜야겠어요."라면서 자리를 비켜 주었다. 하물며 남인 가사 도우미도 내 감정을 읽을 줄 아는데 도대체 아버지란 위인은…….

나는 완전히 이성을 잃고 아버지에게 소리쳤다.

"정신 나가셨어요? 도대체 어떻게 그걸 다시 꺼낼 생각을 할 수 있는 거예요?"

"무슨 말을 하는 거냐. 아비한테 정신이 나갔느냐니, 너야말로 제정신이 아닌 거 아니냐."

"제가 지금 제정신이게 생겼어요? 아버지가 만든 진창에 다윈까지 빠지게 생겼는데. 왜요, 나 하나로는 족하지 않아요?"

"도대체 내가 뭘 어쨌다고 다짜고짜 와서 행패냐?"

"발뺌하지 마세요. 아버지가 아니면 다윈이 어떻게 그걸 알게 된 건데요, 네?"

"네가 무슨 말을 하는 건지 도통 알아들을 수가 없다. 진창은 뭐고, 다윈은 또 무슨 얘기야. 화를 내려거든 설명부터 제대로 하든가."

분노를 삭이지 못해 정신 나간 사람처럼 집 안을 배회하던 나는 아버지에게 다가가 삿대질을 하며 선언했다.

"다시는 이 집에 다원을 보내지 않겠어요. 제 허락 없이는 연락할 생각도 마세요. 제 아들은 제가 지켜야겠으니까."

그러고는 뒤도 돌아보지 않고 차를 몰아 실버힐을 빠져나왔다. 그런데 운전을 하며 마음이 조금씩 진정되자 뒤늦게 아버지는 정말 모르고 있던 일일까 하는 생각이 들었다. 아무리 아버지라도 그 후드를 자랑스레 다원에게 보여 줄 순 없었을 테니. 그럼 다원은 어디서 그걸 발견한 걸까. 내가 아버지에게 실수를 한 건가……. 나는 머리를 내저었다. 아니, 아버지가 직접 준 게 아니라 해도 아버지가 책임을 면할 수는 없다. 그 후드를 아직까지 가지고 있다는 것부터가 큰 죄니까.

그렇게 내 행동을 정당화하며 위안을 얻으려는 순간, 누군가 물었다.

그렇다면 니스 영 너는?

너는 왜 그때 후드를 네온강에 버리지 못했지? 왜 그 후드를 다시 집으로 갖고 와 원래 있던 지하실 상자 속에 그대로 넣어 두었지?

퇴근길에 후드를 몰래 숨기듯 집으로 가져와 서재 책장 뒤에 밀어 넣는 순간에도 그는 비아냥거리며 계속 물었다.

왜 30년이 지난 지금에도 그걸 버리지 못하고 거기다 처박아 놓는 거야, 응? 말해 봐, 도대체 왜 그렇게 겁먹은 어린

애 같은 얼굴을 하고 있는 거야?

귀에 익은 목소리를 가진 심문자의 집요한 질문에 묵비권으로 대응하는 사이, 다윈이 집에 오는 둘째 주 주말이 다가왔다. 한 달 중 가장 기다리는 시간. 그러나 오늘은 하지 않아도 될 일까지 처리해 가면서 늦게까지 사무실에 있었다. 다윈과 시간을 보내는 것이 두려웠다. 그 후드의 의미를 알 리는 없겠지만 다윈이 그것을 만졌다는 것만으로도 아들 앞에서 어떤 얼굴을 해야 할지 알 수 없었다.

"네? 레오는 교장 선생님께 압수당했다고 했는데, 왜 이게 아버지 서재에 있는 거예요?"

이따금 절대 일어나지 않을 일들을 상상할 때가 있다.

내 아들이 자라서 나를 미심쩍은 눈으로 보기 시작하고, 나의 행적에 대해 의문을 갖기 시작하고, 거짓말을 하지 않고서는 대답할 수 없는 질문을 던지는 지금 같은 때를……. 그런데 나는 무슨 믿음으로 그것들이 절대 일어나지 않을 일이라고 자신했던 걸까. 이미 절대 일어나지 않을 것 같던 일들이 인생에서 일어나고 또 일어나는 것을 숱하게 봐 왔으면서.

"아버지?"

다윈의 순진한 갈색 눈동자 위로 내 모습이 아른거린다. 다윈에게 뭐라고 답해야 할까? 아무리 나이를 먹는다 해도 나는 언제까지나 큰 양복을 엉성하게 걸치고 덜걱대는 구두를 간신히 끌고 다니는 겁쟁이에 불과한데.

다윈은 아버지 쪽으로 한 발짝 더 다가갔다. 아버지는 무슨 이유에서인지 줄곧 말이 없었다. 아버지의 침묵이 지나치게 길어지자 다윈은 분명히 아버지 서재에서 후드를 발견했음에도 어쩌면 아버지 역시 이 후드에 대해 모르는 건 마찬가지가 아닐까 하는 불합리한 생각마저 들었다.

그때 아버지가 후드를 받아 들며 되물었다.

"이건 어디서 찾은 거니?"

"아버지 서재 책장 뒤에서요. 벤이 찾았어요."

아버지는 벤을 향해 "벤, 서재에는 들어오면 안 된다고 했을 텐데?"라고 주의를 준 뒤 이어 얘기했다.

"그러고 보니 지난번에 어딘가에 놔두고 잊어버렸는데, 벤이 책장 뒤로 물어다 놓았나 보구나."

다윈은 벤의 머리를 쓰다듬으며 말했다.

"뭐야, 벤. 네가 숨겨 놓고 네가 찾은 척한 거야? 보기보다 용의주도하구나."

벤은 크게 한 번 짖더니 빼앗긴 후드를 대신할 새로운 장난감을 찾아 다른 데로 뛰어가 버렸다. 별일 아니라는 아버지의 평온한 태도 덕에 다윈은 혼란스러운 감정에서는 벗어날 수 있었지만, 의문은 여전히 남아 있었다.

"그런데 이걸 왜 아버지가 가지고 계신 거예요?"

아버지는 소파에 앉은 뒤, 맞은편에 앉으라는 손짓을 했다. 다윈은 아버지가 시키는 대로 했다. 아버지는 아까처럼 입을 굳게 다문 채 있다가 잠시 뒤, 숨의 무게가 느껴지는 낮은 목소리로 "다윈." 하고 불렀다. 무척 피곤한 목소리였다.

그제야 다원은 한 달 전에 봤을 때보다 아버지 얼굴이 수척해진 것을 발견했다. 아마 오늘 같은 휴일에도 출근해 저녁 늦게까지 일을 한 탓일 것이다.

"나 몰래 엉뚱한 일을 벌였더구나. 이런 걸 학교에 가져갈 거면 먼저 나한테 말했어야지. 덕분에 교장 선생님한테 혼 좀 났단다. 위원장 아들이 학교 행사에서 금지된 물품을 버젓이 교환했다고 말이다. 이런 건 도대체 어디서 찾아 가지고 간 거니? 우리 집은 아닐 테고."

다원은 자신이 아버지의 설명을 필요로 하듯 아버지도 자신에게 설명을 요구할 수밖에 없는 상황이라는 것을 깨닫고, 있는 그대로 이야기했다.

"할아버지 집 지하실에서 찾았어요. 지난달에 전화기를 찾으러 내려간 적 있잖아요. 그때 '오래된 것들' 행사가 있다는 게 생각나서 지하실에 있는 낡은 상자들을 뒤져 봤거든요. 할아버지네 지하실이라면 괜찮은 물건을 찾을 수 있을 것 같아서."

아버지가 묘한 미소를 지으며 물었다.

"다원, 너에겐 이 낡은 옷이 전통 있는 '오래된 것들' 행사에 낼 만한 물건으로 보였니?"

다원은 후드를 발견했을 때 느낀 감정을 솔직히 말했다.

"저는 얘기로만 듣고 실제로는 한 번도 본 적 없는 옷이니까 다른 애들도 저처럼 흥미를 느낄 거라고 생각했어요. 애들 사이에서 은근히 서로 더 특이한 물건을 가져오려고 경쟁하는 분위기가 있거든요. 그리고 후드가 금지 물품에 속한다는 얘기는 듣지 못한걸요? 금지된 건 총기류나 선정적인 물건 같은 거잖아요. 시대성과 역사성을 띤 물건이니까 당연히 '오래된 것들' 행사 정신에 부합하는 물건 아니에요?"

"너무 자의적인 해석이구나. 시대성과 역사성이란 건 면밀한 연구 끝에 부여되는 거지, 단지 오래됐다고 아무것에나 함부로 붙일 수 있는 게 아니란다. 아무튼 일차적으로는 후드를 금지 물품에 올려놓지 않은 학교에 책임이 있다는 것은 부인할 수 없겠구나. 설마 프라임스쿨 학생이 학교에 후드를 가져오리라고는 생각도 못 해 미처 그걸 명문으로 규제할 필요도 못 느낀 거겠지만. 다음은 학부모로서 자식이 어떤 물건을 학교에 가져가는지 확인하지 못한 내 잘못이고. 알았다면 학교에 그런 걸 가져가게 하지는 않았을 텐데. 왜 숨겼는지 모르겠구나."

다원은 아버지가 오해하고 있는 점을 해명했다.

"숨긴 게 아니에요. 그땐 당연히 할아버지와 아버지에게 제가 찾은 '오래된 것'을 보여 드릴 생각이었어요. 할아버지에게 가져가도 되는지 허락도 받아야 했고요. 그런데 지하실에서 올라와 보니 두 분 다 안 계셨고, 애나 아주머니가 아버지는 주무신다고 깨우지 말라고 했어요. 할아버지는 정원에 나가 계셨는데, 왠지 기분이 안 좋아 보였고요. 그래서 일단 가방에 넣어 두고 나중에 말하려 했는데…… 그러고 깜박한 거였어요."

아버지는 이해했다는 듯 "그렇게 된 거였구나."라고 고개를 끄덕이고는 드디어 궁금했던 질문에 답을 주었다.

"한밤중에 이걸 입고 나가서 문제를 일으킨 건 레오지만, 아무튼 우리 집에서 가져간 물건이 발단이 된 거니 내가 교장 선생님한테 옷을 보내 달라고 했단다. 난 본 적도 없는 옷이니 일단 어떤 것인지 확인을 해야 다윈과도 얘기가 될 거라고……. 듣자 하니 레오가 옷을 돌려받길 원한다던데, 말도 안 되는 일이지. 한 번은 잘 모르고 그런 거니 이해하고 넘어갈 수 있다지만, 프라임스쿨 학생이 알고서도 이런 옷을 입는다는 건 절대 용납할 수 없는 일이란다. 그땐 이 주일 근신으로는 끝나지 않을 거야. 단순히 레오 한 명의 잘못이 아니라 프라임스쿨의 명예와 관련된 일이니."

"레오도 자기 잘못은 잘 알고 있어요. 다신 안 그럴 거예요."

아버지는 "그래, 두고 보마." 하면서 후드를 들고 소파에서 일어났다. 후드를 잃고 상심했던 레오의 얼굴이 떠올라 다윈은 아버지만 눈감아 준다면 후드를 레오에게 다시 주고 싶어 조심스럽게 물었다.

"그건 어떻게 하실 거예요? 할아버지께 돌려 드릴 거예요?"

아버지가 걸음을 멈추고는 손에 든 후드를 곁눈질로 보며 대답했다.

"글쎄다, 할아버지는 이런 물건이 있는지도 모르고 관심도 없으실 텐데 굳이 그럴 필요는 없을 것 같구나. 아마도 어려서 친구들과 어울려 다닐 때 중위 지구 중고 물품 가게 같은 데서 호기심으로 한번 사 보고는 아무 상자에나 넣어 놓으신 모양인데, 지금 와서 돌려 드려 봤자 쓰레기밖에 더 되겠니."

"그럼요?"

아버지는 "당연히 버려야지."라고 한 뒤 덧붙였다.

"어디다 버릴지는 물어보지 마라. 내 아들이 밀수업자 노릇 하는 건 보고 싶지 않으니까. 이게 또 레오 손에 들어갔다가는 너도 징계를 피할 수 없을 거다. 부디 나에게 아들을 심판하는 고뇌는 주지 않길 바란다. 알겠지?"

다원은 속마음을 들킨 것 같아 순순히 "알겠어요."라고 대답했다. 아버지는 웃음 띤 얼굴로 말했다.

"그래, 그리고 오늘 이후로 이 후드 얘기는 더 이상 꺼내지 말도록 하자. 우리 집에서도, 할아버지 집에서도, 프라임스쿨에서도. 나쁜 일은 빨리 잊는 게 좋으니까. 그래 줄 거지?"

다원은 고개를 끄덕였다. 피곤해 보이는 아버지의 얼굴이 과중한 업무 때문이라고만 생각했는데, 아무래도 후드를 가지고 온 자신을 변호하느라 교장 선생님과 갈등이 있었던 모양이었다. 다원은 자신의 경솔함으로 아버지가 사과를 하고 용서를 구해야 하는 처지에 놓였다는 것이 죄송했다. 레오가 마음에 걸리긴 했지만, 아버지 말대로 후드는 이만 잊어버리는 게 모두를 위해 좋을 것 같았다.

잠시 자리를 비켜 주었던 마리 아주머니가 대화가 끝난 것을 알고 부엌에서 나오며 "저녁 식사 하셔야죠."라고 말했다. 아버지는 "먹고 왔어요. 피곤해서 좀 쉬어야겠어요." 하고는 방으로 들어갔다. 마리 아주머니가 아쉬운 얼굴로 "오늘은 혼자 먹어야겠구나." 했다. 다원은 저녁을 혼자 먹는 것보다 아버지의 피곤한 얼굴이 더 신경 쓰였지만, 지금으로선 아버지를 편히 쉬게 해 주는 게 자기가 할 수 있는 최선인 것 같았다.

어둠이 내린 뒤에도 호두나무 거리엔 낮과 다름없는 안전과 신뢰, 평화가 흘렀다. 호두나무 거리의 범죄율은 제로였다. 가끔 어느 집에서 큰 개 짖는 소리가 들린대도 그것을 수상한 사람을 발견한 신호로 받아들이는 사람은 아무도 없었다. 보름달을 보고 억눌려 있던 본능이 잠시 발동한 것쯤으로 이해하고 모두 평안하게 다시 잠이 들었다.

잘 시간이 지났지만 다원은 루미가 말한 '후줄근한 옷'을 찾느라 한 시간 넘게 옷장 앞에서 헤매고 있었다. 옷장에 걸린 옷들은 하나같이 빳빳한 칼라에, 선에 맞춰 다림질 된 브랜드 옷들로 어떻게 조합해도 음악회나 미술관에 가는 복장으로만 보일 뿐, 후줄근한 느낌은 전혀 들지 않았다. 아니, 사실 그보다는 '후줄근한' 느낌이 어떤 것인지를 정확하게 알지 못한다고 하는 게 더 옳았다. 그런 단어는 실생활에서는 거의 쓰이지 않고 문학 작품에서나 접할 수 있는 관념적인 것이었다. 그나마 오늘 본 정원 관리사 아저씨의 땀밴 작업복 정도가 가장 후줄근하다고 할 수 있는데, 아저씨도 일을 끝내고 호두나무 거리를 지날 때에는 깨끗한 와이셔츠와 바지로 갈아입었다.

다원은 옷장 깊숙한 곳까지 뒤진 끝에 간신히 조금 오래돼 보이는 푸른색 셔츠와 회색 바지를 찾아냈다. 처음으로 루미와 밖에서 만나는 의미 있는 날에 이렇게까지 애써 일부러 후줄근한 옷을 입어야 한다는 게 이해가 되지 않았지만, 루미와 만날 수만 있다면 옷 같은 건 아무래도 좋았다.

내일을 위한 준비를 모두 끝내 놓은 다원은 불을 끄고 침대에 누웠다. 마음은 벌써 내일로 치달아 루미에게 첫 인사를 어떻게 건넬지 고민하느라 머리가 복잡했다. 간신히 흥분을 진정시킨 다원은 이쯤에서 그만 오늘과 작별하려 눈을 감았다. 그러나 잠시 뒤 다시 침대에서 일어나 불을 켰다. 아버지에게 내일 할아버지 집에 못 가게 됐다는 이야기를 하지 않은 것이 생각난 것이다. 내일 아침이 돼서야 다른 약속이 있다는 말을 하면 아버지가 언짢아할 게 분명했다. 후드 문제로 이미 한 번 실망시킨 아버지를 또다시 실망시키고 싶지는 않았다.

다원은 서둘러 방에서 나와 1층으로 내려갔다. 보조 등을 켜 놓은 어스름한 거실 바닥으로 서재의 불빛이 새어 나오고 있었다. 다원은 서재 문을 노크했다. 아버지는 노크 소리만으로도 누구인지 바로 알고 "들어오렴." 했다. 다원은 문을 열고 서재로 들어갔다.

"무슨 일이니? 아직까지 안 잔 거야?"

아버지야말로 피곤하다고 했으면서 아직까지 책상에 앉아 있었다.

다원은 아버지 곁으로 가서 말했다.

"아까 말씀드린다는 걸 깜박 잊어서요. 사실은 저 내일 할아버지 집에 못 가게 됐거든요. 갑자기 친구랑 약속이 생겨서."

한 달에 한 번 할아버지를 방문하는 일은 단순한 일정이 아닌 가족 관계를 지탱하는 약정 같은 것이니 아마도 아버지는 할아버지보다 훨씬 더 세세하게 내일의 약속에 대해 물을 것이다. 다원은 가족 모임에 빠지게 된 불가피한 상황을 아버지한테 이해받기 위해선 내일 약속이 루미와의 만남이라는 것을 알릴 수밖에 없다고 생각했다. 확실한 상태에 이르기 전까지는 루미를 향한 감정을 혼자만 간직하려했지만, 아버지에게 거짓말하고 싶지는 않았다. 그런데 뜻밖에도 아버지는 어떤 질문이나 반대 없이 단번에 허락해주었다.

"그래, 알겠다."

"정말요?"

아버지가 웃으며 말했다.

"왜 정말이냐고 묻는지 모르겠구나. 매일 기숙사에만 있는데 너도 한 달에 한 번 친구를 만날 정도의 자유는 누려야지."

다원은 기뻤다. 그러나 그 기쁨을 온전히 누리기에는 마음에 걸리는 게 있었다. 다원은 미처 할아버지에게 묻지 못했던 것을 아버지에게 물었다.

"아버지, 혹시 지난달에 할아버지 집에 다녀온 이후로 두 분 사이에 무슨 일이 있었어요?"

"무슨 말이니?"

"저녁에 할아버지께 못 가게 됐다고 전화를 드렸는데, 제 얘기를 듣자마자 할아버지가 그러셨거든요. 혹시 아버지가 가지 말자고 해서 안 오는 거냐고. 왜 그렇게 생각하셨는지 모르겠어요."

"나이가 들면 피해망상이 커지는 법이지."

아버지의 냉소적인 대답을 듣는 순간, 다원은 내일의 충돌을 미리 목격한 것 같은 아찔한 기분이 들었다. 어쩌면 실제에서는 자신의 부재를 틈타 이보다 더 큰 충돌이 생길지도 모른다. 그 시작은 지금처럼 늘 아버지였다. 스스로 의식하고 있는지는 모르지만, 아버지는 때때로 할아버지에게 너무 공격적이었다. 할아버지가 피해 의식을 느끼고 있다면 그것에 아버지 책임이 없다고는 말할 수 없을 것이다.

다원은 아버지 곁으로 가까이 다가가 말했다.

"아버지, 왜 할아버지를 두고 그렇게 잔인하게 말씀하세요?"

"잔인하게 들렸니?"

"네, 아버지의 아버지잖아요. 제가 아버지에게 그렇게 말하는 걸 상상이라도 할 수 있으세요?"

아버지가 웃으며 손을 뻗더니 벤을 귀여워할 때처럼 머리를 쓰다듬었다.

"우리 다원이 나보다 훨씬 낫구나. 그래, 아버지가 실언했다. 앞으론 조심하마."

아버지의 따뜻한 손길과 눈빛에 다원은 금방 안심이 되었다.

"내일 할아버지 집에 가실 거죠?"

"봐야겠구나. 오늘도 일을 다 못 마치고 와서. 지금도 이렇게 나머지 공부를 하고 있잖니?"

"그럼 전화라도 꼭 드리세요. 저도 못 가는데 아버지까지 안 가시면 외로워하실 거예요. 우리 가족 누구도 외롭지 않았으면 좋겠어요."

아버지가 일어나 품속으로 안아 주었다. 다원은 아버지 몸에서 늘 풍기는 옅은 향수 냄새를 맡았다. 태어나고 얼마 지나지 않아 돌아가신 엄마의 냄새를 한 번도 그리워해 본 적이 없는 건 아마 이 향기 덕분일 것이다. 아버지의 향기는 너무 일찍 사라져 기억으로 남을 틈이 없었던 엄마 냄새 대신이기도 했다. 아버지의 품속에선 어떤 부족함도 느껴지지 않았다.

사진 세 장이 가진 확률

루미는 모든 것이 조금씩 부족하게 느껴졌다. 여학교 중에선 최고지만 프라임스쿨에 비하면 늘 한 단계 아래 취급을 받는 학교와, 최상위 지구이긴 하지만 1지구에서 가장 별 볼일 없는 하위 공무원들이 밀집해 사는 동네는 손가락 한 마디를 남겨 놓고 덜 채워진 물컵 같았다. 그러나 그 채워지지 않는 부족함이 가장 강렬하게 느껴지는 곳은 다른 데가 아닌 바로 자기 집, 자기 방이었다. 방 안 어디에서도 자신의 기대와 수준에 부응하는 것을 찾아볼 수 없었다. 침대에서부터 옷장, 책상, 의자 하나까지 부모님이 고른 가구들은 죄다 창고 정리 세일에서도 팔리지 않을 재고품 같았다. 루미는 이렇게 질 낮은 물건을 갖게 된 게 단지 경제적인 사정 때문이라고는 생각하지 않았다.

그저 아무도 거들떠보지 않는 이런 볼품없는 물건이 7급 공무원인 아빠와 4지구 출신인 엄마의 공통된 취향인 것이다.

외출 준비를 마친 루미는 자신의 지루한 방을 나와 1층으로 내려왔다. 1층이라고 다른 점은 없었다. 거실과 복도, 부엌, 화장실 어디 하나 예외 없이 시시한 가구와 소품들로 채워져 있었다. 계단을 내려오던 루미는 문득 거실 벽 한가운데에서 시선을 멈췄다. 어느 이름 없는 화가의 호두 그림. 수많은 결핍 중에서도 일말의 생동감이나 새로움, 다시 한번 들여다보고 싶은 흥미가 느껴지지 않는 저 정물화는 이 집의 부족함을 민낯 그대로 드러내는 상징과도 같았다.

집에서 가장 잘 보이는 곳에 걸린 그림은 집에 온 손님들에게 그 집의 주인을 직관적으로 판단하게 하는 일종의 사인이 되는 법이다. 루미는 갈수록 집에 찾아오는 손님들이 줄어드는 이유가 어쩌면 저 그림과 관련돼 있는지도 모른다고 생각했다. 집 안의 심장인 거실 벽을 저렇게 저급한 호두 정물화로 장식한 가정에 다른 숨겨진 재미가 있을 것이라고는 아무도 기대하지 않을 테니. '살아 있는 느낌'이라는 측면에선 차라리 시체 그림을 걸어 놓는 게 훨씬 감흥을 줄 것이다. 물론 이쪽에서도 손님들에게 큰 기대를 가진 건 아니었다. 7급 법원 서기관 집에 오는 손님이라고 해 봤자 틀린 문법이나 1년에 공휴일이 며칠이나 되는지 말고는 할 얘기가 없는, 다 똑같이 지루한 7급 사람들뿐이니.

루미는 할아버지가 찍은 훌륭하고 의미 있는 사진들 대

신 누가 그렸는지도 모르는, 길거리에서 산 그림을 집에 걸어 놓은 아빠를 이해할 수 없었다. 그런데 어느 날, 우연히 저 그림 앞에 서 있는 아빠를 본 순간, 아빠가 왜 저 그림에 끌렸는지 이해할 수 있게 되었다.

생기 없는 호두 그림은 '조이 헌터'를 가장 잘 묘사한 초상화였다. 아무 야망도 없는 7급 법원 서기관, 늘 똑같은 시간에 출근해 똑같은 시간에 퇴근하는 지루한 남편, 삶이 보내는 조그만 손짓에 호기심보다 두려움을 먼저 느끼는 중년의 가장, 심지어 형의 의문스러운 죽음에 관해서도 궁금해하거나 분노하지 않는 진짜 시체. 저 생기 없이 말라붙은 그림에 아빠처럼 함몰되지 않기 위해선 가능한 한 이 집을 벗어나 다른 곳에서 숨을 쉬어야 했다. 루미는 계단을 내려와 서둘러 현관 밖으로 나갔다.

"이렇게 일찍 어딜 가니?"

"교회 갔다가 친구랑 약속이 있어요. 늦을 거예요."

루미는 자기 뒤에 서 있는 아빠를 돌아보지도 않고 달려나갔다.

휴일을 맞은 센트럴 역은 이른 아침부터 인파로 붐볐지만 분주하게 뛰어다니며 소란을 피우는 사람은 아무도 없었다. 짧은 배차 간격 덕에 상위 지구 승객들은 눈앞에서 기차를 놓친다 해도 편안히 다음 차편을 기다릴 여유를 부릴 수 있었다. 천장에 매달린 거대한 샹들리에와 스피커에서 흐르는 경쾌한 클래식이 사람들의 움직임을 왈츠처럼 돋보이게 했다.

약속 시간이 아직 안 됐는데 중앙의 분수대 앞에 다윈이 먼저 와 서 있는 게 보였다. 루미는 다윈 가까이 걸어갔다. 다윈이 먼저 "안녕." 하고 인사했다. 루미는 똑같이 "안녕."이라고 응대한 뒤 다윈이 입고 온 옷을 살펴보았다. 아무리 나쁘게 봐줘도 4, 5지구 이하로는 안 보여 만족스럽지는 않았지만, 프라임 보이에게 그 이상의 소박한 차림은 기대할 수 없을 것이다.

루미는 미리 끊어 온 3지구행 티켓을 다윈에게 주며 플랫폼으로 이끌었다.

"곧 기차가 도착해. 얼른 가자."

1지구에서 기차표 확인은 형식적으로만 진행되었다. 역무원은 표의 유무를 확인하는 것보다 승객들에게 친절한 인사를 전하는 것이야말로 진짜 자신의 임무라는 듯 웃음 띤 얼굴로 통로를 지나갔다. 그는 중간중간 어떤 여성이 쓰고 있는 챙 넓은 모자를 보고 "멋지네요."라고 칭찬하거나, 가족 단위의 승객들에게는 "좋은 주말 보내세요."라고 인사를 건넸다. 이 기차 안에서 무임승차 같은 부정행위가 일어날 가능성은 없다고 확신하는 태도였다. 물론 그 믿음은 역무원의 개인적 소신이 아니라 오랜 시간 축적된 사회적 신뢰였다.

루미는 역무원이 지나가기를 기다렸다가 다윈에게 물

었다.

"한 번이라도 1지구 너머로 나가 본 적 있어? 2지구나 3지구로."

다원은 고개를 저었다. 예상대로였다. 2, 3지구가 다리 하나로 연결돼 있다 해도 1지구에서 태어난 사람은 평생 1지구에서 교육받고 결혼하고 직업을 얻으며 생활하는 것이 당연하면서도 명예로운 일로 여겨지니. 문교부 차관을 아버지로 둔 프라임 보이라면 더욱 철저하게 그 길을 밟을 것이다.

다원이 물었다.

"루미 너는?"

루미는 오늘 여행의 주동자로서 다원에게 믿음을 주기 위해선 긍정의 대답이 필요하다는 것을 알았지만, 1지구를 나가 본 적이 없기는 마찬가지였다. 루미는 자신의 경험 부족이 드러나지 않아도 되게끔 다른 식으로 이야기했다.

"어차피 2, 3지구에 가 본 정도로는 진정으로 1지구를 벗어났다고 말할 순 없지 않아? 상위 지구를 완전히 벗어나 봐야 진짜 다른 지구를 가 봤다고 할 수 있을 테니까. 그것도 중위 지구 정도가 아니라 우리처럼 9지구까지. 1지구 사람들 중에서 9지구에 가 본 사람은 우리 할아버지 같은 전문가 빼고는 없을 거야, 안 그래?"

"9지구?"

통로 옆 좌석 승객이 "9지구?"라고 되묻는 다원의 목소리를 듣고 이쪽을 힐끗거렸다. 체격이 큰 중년 남성이었는

144

데 맛있게 먹고 있던 음식 속에서 불쾌한 이물질을 발견한 것처럼 얼굴을 찌푸렸다. 루미는 창밖으로 시선을 돌려 남자의 관심이 멀어지기를 기다렸다. 다원도 남자의 시선을 느꼈는지 현명하게 입을 다물었다.

창밖으로 펼쳐지는 1지구 교외 풍경은 자연과 고풍스러운 건축물이 지극한 관리로 조화를 이뤄 한 순간 한 순간이 엽서 속 그림 같았다. 그러나 루미는 잘 가꿔진 나무와 집들에서 아무런 감흥도 느끼지 못했다. 제이 삼촌 죽음의 진실이 밝혀지지 않는 한 이것들 역시 아무 생명력 없는 '호두 정물화'일 뿐이었다.

고속으로 달리는 상위 지구 순환 기차는 다른 지구로 온 것이 느껴지지도 않을 만큼 빠르게 2지구에 도착했다. 많은 사람들이 내리고 탔다. 아까 이쪽을 쳐다보았던 남자도 다시 한 번 미심쩍은 시선을 던진 뒤 기차에서 내렸다. 새로 그 자리에 앉은 승객은 다행히 귀가 어두울 것 같은 노부부였다. 짧은 정차 시간이 지나고 나자 기차가 곧 출발했다.

루미는 자신들에게 관심을 두는 다른 눈이 없는 것을 확인하고는 다시 다원에게 말했다.

"9지구가 무섭긴 한가 봐. 9지구라는 말을 듣는 것만으로도 저렇게 건장한 아저씨가 겁을 내는 걸 보면. 이해는 가지만 그래도 좀 우습지 않아?"

루미는 조금 전의 아저씨를 떠올리며 비웃음을 흘렸는데, 다원은 아무 반응도 없었다. 무언가 혼자만의 생각에 빠진 얼굴이었다. 루미는 다윈의 어깨를 가볍게 두드렸다. 그제야 정신이 들었는지 다윈이 시선을 돌렸다.

"무슨 생각을 하는데 아무 대답이 없어?"

다윈이 당황한 기색으로 대답했다.

"아, 미안. 무슨 말 했어?"

"통로 옆자리에 앉아 있던 아까 그 아저씨 말이야. 9지구라는 말만 듣고도 겁내는 게 우습다고 했어."

다윈은 엷은 웃음을 띠며 "그래."라고 답했지만, 진심인 것 같지는 않았다. 갈색 눈동자는 여전히 혼자만의 생각에 빠져 있었다. 루미는 그 눈빛이 어디서 시작된 것인지 알았다. 옆자리에서 들린 숫자 하나에 금방 얼굴을 찌푸렸던 아저씨처럼 다윈 역시 '9지구'라는 말이 나온 순간부터 확연히 달라져 있었다.

어젯밤 혹시나 하는 기대로 기다리고 있던 와중에 다윈이 정말 전화를 걸어 왔을 때, 지난 한 달간 다윈도 제이 삼촌의 이야기에 목말라 있었다는 것을 확신할 수 있었다. 제이 삼촌의 가장 친한 친구였던 니스 아저씨의 아들이자 16년간 함께 추도식에 참석해 온 성실한 추모객으로서 다윈 역시 '미싱 링크'를 찾을 수 있는 기회를 놓칠 수 없었던 것이다.

서로의 속마음을 읽듯 대화도 순조로웠다. 아빠가 알게 되는 것이 걱정돼 '9지구'라는 말을 직접적으로 꺼내진 않았지만, 이른 아침 센트럴 역에서의 만남과 후줄근한 옷을 지정해 주는 것으로 9지구에 갈 것임을 충분히 암시했다.

당연히 다원도 그렇게 받아들였다고 생각했다. 그런데 다원은 9지구에 가는 것까지는 각오하지 않은 걸까. 그렇다면 무엇을 위해 이 자리에 나온 걸까.

루미는 다원에게 직접적으로 물었다.

"다원 너도 9지구에 가는 게 두렵니?"

다원은 대답을 미룬 채 되물었다.

"루미 너는 9지구에 가는 게 아무렇지 않아? 네 말처럼 너희 할아버지 같은 분이 아니고서는 1지구에서 9지구에 가는 사람은 아무도 없잖아."

루미는 망설임 없이 대답했다.

"진실을 향해 가까이 다가가는 건데 왜 두렵겠어? 게다가 혼자가 아니라 너까지 있는데. 다원 너랑 같이 가니까 난 하나도 두렵지 않아."

자신에 차서 말하긴 했지만 루미는 자신의 확신이 다원을 단번에 설득할 것이라고는 기대하지 않았다. 프라임 보이의 생각을 바꿔 놓는 일이 그렇게 쉬울 리 없으니까.

그런데 말을 마치는 순간, 다원이 방금 전까지 주저했던 표정을 지우고 밝게 웃었다. 이번엔 아까 보았던 텅 빈 웃음이 아니라 진짜 웃음이라는 것이 느껴졌다. 다원은 내내 곧추세우고 있던 몸을 등받이에 편안하게 기대더니 "그래, 나도 두렵지 않아."라고 말했다. 루미는 다원이 말에 쉽게 영향받는 타입이라는 것을 알게 되었다. 이쪽에서 두렵지 않다고 하면 자기 역시 금방 두렵지 않다고 생각하는. 조금 어

린아이 같긴 했지만, 어쨌건 두려워하지 않는 마음은 9지구
에 가는 데 큰 도움이 될 것이다.

　즐거운 주말을 보내길 바란다는 기장의 인사말과 함께
기차가 3지구에 도착했다. 3지구는 상위 지구 순환 기차의
종착역이자 4지구와 연결된 트램 환승역이었다. 루미는 다
원과 함께 기차에서 내렸다. 플랫폼에서 트램을 타는 곳으
로 이동하려면 꽤 긴 거리를 걸어야 했다. 그런데 놀랍게도
그 구간은 에스컬레이터 같은 편의 시설이 전혀 갖추어지
지 않은 채 미로 같은 계단만 끝없이 이어져 있었다. 도시의
건축 수준을 의심케 할 정도로, 직선으로 충분히 만들 수 있
는 길을 빙 돌아가는 가파른 계단으로 지은 것이었다. 그러
나 그 길을 직접 체험하는 동안 루미는 통행자를 지치게 만
드는 그 비효율적인 구조가 실력 없는 건축가의 실수가 아
니라 오히려 상위 지구 최고의 건축가가 고도의 목적을 가
지고 설계한 성공작이란 것을 깨달았다. 상위 지구와 중위
지구의 접촉을 어렵게 해 이동을 제한하려는 미시적인 분
리 정책의 한 장치인 셈이었다. 실제로 그 효과를 보여 주듯
주말인데도 환승 통로를 오가는 사람은 많지 않았다.

　트램을 타고 4지구 환승역에 도착해 다시 중위 지구 순환
기차 플랫폼까지 이동한 뒤, 루미는 6지구행 기차표를 끊으
려고 매표소를 찾았다. 그런데 그 전에 다원이 "여기서 기
다리고 있어." 하더니 인파를 헤치고 뛰어가 표를 사 왔다.
조금 전에 자기가 한 말 그대로 더는 두려워하지 않는 모습

이었다.

기차가 출발하고 나서 다윈이 물었다.

"9지구에 가서 어떻게 할지는 생각해 놓은 게 있어? 돌아오는 기차 시간에 맞추려면 시간이 많지는 않을 텐데."

루미는 가방에서 사진 세 장을 꺼냈다. 사라진 사진 앞뒤로 있던 다른 사진들이었다. 배경으로 건물이 보이는 한 사진 속엔 'D-9'라는 지구 표기와 함께 그곳의 주소로 짐작되는 문구가 벽에 희미하게 찍혀 있었다.

"이 사진 속에 있는 장소를 찾아가 봐야지. 그럼 사진 속에 있는 사람들의 정체에 대한 실마리가 잡힐 테고, 이 사람들이 누군지 알면 범인이 왜 삼촌 앨범에서 사진을 가져갔는지도 어느 정도는 추측할 수 있을 거야."

제이 삼촌의 방에서처럼 사진을 유심히 살펴본 다윈이 검정 펜으로 날짜를 덧칠해 놓은 부분을 가리키며 말했다.

"이건 일부러 이렇게 한 거야?"

"응. 아무래도 9지구에서 '12월의 폭동' 무렵의 날짜가 찍힌 사진을 보여 주는 건 문제가 될 수도 있을 것 같아서. 감쪽같지?"

감탄한 듯 "난 그런 것까지는 생각 못 했는데."라고 한 다윈은 그러나 곧 비판적인 의견을 내놓았다.

"그런데 이 사진들은 60년 전에 찍은 것이잖아. 그럼 지금까지 이 장소가 그대로 있을 가능성은 희박하지 않아? 사진 속의 사람들도 대부분은 나이가 들어 세상을 떠났을 테고. 어쩌면 12월의 폭동 때 이미 목숨을 잃었는지도 모르지."

다원의 지적은 물론 합당했다. 그러나 이미 수없이 자문해 본 낡은 질문이었다. 질문만 하고 답을 찾지 않는다면 인간은 영원히 미궁 속을 헤맬 수밖에 없을 것이다.

루미는 사진들을 게임 카드처럼 손에 쥐며 말했다.

"맞아, 이건 성공 가능성이 아주 희박한 패야. 확률만을 따진다면 당연히 실패할 확률이 높겠지. 하지만 중요한 건 그래도 게임을 할 수 있는 패가 아직 남아 있다는 거야. 존재와 비존재는 단순히 많고 적음의 차이랑은 비교할 수 없는, 아예 다른 차원의 일이잖아. 희박하지만 존재한다는 것만으로도 모든 가능성이 생길 수 있는 거니까."

루미는 자신을 응시하는 다원의 시선을 느끼며 말을 이었다.

"다원 너와 나도 어쩌면 이 사진들이 가지고 있는 만큼의 가능성으로 이곳에 온 거 아니야? 생각해 봐, 얼마 전까지 너랑 내가 9지구로 가는 기차를 함께 탈 거라는 상상을 해 본 적 있는지. 하지만 우린 지금 그러고 있잖아. 왜냐면 우리가 추도식에서 말없이 스쳐 지나갔던 순간마다 오늘 이렇게 만날 수 있는 희박한 가능성은 늘 존재했으니까."

루미는 다원이 자신의 이야기를 어떻게 받아들일지 잘 알 수 없었다. 어떤 남자애들은 단순히 여자의 의견을 듣고 있는 것만으로도 자기가 지고 있다고 여기기도 했다. 레오처럼 자존심 강한 프라임 보이라면 더욱 그럴 가능성이 높았다. 다원은 아무 말이 없었다. 아마도 사진 몇 장 가지고 너무나 장황한 이야기를 하고 있다고 생각하는 모양이었다. 루미는 그만 사진들을 정리했다.

그런데 그 순간, 다원이 말했다.

"루미 넌 내가 만나 본 사람 중에서 가장 놀라운 사람이야."

부모님에게서도 들어 본 적 없는 최고의 칭찬이었다. 자격지심이라곤 조금도 느껴지지 않는 다원의 순수한 태도에, 루미는 자기보다 높은 위치에 있는 사람을 대할 때 저도 모르게 갖게 되는 적개심이 조금 허물어지는 기분이 들었다.

다원이 이어서 말했다.

"왜 너희 집에서 널 아기 호랑이라고 부르는지 알 것 같아."

루미는 놀라서 물었다.

"그걸 어떻게 알았어?"

"지난 추도식 때 너희 할머니가 널 그렇게 부르는 걸 들었거든. 네 별명 맞지?"

"그래, 맞아. 그런데 온 가족이 그러는 건 아니고 할머니만 부르는 애칭이야. 그마저도 아빠가 싫어해서 남들 앞에서는 잘 부르지 않지만. 사실 아기 호랑이는 제이 삼촌의 어렸을 때 별명이었다는데, 할머니는 내 눈이 제이 삼촌 눈이랑 똑같이 생겼대. 어때? 다윈 너도 제이 삼촌을 사진으로 봐서 알잖아. 삼촌이랑 내 눈이 정말 똑같은 거 같아?"

루미는 다윈이 눈동자를 자세히 볼 수 있도록 자신의 얼굴을 다윈 앞에 바짝 갖다 댔다. 그런데 다윈은 눈을 마주치는 게 어색한지 얼굴을 살짝 돌리며 말했다.

"제이 아저씨랑 너는 정말 공통점이 많구나. 생일까지 똑같고."

"그래서 내 또 다른 별명이 리틀 제이야. 물론 이것도 할머니만 불러 주는 애칭이지만."

상위 지구를 순환하는 고속 기차에 비해 속도가 좀 느린 중위 지구 기차는 4, 5, 6지구의 풍경을 천천히 바꾸어 놓았다. 4지구는 3지구와 비슷한 상업지구 분위기를 띠었지만, 5지구의 풍경은 그보다 훨씬 소박했다.

정오가 못 돼 6지구에서 내린 루미는 하위 지구로 들어가기 전 점심을 해결하기 위해 다윈과 함께 역내 간이식당에서 샌드위치를 사 먹었다. 1지구가 아닌 곳에서 사 먹는 최초의 음식이었지만, 채소가 덜 싱싱하다는 것만 빼면 1지구의 식당 음식과 크게 다르지 않았다. 루미는 처음 시도해 보는 다른 지구 음식을 거부감 없이 받아들이는 다윈이 마음에 들었다. 음식을 소화할 수 있다면 다른 더한 것도 소화할수 있을 것이다.

중위 지구에서 하위 지구로 환승하는 구간은 상위 지구와 중위 지구에 비해 다소 수월했다. 루미는 지구에 따라 달리 적용되는 통제력을 몸으로 느낄 수 있었다.

7, 8, 9지구를 순환하는 열차는 무료로 운영되기 때문에 따로 표를 끊을 필요가 없었다. 기차는 상위 지구나 중위 지구의 것과 확연히 달랐다. 문이 열리자마자 불쾌한 냄새가 풍기고, 내부는 온갖 낙서로 뒤덮여 있었다. 좌석 커버도 대부분이 뜯겨 나가 안의 솜이 그대로 드러나 보였다. 기차뿐만 아니라 창밖으로 보이는 풍경도 급속도로 황폐해졌다. 길 한편에 불에 탄 채 아무렇게나 방치되어 있는 폐차와 허물어진 벽, 폐수가 흐르는 개울가가 하위 지구의 속살을 숨김없이 드러냈다. 기차에 오르는 승객들의 눈초리도 서로가 서로를 경계하는 것처럼 날카로웠다. 한 남자가 보란 듯이 휴대용 칼을 돌리며 통로를 지나갔고, 얼굴을 전혀 볼 수없게 후드를 뒤집어쓴 남자애들 몇몇은 빈자리가 있는데도 의자가 아닌 바닥에 주저앉아서는 승객들의 통행을 방해했다. 어떤 나이 든 남자는 무엇인가에 불만을 표하는 듯 큰 소리를 질렀는데, 루미는 그 남자가 하는 말을 제대로 알아들을 수가 없었다. 주어와 동사의 위치가 뒤죽박죽인 데다 발음도 뭉그러졌다. 그러나 다른 승객들은 그의 말을 모두 이해했는지, 일부는 웃기도 하고 일부는 맞대응해서 함께 큰소리를 냈다. 그러나 얼마 뒤, 기차가 8지구에 도착하자 그런 사람들도 거의 다 내려 객실 안은 텅 비었다.

사람들 눈에 띌까 봐 아무 말도 하지 않고 있던 루미는 그제야 한숨 돌리며 다윈에게 물었다.

"왜 9지구로 가는 사람은 이렇게 없는 걸까?"

다원 역시 갑자기 텅 비어 버린 객실이 이해가 되지 않는다는 듯 주위를 살피며 대답했다.

"아무도 9지구로는 가고 싶지 않은 걸까?"

느리게 움직이는 기차는 얼마 뒤 긴 터널 속으로 들어갔다. 객실 등이 거의 깨진 데다 터널에도 불이 들어오지 않아 한낮이 갑자기 한밤으로 바뀌어 버린 것 같았다. 기차는 쇳소리를 내며 끝날 것 같지 않은 어둠 속을 달려갔다.

"조심해."

기차에서 플랫폼으로 발을 내딛는 순간, 다원이 급하게 팔을 잡아끌었다. 루미는 내딛던 발을 멈추었다. 시멘트 바닥이 푹 꺼져 있어 하마터면 발이 그대로 빠질 뻔했다. 그러나 그 한쪽만을 건너뛴다고 해서 피할 수 있는 게 아니었다. 플랫폼 전체가 금이 가 있거나 아예 조각나 부서져 있었다. 루미는 먼저 내린 다원의 도움을 받으며 조심스레 기차에서 내렸다.

9지구 기차역은 수십 년 동안의 자연재해와 노후가 복구 없이 오직 누적되기만 한 모습이었다. 주요 기반 시설인 기차역이 이 정도라면 다른 곳은 어떨지 짐작도 가지 않았다. 플랫폼에 내린 사람은 다섯 명도 채 되지 않았다. 그들은 야생동물처럼 선로를 무단 횡단해 각자 어딘가로 흩어졌다. 기차에 타려는 사람은 아무도 없었다. 정해진 정차 시간이 지나자 기차는 방향을 돌려 8지구로 향했다.

루미는 다원에게 말했다.

"우리도 가 보자."

하늘엔 늘 총성이 울리고 땅에는 온갖 범죄자들이 잠복해 있다는 게 타 지구 사람들이 9지구에 관해 공통적으로 알고 있는 정보였다. 루미도 기차에서 내리기 전까지는 그렇게 믿고 있었다.

그러나 기차역 주변 거리는 고요하다 못해 을씨년스럽게 느껴질 만큼 잠잠했다. 본인이 내쉬는 숨소리와 모래 섞인 땅을 밟는 발소리가 자기 귀에 다시 들려올 정도였다. 범죄자들도 없고 범죄자들이 몸을 숨기고 있을 만한 건물도 전혀 없었다. 키 작은 잡초가 무성한 벌판만 지평선을 향해 끝없이 펼쳐져 있었다. 이런 곳에서는 누구라도 있는 그대로의 모습을 고스란히 보여 줄 수밖에 없을 것 같았다.

평화롭다고 해야 할까. 불현듯 든 생각에 루미는 고개를 저었다. 이런 모습을 평화라고 하는 건 문명과 발전에 대한 모든 기대를 포기할 때만 가능할 것이다. 무기력증에 빠진 사람이 강을 지그시 내려다보고 있다고 해서 그의 내면이 평화롭다고 할 수 없는 것과 마찬가지였다.

그러나 어쨌든 앞으로 한 걸음 내디딜 때마다 지금까지 알려진 9지구의 정보는 잘못된 것으로 드러났다. 각 지구 간의 차이가 아무리 크다 해도 인접한 지구들은 어느 정도 비슷한 점이 있기 마련이었다. 그런데 9지구는 8지구와는 완전히 다른 세계였다. 8지구에 온갖 혼란과 악행이 응집돼 있다고 한다면, 9지구는 그 혼란과 악행조차도 모두 증발해 텅 비어 버린 모습이었다.

아무리 걸어가도 주위에 사람이 한 명도 보이지 않았다. 일요일이어서 거리가 이렇게 조용한 건지, 아니면 이게 9지구의 일상적인 풍경인지 알 수가 없었다. 날마다 폭동과 살인이 일어난다는 소문은 어떻게 된 걸까. 이렇게 인적이 드물 줄 알았다면 아까 그 기차에서 내린 사람들을 붙잡고 무엇이라도 물어보았을 것이다. 아무것도 없는 이곳에서 그 사람들은 다 어디로 간 것인지 이해가 되지 않았다.

얼마쯤 걷자 버스 정류장 팻말이 보였다. 오래돼서 글씨가 흐릿했지만, 버스 번호와 함께 배차 시간표가 새겨져 있었다. 이 근방에서 볼 수 있는 유일한 문자이자 도시가 운영되고 있다는 미약한 증거였다. 일단 인적이 있는 중심지로 나가 사람을 만나야 했다. 루미는 다윈을 향해 "이걸 타야 할 것 같지?"라고 말했다. 다윈은 고개를 끄덕였다.

시간이 얼마나 흘렀을까. 루미는 손목시계를 확인했다. 배차 시간이 한참 지났는데도 버스는 올 기미가 보이지 않았다. 정지된 풍경을 오래 보고 있어서인지 우울한 기분이 몰려왔다. 지금 보고 있는 이 세계를 이해할 단서가 아무것도 없는 상황에 점점 무력감이 들었다. 이 적막한 거리로는 아무것도 오가지 않을 것 같았다. 루미는 다시 시계를 확인했다. 다윈은 인내심 있게 기다리고 있었지만, 루미는 자신의 마음속에 일고 있는 불안을 이제는 고백해야 할지도 모른다고 생각했다. 다윈 네 말대로 60년 전의 사진들을 가지고 한 번도 와 본 적 없는 곳을 찾아 나선 건 가망성 없는 일이었는지도 모른다고. 쓸데없는 일을 하는 데 프라임스쿨 휴가를 낭비하게 해서 미안하다고. 이대로 시간을 낭비할 바에야 그냥 돌아가는 게…….

그때였다. 갑자기 멀리서 엔진 소리가 들리더니 낡은 자동차 한 대가 앞에 와서 섰다.

"너희들 거기서 뭐 하냐?"

멸종돼 가는 사람들

　　　　　바퀴가 몰고 온 모래바람에 다원은
눈을 찡그렸다. 차는 버스 정류장 팻말 바로 앞에 멈추어 섰
는데, 그렇게 정확히 브레이크가 작동되는 게 신기할 정도
로 오래된 차였다. 후드와 문, 범퍼를 제각각 다른 차에서
떼어 와 조립했는지 서로 전혀 조화를 이루지 못했다. 곧 차
창이 열리더니 안에 탄 남자가 "너희들 거기서 뭐 하냐?"라
고 물었다. 어딘가 모르게 생김새가 이질적이었다. 1지구에
서는 잘 볼 수 없는 인상이었다. 다원은 그 남자가 어떤 사람
인지 확신할 수 없어 그가 스스로 정체를 밝힐 때까지 잠시
기다리려 했다. 그런데 말릴 새도 없이 루미가 남자의 차로
가까이 다가가면서 말했다.

　"버스 기다려요."

"버스는 왜?"

"왜긴요, 타려고 그러죠."

루미의 말을 들은 남자는 아예 차 시동을 끄더니 비웃는 표정으로 물었다.

"너희들 몇 지구에서 왔냐? 6지구? 5지구?"

루미가 되물었다.

"왜 그렇게 생각하시는데요?"

"여기 출신은 당연히 아니고 7, 8지구 애들이라도 최소한 9지구에 저 기차 말고는 다른 교통수단이 없다는 것쯤은 알고 있을 테니까. 괜히 헛수고할까 봐 알려 주는데, 너희가 기다리고 있는 버스는 몇십 년 전에 운행이 중단되었다."

루미가 당황한 눈빛으로 뒤를 돌아보았다. 길 잃은 아이 같은 루미의 표정을 보자, 그제야 다원은 자신이 9지구에 발을 들였다는 사실이 실감 났다. 아무것도 두려워하지 않는다고 자신했던 루미지만 이곳의 비예측성은 그 두려움의 범주에서조차 벗어나 있었다.

다원은 남자가 앉은 운전석 쪽으로 가 물었다.

"그럼 여기선 어떻게 목적지로 이동하죠?"

남자는 또다시 비웃음을 흘리며 대답했다.

"목적지라니, 재밌는 말을 하는구나. 그런데 어쩌냐, 여기엔 목적지란 게 없는데."

남자가 하는 말이 흥미롭게 느껴지기는 다원도 마찬가지였다. 목적지가 없는 곳이란 게 무슨 뜻일까.

그때, 몇십 년 전에 버스 운행이 중단된 이곳 상황을 어느 정도 파악했는지 루미가 방금 전의 당혹감을 지우고 끼어들었다.

"하지만 전 있는걸요."

"그러냐? 하긴, 5지구 애들이 심심풀이 삼아 여기까지 온 건 아닐 테니. 목적지가 어딘데? 대가만 지불하면 내가 데려다주지."

철판으로 땜질한 남자의 차 지붕 위로 강한 햇살이 떨어졌다. 녹슨 금속이 분출하는 빛이 거친 느낌을 주었다. 다원은 주변을 둘러보았다. 이미 멀어진 기차역과 황폐한 자연 말고는 아무것도 보이지 않았다. 9지구의 길고 어두운 터널을 지나오는 동안 생명력이란 생명력은 모두 탈색돼 버린 것 같았다. 다원은 눈에 보이는 모든 것이 낯설고 예상 밖인 이곳에서 남자의 정체를 제대로 알기 전까지는 신중히 행동해야 한다고 생각했다. 남자가 쓴 '대가'라는 단어도 어쩐지 생경했다. 지금껏 만난 어느 어른도 아이들에게 호의를 베풀면서 대가라는 말을 사용하지는 않았다. 다원은 루미를 지키기 위해 자연스럽게 앞을 가로막고 섰다. 그런데 루미는 그런 것에 아랑곳하지 않고 먼저 창 쪽으로 바짝 다가가 물었다.

"아저씨는 누군데요? 다른 교통수단은 없다면서 이 차는 뭐고요?"

다소 공격적으로 들릴 수 있는 말투였지만 남자는 불쾌

한 기색 없이 "어디에나 예외는 있지."라고 답했다.

"너희가 알고 있는 식으로 말하면…… 그래, 일종의 개인 사업가라고 해 두지. 원래는 8지구에서 일하는데 이렇게 주말에 시간이 날 땐 고향에도 한 번씩 오지. 별건 아니긴 해도 내가 갖다 주는 통조림이 아니면 굶어 죽을 사람이 여럿이거든."

9지구라는 특수한 환경 때문에 아직 이 남자를 완전히 신뢰할 순 없지만, 다원은 남자의 말이 거짓이라고는 여겨지지 않았다. 얼굴과 말투는 무뚝뚝해도 '고향'을 말하는 남자의 눈빛에서 애정이 느껴졌다. 자기가 태어난 곳에 애착을 느끼는 점은 1지구 사람들과 별로 다르지 않았다.

"날 놓치면 오늘 안에 너희들이 원하는 곳엔 가지 못할 거다. 나 같은 사람을 또 만나는 행운이 따르리란 법이 없으니까. 내가 알기로 9지구를 오가는 차는 한 손에 꼽을 정도거든. 탈 거냐, 안 탈 거냐. 안 탈 거면 그냥 가고."

남자가 차에 시동을 걸려 하자 루미가 재빨리 가방에서 사진을 꺼내 남자에게 보여 주었다.

"이곳을 아세요? 이 벽에 쓰인 주소 말이에요. 여기로 데려가 주실 수 있다면 탈게요."

남자는 루미가 준 사진을 유심히 살펴보더니 자동차 키를 마저 돌렸다.

"너희들 오늘 운이 좋구나. 나도 그렇고."

차가 앞으로 달려가도 풍경은 크게 바뀌지 않았다. 창밖으로 보이는 거라곤 여전히 넓은 모래벌판과 간혹 그 위에 무언가 있었던 것 같은 흔적들뿐이었다. 기차역에 내렸을 때도 그랬지만, 갈수록 다윈은 보편적 시간 법칙이 통용되지 않는 세계의 중심부로 들어서는 기분이었다. 9지구로 들어온 기차는 선로가 아니라 역행하는 시간을 밟고 온 것 같았다.

남자가 물었다.

"그런데 거긴 왜 가려고 하는 거냐? 그 사진은 뭐고?"

루미가 순간적으로 어떤 눈빛을 보내 왔다. 다윈은 그 의미를 알아채고 입을 다물었다. 루미는 앞 좌석 쪽으로 몸을 바짝 갖다 대며 말했다.

"우리 할아버지는 사진작가인데 옛날 친구들을 보고 싶어 하세요. 사진 속 그 사람들이 예전에 할아버지를 많이 도와준 친구분들이래요. 지금 할아버지가 많이 아프시거든요. 돌아가시기 전에 그때 받은 도움을 갚고 싶으시다는데 만날 방법은 없고. 혹시 거기 가면 그분들 소식을 알 수 있을까 싶어서요."

남자가 믿지 못하겠다는 듯 목소리를 높였다.

"너희들은 5지구 애들인데 너희 할아버지는 9지구 사람이라고?"

다윈은 남자가 백미러로 자신과 루미를 힐끗거리는 것을 보았다. 비록 자기 입으로 직접 그렇게 말한 적은 없지만,

다원은 남자가 자신들은 5지구 아이들로, 루미 할아버지는 9지구 사람으로 여기는 것에 거짓말을 묵인하고 있는 것 같은 불편한 기분이 들었다. 그런데 루미는 그런 것에 크게 신경 쓰지 않는 듯 "옛날엔 9지구에서 사셨대요."라고 둘러댔다. 다원은 루미의 태연함에 조금 놀라긴 했지만, 9지구에 온 이상 루미가 하는 행동이 절대적으로 옳고, 자신 역시 그렇게 해야 한다는 것을 알았다. 후줄근한 옷을 입은 것부터가 출신지를 숨기기 위해서였는데 지금 와서 그것에 거북함을 느낀다는 것은 모순이었다. 비록 기차에 탈 때까지도 이 후줄근한 복장이 9지구로 오기 위한 위장이었다는 사실을 전혀 알아채지 못했다 해도.

남자는 "9지구에서 5지구로?" 하고는 휘파람을 불더니 곧 냉소적으로 말했다.

"아마 네가 잘못 알고 있는 걸 거다. 9지구에서 8지구, 죽이게 운이 좋아서 7지구까지는 어떻게 연줄을 잡았을지 몰라도 5지구는 불가능해. 누가 9지구 출신을 받아 주겠냐? 위조 서류? 그런 것도 8지구에서나 먹히지, 같은 하위 지구인 7지구부터도 간당간당한데. 네 할아버지는 대단한 허풍쟁이인가 보다."

루미가 할아버지의 병명을 대며 "기억이 온전치 않으시긴 해요."라고 설명한 뒤에야 남자는 납득이 된다는 표정으로 말했다.

"사진가라는 걸 보니 9지구에서 살았던 게 아니라 촬영

하러 잠깐 왔다 갔다 한 정도인가 보네. 하긴 옛날엔 특히 그런 직업을 가진 중위 지구 사람들이 가끔 9지구에 내려왔다고 하더라. 어쨌거나 9지구 사람에게 받은 도움을 지금까지 잊지 않고 갚으려 한다는 것만도 굉장하다."

루미가 "사진 속 장소가 그대로 있나요?" 하고 물었다. 남자는 "있지."라고 대답하고는 잠시 뒤, "사람들도 그대로 있을 거다."라고 덧붙였다.

루미와 남자가 나누는 대화에서 한발 물러나 있던 다윈은 60년 전의 장소와 사람들이 아직까지 그대로 있다는 말에 무심코 입을 열었다.

"그건 1지구랑 똑같네요."

남자는 자신의 귀를 의심하듯 "1지구?"라고 힘을 주어 말하더니, 곧 어이가 없다는 듯 웃음을 터뜨렸다.

"너 참 재밌는 애구나. 9지구와 1지구를 똑같다고 말하다니."

그러나 얼마 안 가 웃음을 멈추면서 "아니, 무섭다고 해야 하나."라고 덧붙였다. 다윈은 루미가 보내는 눈빛을 받고서야 자신이 실수했다는 것을 깨달았다. 그러나 크게 걱정할 일은 아니었다. 혼자 웃다 마는 걸로 보아 남자는 자신의 차 뒷좌석에 탄 승객들이 1지구에서 온 아이들일 것이라고는 추호도 의심하지 않는 것 같았다.

어느 지점에 들어서자 남자가 "여기가 9지구의 중심가다."라고 했다. 다윈은 창밖으로 시선을 돌렸다. 드문드문 건물과 사람이 보이긴 했지만 도심 특유의 활기찬 정취는 느껴지지 않았다. 기차를 타고 오면서 본 8지구의 외곽 느낌 정도밖에 되지 않는 것 같았다. 차는 여전히 정비가 안 된 거친 땅을 달리고 있었다.

루미가 말했다.

"제가 생각했던 9지구와 실제 9지구는 완전히 반대…… 아니, 반대라는 말도 틀려요. 완전히 다른 세상이네요."

남자가 물었다.

"어떤 곳일 거라 생각했는데?"

"다들 생각하는 그런 곳요. 한낮에 살인이 일어나고 길거리엔 강도들이 득실대는……."

다원은 루미의 말이 자기 고향에 깊은 애정을 가지고 있는 듯한 남자를 자극할지도 모른다고 생각했는데, 의외로 남자는 웃음을 지으며 말했다.

"몇십 년이 지나도 9지구에 대한 편견은 바뀔 줄을 모르는구나. 아니, 바뀌지 않기만 하면 다행이게. 점점 더 심해지기만 하니. 그래도 예전엔 대낮에 살인을 한다는 말은 하지 않았거든. 적어도 밤이라고는 해 줬지. 물론 밤낮을 따지는 게 중요한 건 아니지. 다 사실이 아니니까. 여기선 더 이상 살인도 강도도 일어나지 않아. 아마 전 지구에서 아무 범죄도 일어나지 않는 곳은 9지구가 유일할 거다. 가장 안전한 지구지."

루미가 믿을 수 없다는 듯 "설마요."라고 말했다. 다원 역시 마음속에선 루미와 똑같은 말을 하고 있었다. 직접 와 보니 9지구를 둘러싼 소문에 과장이 있다는 것은 알겠지만, '아무 범죄도 일어나지 않는 가장 안전한 지구'라는 남자의 말은 과장을 넘어선 거짓이었다. 그런 표현은 상위 지구에서도 1지구에나 허용되는 말이었다.

남자가 목소리를 높였다.

"생각을 해 봐라. 뭘 위해 살인을 하겠냐? 살인도 얻을 게 있어야 하지."

남자는 창밖으로 보이는 한 노인을 고갯짓으로 가리키며 말을 이었다.

"너 같으면 저 길에 누워 자고 있는 사람을 죽이겠냐? 죽여서 뭐하려고? 죽는 사람도 죽이는 사람도 쓸데없이 힘만 들지. 내가 아까 그랬지? 여기는 목적지가 없는 곳이라고. 목적지가 없다는 건, 여기 사람들은 어딜 가야겠다, 뭘 해야겠다 하는 의지도 없다는 거다."

루미가 반박했다.

"하지만 요즘도 9지구 사람들이 일으키는 범죄가 매일 보도되는데요? 저런 노인을 죽이는 건 목적이 없을지 몰라도 다른 지구로 가서 강도 짓을 하는 데는 목적이 있을 거잖아요?"

남자가 코웃음을 쳤다.

"다른 지구라니, 여기를 직접 보고도 그런 소리가 나오냐? 난 그나마 8지구에 연줄이 있어서 오다가다 하는 거지,

대부분 사람들은 죽을 때까지 9지구를 벗어나지 못해. 애초에 벗어날 생각조차 안 한다고 하는 게 더 맞겠지만. 여기 사람들은 이제 기차를 어떻게 갈아타는지도 모를 거다. 60년 전에 시간이 멈춰 버렸으니까. 그런데 다른 지구로 가서 강도 짓을 한다고? 제발 그럴 능력들이라도 있었으면 좋겠다."

"그럼 9지구를 둘러싼 그 악명 높은 소문들은 다 뭐예요? 그 많은 얘기들이 아무 근거도 없이 생겼다는 거예요?"

"이런 말이 있지. 경찰이 해결 못 한 모든 미해결 범죄는 9지구 사람들이 해결해 줄 거라는."

"조작된 거라는 뜻이에요?"

"말귀는 제법 알아듣는구나."

이번엔 루미가 코웃음을 쳤다.

"말도 안 돼요. 한두 건도 아니고 어떻게 그 많은 소문들을 다 조작할 수 있겠어요? 9지구 사람들은 다 바보인가요? 그런 누명을 쓰고도 가만히 있게. 소문이 과장됐다는 건 알겠지만 전 지구에 걸쳐 악명을 얻기까지 9지구 잘못은 하나도 없고 다 조작이라는 건 책임 회피로밖에 안 보여요."

남자의 침묵으로 대화는 중단되었다. 다원은 루미의 공격적인 어투가 남자를 자극한 게 아니길 바랐다. 소문이 얼마나 과장됐든지 간에 이곳이 가늠할 수 없는 새로운 세계라는 데엔 변함이 없었고, 남자는 이 낯선 세계에서 자신들을 목적지로 데려다줄 유일한 안내자였다. 화가 난 남자가 갑자기 차를 세우고 내리라고 하거나 사진 속 장소가 아닌 다른 곳으로 데려가 버린다면, 그 이후의 상황은 생존을 걱정해야 할 정도로 위험해질 것이다.

차가 방향을 틀어 새로운 길로 진입할 때까지도 남자는 아무 말이 없었다. 루미도 남자의 핸들에 자신의 운명이 달린 것을 깨달았는지 침묵했다. 남자는 한참 만에 다시 입을 열었다. 처음과 달리 조금 침울해진 목소리였다.

"그래, 대단히 큰 잘못이 하나 있긴 하지. 60년간 모함을 당하면서도 바보처럼 숨죽이고 있어야 했던 단 한 번의 잘못이……."

다윈은 남자가 무엇을 말하는지 알았다. 60년 전, 9지구에서 시작된 12월의 폭동. 정부를 전복하려던 폭도 세력이 어린아이들까지 앞세워 진격한 결과 하위 지구와 중위 지구가 삽시간에 무너지고 상위 지구마저 와해될 위기에 처했다. 다행히 지략을 발휘한 정부군이 폭도 세력을 진압하는 데 성공해 평화를 지켜 냈지만, 12월의 폭동은 여전히 사회 한편의 상처로 남아 있었다.

남자가 말했다.

"그런데 그건 아냐? 그게 9지구만의 잘못은 아니었단 걸. 8지구, 7지구, 6지구, 5지구, 4지구도 그 잘못에 합류했지. 그렇담 그게 정말 잘못이었는지, 아니면 상위 지구만을 제외한 모두의 바람이었는지를 따져 봐야 했는데, 애석하게도 그럴 기회조차 갖지 못했지. 처벌의 순간이 오자 모두 뒤로 물러나서 9지구를 지목했으니까. 결국엔 보기 좋게 9지구만 죄의 땅이 돼 버렸지."

루미가 남자를 신경 쓰는 듯 누그러진 목소리로 말했다.

"그걸 관용이라고 하잖아요. 주도 인물들이 아닌 이상 국가 발전을 위해 용서하고 다시 기회를 주는……."

"관용이라, 듣기 좋네. 그런 건 학교에서 가르치는 거겠지? 그런데 왜 그 훌륭한 정신을 폭동 이후에 태어난 9지구의 아이들에게는 베풀지 않는지 모르겠다. 너희가 죄가 없는 것처럼 여기 아이들도 아무 죄가 없는데."

그제야 다원은 모든 것이 부족해 보이는 이 도시에서 가장 부족한 것이 무엇인지를 깨달았다. 어디에도 어린아이들이 보이지 않았다.

다원은 조심스럽게 물었다.

"그러고 보니 여긴 왜 아이들이 안 보여요?"

남자가 건조한 목소리로 대답했다.

"안 보이는 게 아니라 아예 없는 거다. 여기선 사람을 죽이는 것만큼 살리는 것도 목적 없는 일이니까. 40년 전에 태어난 나 정도가 거의 마지막 세대지. 그런 나마저 연줄을 잡아서 8지구로 도망가긴 했지만……. 이런 식으로 우린 멸종되고 있는 거지. 잘 봐 둬라. 몇십 년 후엔 9지구 인간은 이 땅에서 모두 사라지고 없을 테니까. 그런 건 학교에서 뭐라고 가르치냐? 자연도태?"

다원은 자신과 같은 국적을 가진 현대 인간이 멸종에 이르는 것을 상상할 수 없었지만, 머릿속에서만 맴돌던 9지구의 느낌을 '멸종'보다 더 정확하게 전해 줄 단어는 없을 것 같았다. 창밖으로 보이는 풍경은 나무든 집이든 사람이든 하나같이 스러져 가는 것들로, 일요일의 태양 빛을 받고 있어도 생명력이 전혀 느껴지지 않았다. 여기서는 신神도 아무 힘이 없는 것 같았다. 자연 풍광을 보면서는 이제껏 한 번도 느껴 본 적 없는 낯선 기분에 그 느낌의 정체가 무엇일지 생각하고 있는데, 남자가 차를 세우며 "다 왔다."라고 했다.

남자의 말대로 사진 속 건물은 60년 전 자리를 그대로 지키고 있었다. 벽에 찍힌 다른 주소는 대부분 지워졌지만 'D-9'의 흔적만은 옅게나마 아직 남아 있었다. 남자는 트렁크에서 통조림 한 상자를 꺼내 들고 주저 없이 안으로 들어갔다. 다윈은 남자의 뒤를 따라가며 그제야 왜 남자가 자기도 운이 좋다는 말을 했는지 이해할 수 있었다. 남자는 이곳을 잘 알고 있었다.

낡은 2층짜리 건물은 간신히 골격만 유지하고 있는 상태였다. 창이나 문은 대부분 떨어져 나갔고, 기둥은 허물어져 철근이 드러나 보였다. 햇빛이 들어오지 않는 쪽의 복도는 먼저 밤이 된 것처럼 어두워 불이 필요했지만, 이곳에서 전기가 들어오고 등이 켜지기를 기대할 수는 없을 것 같았다.

크로스백 끈을 두 손으로 꽉 쥔 채 이리저리 둘러보던 루미가 물었다.

"여기는 뭐 하는 곳이에요?"

"옛날엔 공립 고아원이었다는데 지금은 그 고아들이 다 노인이 되었으니 양로원이라고 불러야겠지."

남자는 스스로 뱉은 말에 거부감이 드는 듯 덧붙였다.

"그런데 공립이니 고아원이니 하는 말에 속아 넘어가지 말거라. 그건 그냥 이름이 그랬던 거고 실상은 돼지우리보다 못한 곳이었다니까. 양로원이라는 말도 마찬가지지. 보면 알겠지만 여기 어디가 양로원으로 보이냐. 갈 데 없는 노인들이 죽을 때까지 누워 있는 폐건물 그 이상 그 이하도 아니지. 그나마 8지구 자선 사업가들이 갖다 주는 식량으로 근근이 목숨만 이어 가고 있단다. 이런 데가 여기 말고도 몇 군데 더 있는데 너희 덕분에 오늘은 이곳 노인들이 배 좀 채우겠다."

"아저씨도 그 자선 사업가 중 한 분이군요?"

루미가 묻자 남자는 얼굴을 찌푸리며 대답했다.

"통조림 몇 통 가지고 자선 사업가라고 하면 꼴불견이지."

방문이 다 떨어지고 없는 탓에 복도를 지나가는 것만으로도 안의 생활을 모두 들여다볼 수 있었다. 노인들은 서너 명이 방을 나누어 쓰고 있는데, 낡은 매트리스가 놓인 방도 보였지만 대부분은 맨바닥에 천 같은 것을 깔아 잠자리로 이용하고 있었다. 여름 햇살은 이런 생활을 그럭저럭 견딜 수 있게 해 줄 테지만, 머지않아 겨울이 오면 이런 곳에서 어떻게 지낼지 알 수 없었다.

남자는 루미에게 사진을 달라고 한 뒤 방으로 들어가 노인들에게 일일이 사진을 보여 주었다. 남자를 본 노인들의 반응은 극과 극이었다. 몸을 일으켜 반갑게 인사하는 사람이 있는가 하면, 인기척을 느끼고도 아무 반응이 없는 사람도 있었다. 남자는 그런 노인에게는 사진에 관해 묻는 대신 머리맡에 통조림 수프만 놓아 주고 나왔다.

남자가 노인들을 방문하는 동안 다원은 복도에서 남자를 기다렸다. 사진에 대해 듣고 싶어 하는 루미는 남자를 따라 방으로 들어갔지만, 다원은 선뜻 발이 방 안으로 옮겨지지 않았다. 방에서 풍기는 불쾌한 냄새 때문은 아니었다. 그런 것은 중위 지구, 하위 지구를 지나오면서 이미 견딜 수 있게 되었다. 독특한 풍미가 거북했지만 루미를 실망시키지 않으려고 억지로 남김없이 먹었던 샌드위치처럼. 그러나 이곳에서는 그런 노력도 시도해 보지 못할 만큼 자신이 너무나 낯선 이방인으로 여겨져, 루미와 남자가 방을 드나드는 동안 없는 문을 스스로 만들어 그렇게 밖에 서 있을 수밖에 없었다.

사진을 건네받은 노인들은 하나같이 모르겠다며 고개를 가로젓거나 옆 사람에게로 사진을 넘겼다. 일부는 사진 속 피사체가 무엇인지 구분할 수 없을 정도로 눈이 멀어 사진을 보기도 전에 먼저 "몰라, 모른대도." 하며 손을 내젓기도 했다. 가까스로 옛 시절을 추억해 낸 노인들이 있었지만 그들조차도 "난 이 고아원 출신이 아니야. 나는 멀리서 왔어."

라거나, 자부심에 찬 목소리로 "우리 어머니는 어릴 때 나에게 양말을 신겨 주셨지. 양말을 신고 다니는 아이는 나 하나였어."라는 별 도움 안 되는 기억들만 끄집어냈다.

2층에 있는 노인들까지 모두 만나 보았지만 의미 있는 증언은 하나도 얻지 못했다. 남자가 "그래도 뭐든 나올 줄 알았는데 유감이다."라고 말했다. 루미는 사진을 돌려받으며 짧은 한숨을 내쉬었다. 다원은 루미 곁으로 가 "괜찮아?"라고 물었다. 루미는 "어쩔 수 없지. 처음부터 어느 정도 예상하고 왔던 거니까."라며 웃었지만, 실망감을 감추기 위해 애써 웃는 표정이었다.

그렇게 다시 1층으로 내려오는데 남자가 문득 계단에 멈추어 서 밖을 내다보았다. 창 밑으로 뒤뜰 계단에 앉아서 햇볕을 쬐고 있는 노인 셋이 보였다. 남자는 루미 손에 들려 있는 사진을 다시 가져가더니 "오늘 네 운이 어디까지인지 마지막으로 한번 보자." 하면서 뒤뜰로 걸어갔다.

남자가 사진을 보여 주자 한 노인이 유독 집중해 사진을 보더니, 옆 노인의 눈앞으로 사진을 바짝 들이밀었다. 그들은 사진 속의 많은 사람들 중 옆얼굴이 보이는 한 사람을 지목하며 이야기를 나누었다.

"이 애, 그 애 아니야? 비둘기 똥."

"죄다 후드를 뒤집어쓰고 있어서 잘 모르겠는데."

"그래도 뺨에 난 이 점은 알아볼 거 아냐? 우리가 어렸을 때 비둘기 똥이라고 불렀잖아. 기억 안 나?"

"그래, 그러고 보니까 얼굴에 비둘기가 똥을 싼 것 같은 점이 난 녀석이 있었지."

루미가 두 노인의 대화에 끼어들어 "그 할아버지도 지금 여기 계시나요?"라고 물었다. 두 노인 중 사진 속의 인물을 먼저 알아 본 쪽이 웃으며 "진즉에 죽었지."라고 대답했다.

"전쟁이 났을 때 제일 앞장서 싸웠다는 얘기를 들었는데, 그 뒤로는 보이지 않더군. 죽기밖에 더 했겠어? 아마 사진에 있는 나머지 애들도 다 죽었을걸?"

세 노인은 곧 사진은 뒷전으로 밀어 놓고 자기들끼리 '전쟁 이야기'를 나누기 시작했다. 다원은 그들이 말하는 전쟁이 '12월의 폭동'이란 것을 깨닫고 조금 전 방에 들어가지 못했을 때와 같은 이질감을 다시 느꼈다. 역사적 사건의 명칭이란 본래 명망 있는 학자들이 끊임없이 머리를 맞대고 토론한 뒤 사회 구성원 다수의 합의를 얻어 정당성을 부여받는 민감한 것임에도, 이곳에서는 그런 노력들이 전혀 빛을 발하지 못하고 있는 것 같았다. 마지막에 가서 노인들은 "그 전쟁에서만 이겼으면 여기도 이렇게 되진 않았을 텐데."라고 한목소리로 한탄했다. 강한 햇살이 노인들의 얼굴에 진 주름을 더 깊어 보이게 했다.

자신들이 처한 상황의 인과관계를 제대로 파악하지 못하는 노인들의 무지가 너무 커서인지, 다원은 반감보다는 오히려 동정심이 들었다. 폭동을 전쟁으로 잘못 인지한 채 '폭동을 일으키지 않았다면' 하는 반성 대신 "그 전쟁에서

만 이겼으면" 하고 한탄하는 한, 그들의 삶은 잘못 든 길을 잘못 든 줄도 모른 채 죽을 때까지 걸어야 하는 비극에서 벗어날 수가 없을 것이다. 다원은 60년이 지나도록 노인들이 진실을 깨달을 기회가 한 번도 없었다는 사실이 놀랍고 안타까워 자기가 알고 있는 지식으로 도움을 주고 싶었지만, 이제 와 그들의 믿음을 바꾸려 했다가는 괜한 혼란만 키울 것 같아 망설임 끝에 입을 다물었다. 폐허가 된 고아원에서 볕을 쬐며 여생을 보내고 있는 노인들에게 필요한 것은 혼란보다는 평안일 것이다.

기차역에 도착했을 때는 네 시가 다 돼 있었다. 루미가 남자에게 "얼마를 내야 하죠?"라고 물었다. 다원은 돈을 꺼낼 준비를 했다. 그런데 뜻밖에도 남자는 "돈은 무슨, 됐다." 하며 손을 내저었다.

"내가 아까 그랬지? 9지구 사람들은 멸종돼 가고 있다고. 5지구에서 온 너희들이 그 사람들이 멸종되기 전 어떤 모습이었는지 본 걸로 오늘 차비는 때우마. 너희가 나중에 어른이 돼서 9지구 사람들을 기억할 때 적어도 그들이 살인자나 강도였다는 말은 하지 않겠지."

남자는 "또 와라." 하는 인사를 남긴 뒤 차를 몰고 사라졌다. 다원은 자신이 태어난 곳을 향한 남자의 깊은 애정을 다시 한 번 느낄 수 있었다. 황무지와 다름없는 9지구를 아끼는 남자의 마음 덕분에 그간 9지구에 가졌던 두려움과 편견이 조금은 누그러지는 것 같았다. 물론 그렇대도 또 오라는 남자의 인사에는 부응하지 못할 테지만. 다원은 기차에 오르며 다시는 올 일이 없을 9지구의 풍경을 사라져 가는 세계의 마지막 모습인 것처럼 잠시 뒤돌아보았다. 남자의 차에서 창밖 거리를 보았을 때 느낀 그 기분이 또 짧게 스치고 지나갔다.

기차에 탄 내내 루미는 별말이 없었다. 유리창 위로 깊은 생각에 빠진 루미의 옆얼굴이 비쳤다. 반쯤 감은 눈엔 분명 실망감이 어려 있었다.

다원은 조심스럽게 루미에게 말을 걸었다.

"아쉽지? 사진에 대해 별로 알아낸 게 없어서."

루미는 아까처럼 애써 미소를 지으며 말했다.

"제이 삼촌과의 연결 고리는 찾지 못했지만, 그래도 사진 속 장소에 가 본 건 의미가 있었잖아. 거기가 고아원이었다는 사실도 알게 됐고. 아무튼 오늘 같이 가 줘서 고마워."

"난 별 도움도 못 줬는데."

"도움도 못 주긴. 한 달에 한 번뿐인 네 휴식 시간을 제이 삼촌을 위해 할애했잖아. 다원 너 말곤 아무도 안 해 줄 일이야."

루미를 위해 한 일을 정작 루미는 제이 아저씨를 위해 한 것이라 생각하는 점은 아쉬웠지만, 다원은 크게 마음 쓰지 않기로 했다. 루미는 자신과 제이 아저씨를 동일 선상에 두는 것 같으니.

루미가 이어 말했다.

"네가 나한테 네 시간을 내주었으니까 다음번엔 나도 너한테 내 시간을 내줄게. 물론 다원 네가 내 시간을 필요로 할 때만을 두고 하는 말이지만."

다원은 루미와 보낸 시간이 거래로 여겨지는 것은 원치 않았지만 이 기회를 놓치고 싶지 않아 그 자리에서 바로 제안했다.

"그럼 다음 휴가 때 우리 할아버지 집에 같이 가 줄래?"

"너희 할아버지 집에?"

"응. 사실은 오늘 할아버지 집에 가는 날인데 내가 못 간다고 해서 실망하셨거든. 다음에 루미 네가 같이 가 주면 서운했던 건 다 잊어버리실 거야."

루미는 조금의 망설임도 없이 단번에 "좋아."라고 답했다. 루미의 응답을 얻은 순간, 다원은 오늘 하루 전 지구를 오가며 보낸 긴 시간이 그 짧은 대답 안에서 모든 의미를 얻는 것 같았다. 이제 루미는 기다리기만 하는 대상이 아니라 약속을 정하고 함께 시간을 보낼 수 있는 상대가 된 것이다.

루미가 말했다.

"참, 그런데 오늘 9지구에 간 건 우리 둘만의 비밀로 해야 하는 거 알지? 친구한테도 너희 아빠한테도 말하면 안 돼. 그랬다간 우리 아빠가 알게 될 수도 있으니까."

약속뿐만 아니라 둘만의 비밀까지 간직하게 된 사이. 다원은 맹세하듯 말했다.

"그래, 절대 아무에게도 말하지 않을게."

기차는 마치 문명의 발전 과정을 한 폭의 풍경화로 보여주듯 1지구를 향해 달려갔다.

논쟁

　　　"자, 개척시대로 거슬러 올라가 어
느 벌판에 너희들이 집을 짓는다고 가정해 보자. 멋진 집이
완성되었고 이제 마지막으로 울타리를 칠 시간이다. 어디
에 어떻게 울타리를 쳐야 할까? 울타리를 집 둘레에 바짝
쳐 놓으면 안전은 하겠지만 움직임이 불편할 것이고, 반대
로 어디에 있는지 보이지도 않을 만큼 멀리 쳐 놓으면 자유
는 얻겠지만 안전에 위협을 받겠지. 또한 울타리를 너무 낮
게 친다면 분리의 목적이 상실될 거고, 너무 높이 친다면 바
깥 세계가 주는 즐거움을 누릴 수 없을 것이다. 거주자들 생
활에 방해가 되지 않으면서도 신체와 재산에 관한 모든 권
리를 안전하게 보장받고 있다는 확신을 주는 지점, 독립적
인 사생활의 가치를 보장하면서도 훌륭한 공동체의 일원임

을 늘 주지시키는 지점, 가장 이상적인 울타리는 바로 그 지점이 될 것이다."

교수는 칠판에 단순한 형태의 집과 정원을 그린 뒤 주변에 울타리를 그으며 말을 이었다.

"여기까지만 들으면 나를 토목과 선생으로 오해할 수도 있겠지만, 너희들이 듣는 수업은 분명 법학 수업이 맞다. 1년 수업의 반환점을 지난 오늘, 시간이 마침 10분 정도 남아서 우리 학문의 본질을 생각해 보고 첫 수업 때의 초심도 되새길 겸 창피한 그림 실력까지 공개한 것이다. 나는 법을 만드는 일과 울타리를 치는 일은 원시적으로 동질적인 작업이라고 생각한다. 다시 말해 역사를 거슬러 올라가 보면 법을 처음 제정했던 인류의 정신과 자신의 집에 처음으로 울타리를 둘렀던 인류의 정신 사이에 큰 차이가 없었을 것이라는 거지. 여기 앉아 있는 사람들 중 실제로 울타리를 쳐 본 사람이 있으면 손 한번 들어 보겠나? 아무도 없는 게 당연하려나. 비록 집에 울타리를 친 경험은 없더라도 너희들 중 많은 수가 훗날 법의 울타리를 제정하고 적용하고 집행하는 일에 종사하게 될 거다. 영예롭지만, 그러기에 더없는 갈등과 대면해야 하는 힘든 일이지. 어쩌면 법전 속 문자들에 짓눌려 너희가 하는 일의 의미를 잃어버리게 될지도 모른다. 실체 없는 관념론과 싸우고 있다는 회의에 빠져 버릴 수도 있지. 그럴 땐 오늘의 수업을 떠올리며 기본으로 돌아가 보길 바란다. 법이란 거창하고 수사적인 단어의 나열이 아니라,

바로 너희처럼 자유와 보호를 갈망하는 사람들이 사는 집에 튼튼한 울타리를 쳐 주는 일이라는 것을 말이다. 지금 너희들 각자의 머릿속에 떠오르는 그 풍경을 잊지 않는다면, 너희들은 분명 행복하고 정의로운 재판관이 될 수 있을 것이다."

교수의 말은 큰 잎을 틔울 확고한 가능성을 가진 씨앗을 훌륭한 예언과 함께 손에 꼭 쥐여 주는 것처럼 가슴을 설레게 했다. 창밖에 서 있는 프라임스쿨의 우람한 나무들은 그 씨앗을 먼저 틔운 선배들의 자취 같았다. 그때였다.

"그 이상적인 울타리의 기준은 늘 1지구가 정해야 하는 겁니까?"

갑자기 들려온 목소리가 한가로운 전원의 풍경을 만들어 내고 있던 강의실 대기를 할퀴었다. 평화로운 하늘 위로 독수리 한 마리가 발톱을 세우고 날아드는 것 같았다. 학생들이 일제히 음성의 진원지인 뒷줄을 향해 고개를 돌렸다. 그 주위로는 이미 작은 소란이 일고 있었다.

교수가 손짓으로 주변을 진정시킨 뒤 물었다.

"질문이 있는 것 같은데, 레오 마샬?"

"교수님께선 누구나 그 이상적인 울타리를 가질 권리가 있는 것처럼 말씀하셨는데, 그 점엔 동의할 수 없어서요."

"동의하지 않는다니? 법의 존재를 부정한다는 건가?"

"제가 법을 부정하는 게 아니라 법이 자유와 안전을 보장해 주어야 할 특정 대상을 외면함으로써 스스로를 부정한다고 하는 게 맞겠죠."

"나 역시 네 말에 이해도, 동의도 할 수가 없구나. 법이 자유와 안전을 보장해 주어야 할 특정 대상을 외면한다니?"

"교수님은 지금껏 상위 지구를 벗어나 본 적이 한 번이라도 있으십니까?"

교수의 얼굴에 언짢은 주름이 짧게 접혔다가 펴졌다.

"내가 상위 지구를 벗어난 적이 있는지 없는지와 그 질문이 무슨 상관이 있다는 거지?"

"한 번이라도 하위 지구의 삶을 들여다보신 적이 있다면 이상적인 울타리가 자유와 안전을 보장해 준다는 말씀을 하지는 못하실 테니까요. 교수님은 법 제정을 모두의 집에 공평하게 울타리를 쳐 주는 일에 비유하셨지만 현실에서 누구의 집에 어느 정도의 범위와 높이로 울타리를 칠지는 1지구의 식견에 따라 달라지는 것 아닙니까? 그것도 다른 지구의 삶은 전혀 알지 못하고 알려고도 하지 않는, 이 외딴 프라임스쿨에 앉은 눈먼 사람들의 눈을 통해서요. 그렇다면 거기에 '이상적인'이라는 문구를 붙여서는 안 될 것 같은데요."

"레오 마샬, 이전부터 알고 있긴 했지만 넌 굉장히 왜곡된 시선을 가지고 있는 것 같구나. 그럼 네 말은 모두가 울타리 설계에 참여해야지만 이상적인 울타리가 건설된다는 건가? 천만에, 권리가 뭔지, 자유가 뭔지 제대로 알지도 못하는 자격 미달의 사람들이 설계에 끼어드는 것은 재앙이야."

"진짜 재앙은 그 설계에서 배제된 사람들이 12월에 다시 울타리를 부수는 일이겠죠."

교수의 얼굴이 단번에 굳었다. 교수의 침묵과 함께 강의실 안 공기도 경직되었다. 정적이 흐르는 가운데 수업 종료를 알리는 종이 울렸다.

교수는 굳은 얼굴을 풀지 않은 채 책을 챙겨 나가며 말했다.

"레오 마샬은 하고 싶은 얘기가 아주 많은 것 같으니, 내 방으로 따라오도록."

저녁이 됐지만 대기 중엔 아직 한낮의 열기가 남아 있었다. 다원은 저녁 식사를 하러 친구들과 식당에 왔다가 창가 쪽 작은 식탁에 혼자 앉아 있는 레오를 발견했다. 레오는 고기와 빵이 담긴 접시를 옆으로 밀어 놓은 채 창밖만 바라보고 있었다. 식당 안의 풍경과 소음에서 자기 자신을 분리하고 있는 것 같았다.

다원은 일행에게 양해를 구한 뒤 레오 쪽으로 자리를 옮겼다.

"앉아도 돼?"

식탁을 두드리니 레오가 고개를 돌렸다. 무표정이었던 레오는 금세 미소를 지으며 "언제든."이라고 했다.

다원은 저녁 식단 이야기로 가볍게 대화를 시작했다. 레오는 동감을 표하는 뜻으로 고개를 끄덕거리기는 했지만 다른 말은 없었다. 애초에 저녁 식사 메뉴 따위에는 아무 관심도 없는 것 같았다. 다원은 화제를 바꿔 볼까 했지만 아무것에도 흥미가 없어 보이는 레오의 얼굴을 보고는 그만 입을 다물었다. 지금 레오가 원하는 것은 대화가 아닌 침묵인 것 같았다. 교수실로 불려 가 어떤 훈계를 들었는지는 모르지만 가라앉은 속눈썹이 원래 자리로 회복되기 위해선 하룻밤 정도의 시간과 수면이 필요해 보였다. 다원은 레오와 마찬가지로 창밖으로 시선을 돌렸다. 레오와 공유하는 침묵은 조금의 어색함도 없이 창 너머 풍경처럼 편안하고 자연스러웠다.

그때였다.

"레오 마샬, 오늘 보니 건축에 일가견이 있는 것 같던데 어디 이 식당도 한번 품평을 해 보지그래?"

세 명의 무리가 레오 옆으로 다가오며 말을 걸었다. 법학 수업을 같이 듣는 수강생들로 모두 학생회 멤버였다.

"아니면 네 접시의 구성에 대해서 말해 보든지. 어때, 고기가 불공평하게 너무 1지구에만 몰려 있나?"

그중 한 명이 나이프를 집더니 레오의 스테이크를 난도질했다. 도발을 의도한 무례한 행동이었지만 레오는 아무런 반응도 보이지 않았다.

다원은 레오 대신 나서서 그들의 행동을 제지했다.

"무슨 짓이야? 그만둬."

학생회 멤버가 나이프를 내려놓으며 말했다.

"다윈 너에겐 아무 유감 없어. 우린 레오 마샬이랑 볼일이 있는 거니까. 우리가 거슬리면 다른 자리로 옮겨 가."

"자리를 옮겨야 할 쪽은 너희 아니야? 우리 식사 시간에 끼어든 건 너희잖아."

"끼어드는 건 레오 마샬이 전문이지. 다윈 너도 아까 그 자리에 있었으니 잘 알 거 아냐? 레오 마샬, 수업 시간엔 잘도 떠들어 대더니만 왜 지금은 꼬리를 내리고 있어? 어디 아무 말이라도 해 봐."

그제야 레오가 학생회 멤버들을 쳐다보며 입을 열었다.

"문제가 뭐야?"

"뭘 것 같아?"

"이 질긴 스테이크? 아니면 그것보다 더 질긴 너희 자만심?"

"자만심이라면 모든 수업 시간마다 설교를 해 대지 않고는 못 견디는 레오 마샬 네가 문제겠지. 우리가 왜 너 하나 때문에 매번 수업을 방해받아야 하는데?"

"프라임스쿨에서 토론을 하는 게 금지였던가? 수업 중 토론은 권장 사항이라고 알고 있는데?"

"웃기는 소리 마. 네 목적은 토론이 아니라 비난이잖아. 네 아버지가 만드는 저질 르포처럼."

"유감이네, 너희 아버지는 뭘 하시는지 전혀 알 수가 없어서. 앞으로는 사람들 주목도 끌고 상도 좀 받으면서 일하시라고 말씀드려 봐."

"입 함부로 놀리지 마. 네 할아버지를 파고들면 그렇게 떳떳한 가문은 아닐 텐데?"

레오가 자리에서 벌떡 일어나 학생회 멤버 가까이 얼굴을 들이밀었다.

"너야말로 입조심해. 비난할 의도가 없었던 말에 비난받는 느낌이 들었다면 너희한테 뭔가 찔리는 구석이 있다는 뜻 아니야? 나한테 와서 이럴 시간에 기도실에 가서 네 가슴을 찌르는 가시가 뭔지 고해성사나 하지그래?"

"착각하지 마. 찔리는 게 있어서가 아니라 네 위선 놀음에 우리 학교 명예가 떨어지는 게 걱정돼서 그러는 거니까. 이게 너와 우리의 차이지. 범죄자들처럼 한밤중에 후드를 뒤집어쓰고 돌아다니는 너 같은 녀석에게 학교 명예가 안중에 있겠어? 그런데 레오 마샬, 정신 차리고 네 주위를 둘러봐. 네가 지금 있는 데가 어디지? 네가 그렇게 비난하는 1지구의 '외딴 프라임스쿨' 아니야? 하위 지구 사람들 방식으로 우리를 비판할 생각이라면 여기를 떠난 다음에 하도록 해. 물론 그럴 배짱도 없겠지. 막차로 간신히 들어온 학교를 어떻게 떠나겠어? 똑똑히 알아 둬. 여기서 입만 나불대고 있는 한, 넌 평생 위선자밖에 안 되는 거야. 그리고 우리는 널 평생 프라임스쿨 일원으로 받아들이지 않을 거고."

학생회 세 명은 경멸하는 눈빛을 남기고 등을 돌렸다.

레오가 그 뒤에 대고 소리쳤다.

"뭐가 위선이라는 거야? 자기가 있는 곳을 비판하는 게? 내가 보고 있는 세계를 비판하지 못하면 도대체 뭘 비판할 수 있는데? 천국을 비판할까, 있는지 없는지 왜 사람들을 헷갈리게 하냐고? 너희들은 지옥에 떨어질까 무서워서 그런 생각도 못 하지? 너희들이야말로 똑똑히 들어 둬. 내가 위선자라면 너희는 머리가 굳은 머저리들이야. 위선자는 최소한 뭐가 옳고 그른지라도 알지만 너희 같은 머저리들은 태어나 죽을 때까지 그런 걸 따져 볼 생각조차 못 하지."

순식간에 모든 시선이 창가 쪽의 작은 식탁으로 모였다. 은유적인 성화가 벽에 걸린 식당은 한순간에 야유와 환호성이 터져 나오는 콜로세움으로 돌변했다. 어디에선가 먹다 만 빵이 날아오기도 했다. 레오와 학생회 아이들 사이에선 당장이라도 몸싸움이 시작될 것 같은 긴장감이 일었다. 지켜보는 사람은 많았지만 다들 구경거리를 즐기기 위해 싸움을 부추기려고만 할 뿐 말리는 사람은 없었다.

다원은 레오를 뒤로 끌어당긴 뒤 학생회 멤버들에게 말했다.

"이쯤에서 그만둬. 더 해 봤자 너희만 손해야. 잘 알잖아, 모든 문제에서 학생회는 가중처벌을 받는다는 거."

"우리가 가중처벌을 받으면 레오 마샬은 무사할 것 같아? 근신이 끝난 지 얼마 되지도 않아서 또 문제를 일으킨 게 위원장님 귀에 들어가면 당장 징계감이야. 다원 너도 저 녀석이 하는 말을 들었잖아. 그건 우리뿐만 아니라 프라임스쿨 전체에 대한 모욕이야."

다원은 아버지가 언급되는 것에 일부러 더 냉정함을 보이며 말했다.

"그런 일은 없길 바라지만, 만약 그렇게 된다면 나도 내가 본 대로 얘기할 수밖에 없을 거야. 먼저 도발을 한 건 너희였고, 레오는 충돌을 피하기 위해 충분히 참았다고. 그리고 내 생각엔 너희가 레오 아버지 일을 거론하면서 모욕 준 사실을 위원장님이 알게 되시면 학교를 모욕한 것보다 훨씬 잘못이 크다고 판단하실 것 같은데?"

"다원 너 너무 레오 마샬 편만 드는 거 아냐? 우리 학교 명예나 더럽히고 다니는 저런 녀석이 이 학교에서 변호받을 자격이 있다고 생각해?"

"모든 인간은 변호받을 권리가 있지. 우리가 같이 배우는 법에 의하면. 안 그래?"

자기들끼리 어떤 눈짓을 주고받은 아이들은 잠시 뒤 한풀 꺾인 목소리로 "그래, 이쯤 해 두자. 우리끼리 이럴 건 없잖아."라며 화해를 청했다. 다원은 학생회 멤버들의 어깨를 가볍게 두드리는 것으로 그에 응했다. 느닷없이 시작된 소란이었던 만큼 그 끝도 순식간에 마무리되었고, 주위에 몰려들었던 학생들은 신체적 충돌 없이 끝난 싸움에 약간의 시시함을 느끼며 제자리로 돌아갔다.

그때 돌아서 걸어가던 학생회 아이 하나가 걸음을 멈추고는 말했다.

"다원, 그런데 널 위해서 충고 하나 해도 될까?"

다원은 그쪽으로 고개를 돌렸다.

"레오 마샬을 너무 믿지는 마. 자기를 믿고 뽑아 준 학교를 배신한 것처럼 저 녀석은 분명 네 뒤통수도 칠 테니까."

다원은 부디 그것이 꺼진 불씨를 다시 일으키는 도화선이 되지 않길 바라며 못 들은 척 레오의 안색을 살폈다. 레오는 아직 감정이 가라앉지 않았는지 몸을 떨고 있었다. 다원은 레오의 어깨에 손을 올리며 "괜찮아?"라고 물었다. 그 순간 레오가 손을 뿌리치며 식당을 뛰쳐나가 버렸다. 웃음소리와 함께 "그것 봐." 하는 조롱 소리가 들려왔다.

일주일 뒤 법학 시간. 늘 그렇듯 맨 앞자리에 앉아 수업 시작을 기다리던 다원은 종이 막 울리려던 찰나, 레오가 강의실로 들어오는 것을 보았다. 순간적으로 눈이 마주쳤지만 곧이어 교수가 들어오자 레오는 아무 말 없이 바로 자기의 지정석인 맨 뒷자리로 올라가 버렸다.

수업이 시작되자 교수는 '법이 인간을 통제하는 데 얼마나 효과적일까?'라는 질문을 던진 뒤, 비록 우리가 법을 연구하고 있긴 하지만 실상 인간의 행동을 통제하는 데 더 위력을 발휘하는 것은 성문법이 아니라 보이지 않는 법인 전통과 도덕, 관습 등이라고 했다. 교수는 1지구가 전 지구의 '핵'이 될 수 있는 것 역시 법에 의지하기보다 자체적으로 훌륭한 규범을 계승해 왔기 때문이라며 그 노력을 '사과'에 비유했다.

"문학적으로는 사과 한 알을 완벽한 세계라고 한다지? 그 완벽한 세계를 창조해 낸 근원이 무엇이라고 생각하나? 그래, 사과의 핵, 바로 씨앗이다. 씨앗이란, 한마디로 '옳은 것'이다. 과육의 맨 가장자리가 벌레 먹고 썩는다 해도 씨앗을 비난하는 사람은 아무도 없지. 물론 비난해서도 안 되고. 왜냐하면 씨앗의 의지는 가장 훌륭한 과실을 만들기 위해 늘 최선을 다하고 있으니까. 과육 전체가 병드는 최악의 상황이 올지라도 씨앗은 지지 않고 다시 최고의 세계를 만들려고 할 거다. 혹독한 겨울을 이겨 내 가며 지금껏 그래 왔던 것처럼."

법학자로서도, 1지구 주민으로서도 그 점을 자랑스럽게 생각한다고 말한 교수는 잠시 입을 다물고 강의실 뒤쪽을 응시했다. 이의를 제기하는 목소리는 들려오지 않았다. 교수는 만족스러운 얼굴로 책을 펼친 뒤 오늘 배울 단원을 본격적으로 가르쳤다. 수업은 순조롭게 진행되었다. 다원은 레오를 겨냥한 교수의 설교가 다소 거북했지만, 본질적인 의미에서는 교수의 의견에 동의하지 않을 수 없었다.

법학 수업 다음 한 시간은 공강이라 도서관에서 자율 학습을 해야 했다. 다원은 여유롭게 책을 챙겨 느지막이 강의실을 나왔다. 이동 수업을 가는 학생들로 복도는 혼잡했다.

얼마쯤 걷는데 창가 쪽 벽에 혼자 서 있는 사람이 눈에 들어왔다. "늦었어."라고 외치며 뛰어가는 몇몇이 지나가고 난 뒤, 다원은 그 앞에서 걸음을 멈추었다. 아무 말 없어도 레오가 내내 자신을 기다리고 있었음을 알 수 있었다.

앞장서 걷던 레오가 멈춘 곳은 도서관 뒤에 난 작은 터였다. 레오를 따라 걸음을 멈춘 다원은 주변을 둘러보았다. 늘 오던 도서관이지만 이쪽은 정식 통행로가 만들어지지 않은 길이어서 처음 와 보는 곳이었다.

레오는 주눅 든 목소리로 이야기했다.

"지난번엔 미안했어. 다원 널 그런 식으로 대하면 안 됐는데……. 그런데 다원, 그때 난 너를 뿌리친 게 아니라 내 자신을 뿌리친 거였어. 변명으로밖에는 안 들리겠지만, 그때의 나를 나 스스로도 참을 수가 없었거든."

벽에 기대선 레오는 줄곧 눈을 마주치지 않은 채 말을 이었다. 도서관 지붕에서 내려온 그늘이 레오의 얼굴에까지 드리우고 있었다. 다원은 그것이 외부에서 만들어 낸 그늘이 아니라 레오의 내면에서 비쳐 보이는 어둠이라는 것을 알았다. 지난 일주일 간 자신이 당황스럽고 쓸쓸했던 것처럼 레오 역시 같은 마음이었던 것이다.

레오는 자기 발밑의 서늘한 땅을 신발로 파 작은 구덩이를 만들며 말했다.

"내가 식당에서 그렇게 과민 반응을 보인 건 그 애들 말이 맞기 때문이야. 결국 내가 위선자이고 믿을 수 없는 사람이란 것을 모두에게 증명해 보인 거지. 유일하게 내 편을 들어준 너까지 웃음거리로 만들어 버리면서 말이야."

논쟁 　　　　191

레오의 사과는 사과를 넘어선 자기 고백, 자기 고백에서
도 자아비판에 가까웠다. 레오는 친구 사이에서 얼마든지
일어날 수 있고 사소한 해프닝으로 넘길 수도 있는 일을 지
나치게 자책하고 있는 것 같았다. 근신 처분을 받았을 때처
럼 야윈 얼굴에서 지난 일주일 간 레오가 느꼈을 괴로움이
전해져 왔다. 다윈은 그런 레오에게 우정과 동시에 묘한 동
경심을 느꼈다.

"스스로를 괴롭히는 사람이 가장 정직한 사람이라는 말
이 있지? 레오 너처럼 자신을 혹독하게 평가하는 사람도 없
을 거야."

레오가 스스로를 비웃듯 냉소를 지으며 말했다.

"법학 교수님과는 전혀 반대되는 말을 하는구나."

"뭐라고 하셨는데?"

"날 보고 자기애에 도취된 환자라고 하던걸. 성적으로 우
위에 서지 못하겠으니까 파괴적인 방법으로 우월감을 느끼
려고 한다면서."

"완전히 잘못 짚으셨구나. 어쩔 수 없지. 교수님이라고
모든 학생들을 제대로 볼 수 있는 건 아닐 테니까."

레오는 고개를 가로저었다.

"아니, 어쩌면 교수님이 제대로 본 걸지도 몰라. 확실히
난 입학 동기부터 불순했으니까. 몇십 년간 수없이 많은 프
라임 보이들을 봐 온 교수들은 단박에 누가 진짜고 가짜인
지를 간파할 수 있겠지."

"불순했다니?"

레오는 할 말을 머릿속에서 먼저 고르는 것처럼 잠시 입을 다물더니 갑작스러운 물음을 던졌다.

"다원, 넌 왜 프라임스쿨에 들어오고 싶었어?"

다원은 얼른 대답이 떠오르지 않았다. 이유가 불확실해서가 아니라 굳이 이유를 찾아야 할 필요가 없기 때문이었다. 프라임스쿨에 온 것은 처음부터 끝까지 그냥 자연스럽게 벌어진 일이었다.

"글쎄…… 특별한 동기는 없었던 것 같은데. 그땐 그냥 당연히 가야 하는 학교라고만 생각했지."

다원은 그렇게 대답하며 자신뿐만 아니라 아마도 프라임스쿨 재학생 대부분이 비슷할 것이라고 생각했다. 1지구 남자아이로 태어난 이상 초등학교를 졸업한 뒤 프라임스쿨로 진학하는 것은 설령 몇 배나 많은 인원이 그 과정에서 탈락한다 해도, 새가 때에 따라 제가 있을 곳을 찾아 날아가는 것과 같은 '자연스러운 이동'이었다.

다원은 레오에게로 그 질문을 돌렸다.

"레오 넌 프라임스쿨에 온 특별한 이유가 있는 거야?"

하늘을 올려다보는 레오의 눈동자는 하늘이 그대로 들어앉은 것처럼 파랬다.

"우리 아버지는 나에게 프라임스쿨에 가야 한다는 말을 한 번도 하지 않았어. 1지구 부모치고는 드문 일이지. 나는 그게 아버지가 이런 학교에 반감이 있어서 그런 줄만 알았어. 아버지가 만드는 다큐멘터리도 늘 그런 내용들이었으니까. 그런데 내가 장난삼아 프라임스쿨에 지원하겠다고 했더니, 아버지가 프라임스쿨 입학 사정관이라도 되는 것처럼 단호하게 그러시더라. 프라임스쿨은 너 같은 애가 갈 수 있는 학교가 아니라고. 그 순간 아버지가 틀렸다는 걸 증명하고 싶어졌지."

"그래서 이렇게 증명해 냈고. 아저씨가 널 완전히 다시 봤겠네."

"전혀. 날 다시 보기보다는 프라임스쿨을 다시 보셨지. 나 같은 애를 받아 주는 걸 보니 프라임스쿨도 많이 허술해졌다면서."

"레오 너의 그 가혹한 평가의 눈이 어디서 왔는지 이제 알겠다. 아저씨한테서 그대로 물려받은 거였네."

레오가 쓴웃음을 지으며 고개를 저었다.

"우리 아버지가 그 말을 들으면 질색하실걸. 자식이 부모를 닮는 게 제일 쓸모없는 일이라고 입버릇처럼 말씀하시니까. 뭐, 나도 동의하는 바고."

다원은 마샬 부자의 독특한 관계에 웃음이 나왔다. 레오도 따라 웃었지만 이내 조금 전의 진지한 얼굴로 돌아와 말했다.

"말은 이렇게 하지만 사실 마음속으로는 난 아버지가 세상을 보는 눈을 배우고, 닮고 싶어. 교수님은 내가 아버지 영향으로 왜곡된 시선을 갖게 됐다고 비난하지만, 난 아버지 카메라가 어둠을 밝히는 빛이라고 믿거든. 그게 내가 진짜 하고 싶은 일이기도 하고."

레오는 음지에 비친 작은 양지 조각을 유심히 바라본 뒤 말을 이었다.

"평생을 1지구에서만 사는 사람들은 정반대로 생각하겠지. 아버지가 아무 흠결도 없는 완벽한 빛의 세계에 어둠을 끌어들인다고 말이야. 뭐, 이해 못 하겠는 건 아니야. 1지구의 높은 울타리 안에 있는 한 알코올 중독자들과 마약을 팔고 다니는 아이들이 떠도는 하위 지구 거리는 자기들과는 아무 상관 없는 세계의 일일 테니까. 하지만 법학 교수란 사람이 사과의 썩은 부분이 씨앗의 책임은 아니라고 말하는 것엔 정말 할 말이 없더라. 더는 상대하고 싶지 않게 질렸다고나 할까. 물론 더 논쟁하기 싫어서 회피해 버린 나 자신한테도 똑같이 실망했고."

"네 말대로 교수님은 하위 지구의 실상을 본 적이 없을 테니까 이론적으로 얘기하실 수밖에 없는 거겠지."

"그만한 지위에 있는 사람이 네다섯 시간 거리에서 벌어지는 현실을 모른다는 건 정상참작의 사유가 아니라 가중처벌의 사유 아니야? 개선할 능력이 있으면서도 의도적으로 외면하고 방치해서 더 나빠지도록 조장하는 셈이니까. 물론 우리 역시 그 죄에서 자유롭진 않을 테고. 다윈, 1지구 사람들은 다 죄인이야. 난 우리에게 우리가 가진 땅만큼의 원죄가 있다고 생각해."

레오의 냉소를 듣는 순간 다윈은 9지구 남자에게서 "우린 멸종되고 있는 거지."라는 말을 들었을 때의 기분이 되살아났다. 당시엔 그 기분의 정체를 알 수 없었는데 레오의 음성을 거치자 그것이 막연한 죄책감이었다는 것을 알게 되었다. 또 오라는 남자의 인사에, 이곳에 다시 올 일은 절대 없을 거라고 생각하며 황폐한 9지구 땅을 뒤로하고 기차에 올랐을 때 스쳤던 느낌도 바로 그것이었다. 그러나 다윈은 레오처럼 1지구와 법학 교수, 그리고 다른 많은 1지구 주민들을 죄인으로까지 생각하고 싶지는 않았다. 그것은 아무 악의 없이 자기에게 주어진 일상을 살아 나갈 뿐인 선량한 사람들에게는 지나치게 혹독한 평가였다.

"레오 네가 무슨 말을 하는지는 알겠지만 교수님도, 우리도, 다른 1지구 사람들도 모두 지금까지 살아온 방식으로 자기 삶을 이어 가는 것뿐이야. 특별히 어떤 곳을 방치해서 나쁘게 만들어야겠다는 악의 같은 건 전혀 없이 말이야. 악의는커녕 당연히 다들 세계가 더 평화롭고 좋아지길 바라고 있지 않겠어? 변화는 그런 하루하루의 삶과 희망 속에서 점진적으로 일어나는 거잖아. 세계를 하루아침에 바꿀 수 있는 건 아니니까."

레오가 엷게 웃으며 반박했다.

"'점진적 변화'라는 말은 아무 일도 일어나지 않길 바라는 공무원들이 듣기 좋으라고 지어낸 얘기야. 내가 다윈 너에게 공부로 조언할 주제는 못 되지만 역사책을 봐 봐. 세계를 바꾼 역사적 사건들은 알고 보면 어느 날 갑자기 일어난 거 아니야? 실제로 우리나라에서도 그런 기회가 있었고."

"그런 기회라니?"

"60년 전 12월에 일어난 봉기 말이야. 그때는 세상을 하루아침에 바꿀 뻔했잖아."

"12월의 폭동을 말하는 거야?"

"상위 지구만 빼고 9지구에서 4지구까지 모든 지구가 동참한 민중 혁명을 폭동으로 부르는 거야말로 지나친 왜곡이라는 생각 안 들어?"

"레오 넌 그런 식으로 세상이 바뀌는 걸 원하는 거야? 폭력으로?"

"인류사를 발전시킨 혁명 중에 폭력으로 되지 않은 게 있어? 다들 신사인 척하고 싶은 건 알겠지만 때로는 현실을 인정해야 해. 목적 있는 폭력은 사회를 다음 단계로 이끌어가는 원동력이란 것을. 바퀴가 아무것도 밟지 않고 전진할 수 있을까?"

다윈은 새삼스레 레오의 성을 떠올렸다. '마샬(Martial)'이라는 성에 어울리는 호전적인 주장이었다. 다윈은 레오가 간과하고 있는 점을 지적했다.

"하지만 바퀴가 지나가고 난 뒤의 세계가 지금보다 더 나을 거라는 보장은 없잖아. 대신 물질적으로나 정신적으로 엄청난 희생이 뒤따른다는 점은 분명한 사실이고. 네가 말한 세계사적 혁명이나 '12월에 일어난 봉기'에서 볼 수 있듯이 말이야."

"그래, 그렇다는 보장은 없지. 하지만 애초에 더 나은 세계가 되느냐 마느냐는 중요하지 않아."

"그럼 뭐가 중요한데?"

"바퀴가 다시 움직일 수 있느냐 없느냐 하는 거. 나쁘게 변한 세계보다 사람들을 더 무기력하게 만드는 건 사슬에 묶여서 꼼짝하지 않는 바퀴니까. 아무것도 변하는 것 없이 모든 게 제자리에만 멈춰 있다면 인간은 도대체 왜, 무엇을 위해 살아야 하지?"

다윈은 레오가 갖고 있는 선명한 관점에 진심으로 감탄했다.

"수재들이 모인 프라임스쿨이라지만 여기서 레오 너만큼 이 세상에 진지한 생각을 갖고 있는 사람은 없을 거야. 교수님이 화를 내신 것도 어쩌면 네 의견을 마냥 부정할 수 없기 때문이었는지도 모르지."

방금 전까지 전사처럼 의견을 펼치던 레오가 쑥스러운 듯 웃으며 말했다.

"그건 네가 여기서 유일하게 내 이야기를 들어 주는 사람이라서 그런 거지. 프라임스쿨의 어떤 토론 시간보다도 지금 다윈 너랑 나눈 대화가 흥미로웠어. 평소엔 다들 대단한 지성인인 척 굴지만 1지구와 프라임스쿨을 비판하는 순간 바로 돌덩이로 변해 버리잖아."

말을 마친 레오는 잠시 뒤 머뭇거리는 기색으로 손목시

계를 앞으로 들어 보이더니 고백처럼 덧붙였다.

"하지만 사실은 나도 그 돌덩이들 중 하나야. 안 그런 척 하면서 사실은 이 시계를 꽤 자랑스럽게 여길 때가 있거든. 여기에 있는 게 참을 수 없다며 후드를 입고 학교를 빠져나간 밤에도 이 시계는 벗지 않았지. 내가 왜 위선자인지 알겠지?"

다윈은 웃으며 역시 똑같은 손목시계를 들어 보였다. 프라임스쿨 입학식 때 신입생들에게 나눠 주는 시계로 측면에 학생 한 명 한 명의 이름이 새겨져 있었다.

"레오 네가 애교심을 가지고 있다는 걸 알게 되니까 난 오히려 더 좋은데. 다른 사람들도 네 진면목을 알게 되면 오해를 풀고 네 이야기를 들을 거야."

레오는 어깨동무를 하며 말했다.

"다른 사람들은 됐어. 친구는 한 명이 모두인 거니까."

불청객

        9월의 둘째 주 일요일 오전, 방에서 외출 준비를 하던 니스는 희미한 초인종 소리를 들었다. 일요일 이 시간에 집을 방문할 사람이 누가 있을까 잠시 의아했지만, 크게 신경 쓰지 않았다. 마리가 금방 응대한 것으로 보건대 아마도 세탁이나 청소, 정원 관리 등 집안일에 필요한 사람을 부른 모양이었다.

    니스는 넥타이를 매면서 마리에게 앞으로는 가급적 일요일에는 인부를 부르지 말라고 해야겠다고 생각했다. 어떤 가정이든 일요일만큼은 가족끼리 시간을 보내는 날이어야 했다. 누군가의 어머니이고 아버지인 사람들에게 일요일에 일을 시키고 그 노동에 값을 매기는 것은 아무리 정당한 임금을 지불한다 해도 어쩐지 죄책감이 느껴지는 일이었다.

물론 알고 있었다. 4, 5, 6지구에서 1지구로 일하러 오는 사람들 처지에선 어쭙잖은 배려를 한답시고 호출을 취소하는 것보다 일요일이든 언제든 불러 주는 것이 훨씬 더 큰 호의라는 것을. 돈벌이 때문만은 아니었다. 아니, 어쩌면 돈은 아예 안중에 없는 일일지도 모른다. 1지구에서의 일이라면 무임금일지라도 기쁘게 자원할 사람들이 얼마든지 있을 것이다.

중위 지구 사람들에게 1지구 일자리가 갖는 의미는 단순히 돈을 버는 것을 넘어서 가장 공신력 있는 신용 증명서를 발급받는 것과 같았다. 청소 같은 단순직일지라도 1지구 경력이 기재된 증명서는 은행에서 대출을 받거나 비자를 받을 때, 혹은 자식을 학교에 입학시킬 때 여러 모로 유용하게 사용할 수 있었다. 때로는 한 가정의 생활환경이 아예 바뀌기도 했다. 원래 5지구 출신이었던 마리도 1지구에서 오랫동안 가사 도우미를 한 경력이 인정돼 지난해 온 가족이 4지구로 전입했다. 마리는 기뻐하며 "다 차관님 덕분이에요."라고 인사했다.

그러고 보니 지난봄에도 그런 비슷한 일로 정원사에게 감사 인사를 받은 기억이 떠올랐다. 어느 토요일, 일을 마치고 집에 돌아왔는데 가지치기를 하고 있던 정원사가 뛰어내리다시피 사다리에서 내려오더니 다짜고짜 "감사합니다."라고 인사했다. 이야기인즉슨 "차관님 덕분에 딸아이가 4지구 명문 고등학교에 입학하게 됐습니다."라는 것이었다. 니스는 그의 딸을 본 적도, 그에게 딸이 있다는 것도 몰랐다. 자기가 한 일이란 그저 실력 좋고 성실한 정원사와 한 달에 두세 번 집으로 와 나무를 잘 다듬어 달라는 고용 계약을 맺은 것뿐이었다. 니스는 자신이 하지도 않은 일에 감사 인사를 받는 게 꺼림칙했지만 곧 "잘됐네요. 축하합니다." 하고 악수를 청했다. 특별히 도움을 준 것은 없지만 교육계에 몸담고 있는 공무원으로서 학생이 이룬 성취는 격려해 주고 싶었다. 정원사는 손이 더러워서 안 된다며 거듭 악수를 사양했다. 니스는 나무를 만지는 손이 왜 더럽겠냐며 먼저 정원사의 손을 잡았다. 그리고는 연배가 비슷한 이에게서 과도한 인사를 받는 게 거북해 그가 해 놓은 작업으로 대화를 돌렸다.

"멋지네요. 인위적인 데 없이 자연스럽고. 원래부터 가지가 저렇게 곧게 자란 것 같은데요."

"다윈 도련님 창문에서 보면 더 멋질 겁니다. 도련님이 보실 때 더 좋도록 일부러 신경을 썼어요."

정원사가 무안해할까 봐 그 자리에서는 아무 내색도 안 했지만 니스는 집으로 들어와서 혼자 웃음을 터뜨렸다. 도련님이라니, 언제 적 어휘를. 그러나 정원사의 순진한 태도를 재미있어하던 니스는 한 발짝 한 발짝 걸음을 옮기면서 차츰 웃음을 잃었고, 방에 들어와 거울 앞에 섰을 때는 완전히 굳은 얼굴이 되었다. 어린 시절 목소리가 귓가를 스치고 지나갔다.

'너희들은 아무 괴로움도 없는 1지구 도련님들이라서 좋겠어.'

열여섯 살 때 자신 역시 제이와 버즈를 보며 속으로 그렇게 혼잣말을 하곤 했다. 친구들을 '도련님'이라고 느꼈던 그때 그 마음을 웃음거리로 삼을 수 있을까.

창 너머로 가지치기를 하는 정원사가 보였다. 토요일까지 지겨운 서류들을 처리하고 와서인지 햇빛 속에서 나무를 돌보는 그의 일이 무척 진실하게 느껴졌다.

넥타이를 매던 손이 엇갈리는 바람에 니스는 정신을 차렸다. 잠깐 사이에 시간이 꽤 지나 있었다. 별것도 아닌 초인종 소리 하나가 지나치게 깊은 상념을 불러들였다. 니스는 얼른 넥타이를 마저 매고 재킷을 걸친 뒤 밖으로 나왔다. 그러고는 마리에게 누가 집에 왔었는지 물어보려고 거실을 가로질러 걸어갔다. 그런데 거실 풍경과 맞딱뜨린 순간 자기도 모르게 걸음이 우뚝 멈추어졌다.

한 여자아이가 소파에 앉아 태연히 주스를 마시고 있었다.

니스는 자신이 바라보고 있는 장면의 진위를 의심했다. 이해가 안 되는 상황에 공상에 빠진 어린아이나 할 법한 의심마저 들었다. 공간을 담당하는 우주 체계에 교란이 생겨 방문을 열고 나온 순간 잘못된 세계로 이끌려 나온 건가? 그래, 어렸을 땐 진짜로 그런 일이 가능할 거라고 믿었지. 그럼 이대로 뒷걸음질을 쳐 방으로 돌아가 다시 문을 열고 나오면 잘못된 세계가 바로잡혀 있게 되는 걸까? 니스는 그 가능성을 실험해 보겠다는 듯 실제로 한 걸음 뒤로 물러났다.

그런데 그때, 그 '잘못된 세계'가 시선을 돌리더니 자기를 보고 자리에서 일어나 쾌활하게 인사했다.

"안녕하셨어요, 아저씨? 오랜만이에요. 아, 1년에 한 번 만나던 그동안에 비하면 오랜만이 아닌가. 어쨌든 잘 지내셨죠?"

니스는 살아 움직이며 자신에게 다가오는 그 존재를 '실재'로 인정하지 않을 수 없었다. 그러나 어떻게 이런 상황이 가능할 수 있는 것인지는 여전히 이해가 되지 않았다.

니스는 의문을 채 지우지 못한 상태로 인사에 화답했다.

"그래, 너도 잘 지냈니? 그런데 우리 집엔 어쩐 일이니…… 루미야?"

"다원이 말 안 하던가요?"

니스는 자기도 모르게 미간을 찌푸렸다가 얼른 미소를 지었다. 짧은 찰나라 다행히 루미는 눈치채지 못한 것 같았다.

"글쎄, 난 아무 말도 들은 게 없는데……."

"오늘 할아버지 집에 가는 날이죠? 다원이 저도 같이 가자고 해서 왔어요. 전 다원이 아저씨께 당연히 말씀드렸을 줄 알았는데 모르고 계셨나 봐요?"

그때 2층에서 요란한 소리가 들리더니 벤이 달려 내려왔다. 뒤이어 방을 나온 다원이 루미를 발견하고는 "언제 온 거야?"라고 물으며 벤보다 더 허둥지둥 계단을 뛰어 내려왔다.

"지금 마중 나가려던 참이었는데. 혹시 내가 시간을 잘못 알려 줬나? 열 시 반까지 정류장 앞에서 만나자고 한 것 같은데."

"맞아, 열 시 반. 그냥 집에서 일찍 나왔는데 다른 데서 시간을 때우느니 여기 오는 게 나을 것 같아서 먼저 와 있었어."

"그럼 날 부르지. 난 네가 온 줄도 모르고······."

"아주머니가 불러 준다고 하셨는데 내가 그냥 기다리겠다고 했어. 시간을 안 지킨 건 나니까. 내가 실례를 했나?"

"실례는. 내가 일찍 준비하고 마중을 갔어야 했는데, 미안. 입으려던 셔츠가 안 보여서."

다원은 그러면서 마리에게 "혹시 가슴에 잎사귀 무늬가 있는 하얀 셔츠 못 보셨어요?"라고 물었다.

부엌에서 나온 마리가 벤을 가리키며 대답했다.

"그 옷은 벤이 마당으로 물고 나가 엉망으로 만들어 놓았잖아. 못 입게 돼서 버렸다고 지난번에 얘기한 것 같은데."

"맞다, 그랬죠."

다원은 그제야 기억났는지 고개를 끄덕이고는 벤에게 말했다.

"또 너였구나, 벤. 이젠 옷이 없어졌다 하면 제일 먼저 너부터 의심해 봐야겠다."

루미가 벤을 쓰다듬으며 말했다.

"처음이 아닌가 보구나. 생긴 건 우직하게 생겼는데 엄청 말썽쟁이인가 보지?"

"상습범이야. 얼마 전엔 아버지 서재까지 들어가서 후드를 숨겨 놓았다니까. 그러고는 모르는 일인 척 자기가 또 찾아내고. 맞지, 벤?"

"후드?"

그때 마리가 "차관님, 괜찮으세요?"라고 물어 왔다. 다원과 루미의 대화를 가만히 듣고 있던 니스는 놀라서 "어?" 하며 마리를 돌아보았다. 마리가 걱정스러운 표정으로 얼굴을 올려다보고 있었다.

"얼굴이 하얗게 질리셨는데 어디 아프세요? 계속 미간도 찌푸리시고."

니스는 손으로 얼굴을 한 번 쓸어내렸다. 내색하지 않으려고 노력했는데 모르는 사이에 또 얼굴이 일그러진 모양이었다. 다원과 루미가 놀란 듯 이야기를 중단하고 이쪽을 바라보았다.

니스는 머리를 가볍게 가로저으며 말했다.

"아…… 아무것도 아니야. 잠깐 두통이 왔는데 이젠 괜찮아졌어."

다원이 가까이 다가와 물었다.

"정말 괜찮으세요? 운전을 오래 하셔야 하잖아요."

니스는 다윈의 어깨 너머로 루미의 얼굴을 보았다. 다른 곳도 아닌 자기 집에서 자신의 아들 바로 뒤로 저 얼굴이 서 있는 구도가 무척 비현실적으로 느껴졌다. 마치 과거의 시간이 등에 닿을 듯 바짝 다가와 현재의 시간을 위협하고 있는 것 같았다. 니스는 다윈의 어깨를 방패 삼아 루미를 계속 응시했다. 저 얼굴, 루미의 저 눈빛 때문일까…… 속이 거북해진 니스는 그만 루미에게서 시선을 거두었다. 계속 이런 생각을 되풀이했다가는 언제 또 얼굴이 창백해질지 몰랐다.

니스는 미소를 지으며 다윈에게 말했다.

"정말 아무것도 아니니 걱정할 것 없단다. 그보다 차 키가 안 보여 서재에서 찾아보려던 참이었는데, 다윈 네가 같이 좀 찾아봐 줄래?"

니스는 먼저 서재로 걸어갔다. 다윈이 루미에게 "잠깐만 기다려." 하고는 뒤따라오는 소리가 들렸다.

방에 들어온 다윈은 곧장 책상과 책장 이곳저곳을 살펴보며 물었다.

"마지막으로 차 키를 보신 게 언제예요?"

순진하게도 다윈은 정말로 차 키를 찾는다고 생각하고 있었다.

니스는 다윈이 열어 놓은 방문을 닫으며 물었다.

"루미가 우리 집엔 무슨 일이니? 말로는 할아버지 집에 같이 가기로 했다는데, 정말이니?"

다윈은 만년필을 꽂아 놓은 크리스털 통 속을 살피며 대수롭지 않은 듯 대답했다.

"네, 제가 초대했어요."

"왜?"

다윈이 약간 뜻밖이라는 표정으로 고개를 들었다. 니스는 자신의 목소리가 지나치게 무거웠다는 것을 깨달았다. 추궁하는 것으로 들렸을지도 몰랐다.

니스는 지나가는 말처럼 부드럽게 다시 물었다.

"갑자기 왜 집에 초대할 생각을 했는지가 궁금해서 말이야. 서로 잘 아는 사이도 아닐 텐데. 이야기를 나눠 본 적도 거의 없잖니?"

다윈이 웃으며 말했다.

"잘 아는 사이가 아니라고 하시니까 이상해요. 루미랑 전 태어나서부터 쭉 서로 봐 왔잖아요. 물론 아버지 말처럼 그동안은 얘기를 나눠 본 적이 없지만. 그런데 지난번 추도식 때 이야기를 하다 보니 금방 친해져서 친구로 지내기로 했어요. 아마도 그동안 유대감 같은 게 쌓였나 봐요."

유대감이라……. 니스는 잘 알 수가 없었다. 다윈을 추도식으로 이끈 게 자신이긴 하지만, 촛농이 녹아내리는 우울한 분위기 속에 아이를 혼자 있게 하고 싶지는 않아 늘 다윈을 곁에 두곤 했다. 해리 아저씨의 오래된 저택, 제이의 방이 그대로 보존된 그 집은 마음 놓고 아이를 돌아다니게 두기엔 좋은 곳이 아니었다. 너무 아들을 챙기다 보니 주위 사람들로부터 다윈이 아니라 '달링'으로 이름을 바꿔야겠다는 농담을 들은 적도 있었다. 그 정도로 곁에서 떨어뜨려 본 적이 없는데, 언제 둘이서 이야기를 나눌 시간이 있었던 걸까.

니스는 가만히 지난번 추도식을 떠올렸다. 그러고 보니 그날 버즈와 얘기하느라 꽤 오랜 시간 다윈을 따로 있게 했던 것이 생각났다. 그럼 혹시 그때? 니스는 쓴웃음을 지었다. 버즈 녀석, 25년 만에 뜬금없이 나타나더니 결국 이런 식으로 피해를 주는군.

침묵이 지나치게 길었는지 다윈이 "초대하면 안 되는 거였어요?"라고 물었다. 신뢰의 땅에 뿌리내린 아들의 갈색 눈동자가 미미하게 흔들리고 있었다. 니스는 다윈을 불안하게 하고 싶지 않았다. 자식의 마음에 미심쩍은 조각을 흘리고 그 조각에 자기 얼굴을 비쳐 보게 만드는 것은 부모가 자식에게 저지르는 죄 가운데서도 가장 나쁜 죄였다.

니스는 금방 웃음을 지으며 말했다.

"그럴 리가. 초대하면 안 되는 게 어디 있어. 그냥 갑자기 집에서 루미와 마주쳐 조금 놀라서 묻는 거란다. 그런데 다윈, 그럴 계획이었으면 어제 얘기해 주지 그랬니? 미리 알고 있었더라면 놀랄 일도 없었을 텐데."

다윈은 아직 어린아이 같은 구석이 남아 있는 얼굴로 환하게 웃으며 말했다.

"아버지를 놀래 주려고 일부러 비밀로 했죠. 원래 계획은

제가 직접 루미를 데리고 와서 깜짝 놀라게 해 드리는 거였
는데, 루미가 일찍 오는 바람에 실패했어요."

니스는 그늘 한 점 없이 환하게 웃는 아들의 뺨을 가볍게
두드렸다.

"실패는 무슨. 완벽한 성공이야."

안심한 다원은 다시 차 키 찾는 일로 돌아가서 "아무래도
서재가 아니라 다른 곳에 두신 것 같아요."라고 말하며 진
지하게 걱정했다. 궁금한 점을 확인했으니 더는 다원을 쓸
데없는 일에 잡아 둘 필요가 없었다.

니스는 다원이 책상 밑을 살피는 틈을 타 재킷 주머니에
서 차 키를 꺼내며 말했다.

"아, 여기 있구나. 주머니에 넣어 놓고 깜박 잊었네."

"정말요?"

"그래, 괜히 헛수고하게 해서 미안하구나."

다원은 마술 쇼라도 본 아이처럼 웃더니 "그럼 이제 출발
해요."라며 밖으로 뛰어나갔다. 니스는 잠시 책상에 기대앉
았다. 다원이 루미에게 "많이 기다렸지?" 하는 소리가 들렸
다. 루미가 "차 키는 찾았어?"라고 묻는 소리도 들렸다. 다
원이 "그게 말이야, 알고 봤더니 아버지 주머니에 있었던
거 있지."라고 말하며 웃었다.

멀리서 들리는 아들의 순수한 목소리에 니스는 문득 슬
퍼졌다. 아들을 속인 자기 자신 때문인지, 자신이 속았다는
것을 전혀 모르고 웃는 아들 때문인지는 알 수 없었다.

잠시 뒤, 다윈이 방 쪽을 향해 "아버지!" 하고 외쳤다. "그래, 나가마!"라고 대답하며 책상에서 일어선 니스는 방을 나가기 전, 잠깐 크리스털 통에 얼굴을 비춰 보았다. 다윈을 불안하게 하지 않으려면 여유롭게 웃어야 했다. 어려울 것 없었다. 몇십 년간 사람들 앞에서 늘 해 온 일이니.

반가운 손님

　　러너는 지하실로 내려갔다. 둘째 주
일요일을 또 쓸쓸하게 보내느니 혼자 낚시라도 다녀오는
게 나을 성싶었다. 다른 사람들에게도, 자기 자신에게도 더
는 초라한 모습을 보이고 싶지 않았다.

　오늘 아침 식사 자리에서 애나가 눈치를 살피듯 "오늘 점
심은 간소하게 준비할까요?"라고 물어 왔다. '이번 달에도
차관님이 안 오시는 거예요?'라고 묻고 싶은 것을 그렇게
에둘러 표현한 것이었다. 애나도 지난번에 니스가 다신 오
지 않을 것처럼 문을 박차고 나가는 모습을 보았을 테니 대
강의 분위기는 짐작하고 있을 것이다.

　러너가 에둘러 "점심은 낚시 다녀와서 생각하지."라고
대답했다. 눈치 빠른 애나는 무슨 뜻인지 바로 알아듣고

"오랜만에 직접 잡은 생선을 먹을 수 있겠네요."하고 대응했다.

그러나 모든 사람들이 애나만큼 눈치 있게 상대방을 배려하는 것은 아니었다. 지난달처럼 당일 아침에 취소를 하면 이런저런 말들이 많을 것 같아 이번엔 미리 몇 주 앞서 친구들에게 이번 달 바비큐 파티는 '생략'이라고 알렸다. 최대한 별일 아닌 듯 보이려고 고심해 고른 단어였다. 그러자 평소에는 잘도 깜박하는 친구들이 이럴 때만 기억의 등불을 환하게 밝히며 "또? 지난달에도 취소했잖아. 아들네 집에 무슨 일이 생긴 거야?"라고 앞다투어 물어 왔다. 러너는 "문교부 차관이란 자리가 워낙 중책이니 바쁜 게 당연하지." 하며 자신과 아들의 위신을 떨어뜨리지 않을 핑계를 댔다.

그러고는 괜한 말을 듣기 싫어 바깥 외출도 삼간 채 집에만 머물러 있었다. 애나가 설득해 실버힐 정기 주민 회의에는 겨우 참석했지만, 안건으로 올라온 '주민이 참여하는 마을 경관 꾸미기'에 관한 이야기는 듣는 둥 마는 둥 하고 돌아와 버렸다. 태평스레 우체통에 장식할 조각품 따위에나 신경 쓸 마음의 여유가 없었다.

지난달 니스가 이해할 수 없는 폭언을 퍼부으며 다신 이 집에 다윈을 보내지 않겠다고 했을 때만 해도 그것이 그저 아들이 제 화에 못 이겨 쏟아 낸 말인 줄만 알았다. 속에 쌓인 게 있더라도 둘째 주 일요일이 되면 그 화를 누르고 늘 그랬듯 다원과 함께 집에 올 것이라 믿었다. 그러다 방문 하루 전 저녁, 다원에게서 집에 올 수 없다는 전화를 받고 나서야 아들의 위협이 빈말이 아니었다는 것을 실감했다. 다원은 친구와의 약속 때문이라고 했지만 어느 모로 보나 거짓말 이었다. 물론 다원에게 화낼 일은 아니었다. 다원은 너무 착한 아이라 차마 아버지가 할아버지 집에 가지 말자고 했다 는 말을 그대로 전할 수는 없었을 테니.

그런데 다원이 제 아버지가 그런 말을 한 이유를 궁금해하지도 않고 곤란해하는 기색도 없었던 걸 보면 니스가 다원에게는 그럴듯한 이유로 잘도 둘러댄 모양이었다. 가끔은 할아버지 없이 두 부자끼리만 시간을 보내는 것도 좋지 않겠느냐는 식으로. 그렇다는 건 다원은 그날 일을 전혀 모르고 있다는 뜻이었다. 아이에게 어른들 다툼을 알리고 싶지 않아 다원에겐 아무 내색 않고 그냥 알겠다 하고 말았지만 전화를 끊고 나서는 몸이 떨리는 분노가 일었다. 손자와 할아버지의 만남을 막겠다는 것은 의절하겠다는 뜻이나 마찬가지였다. 나무를 두 동강이로 절단하고 뿌리를 뽑아 버리겠다는 것과 다를 바가 없었다. 러너는 자신이 이루어 온 것을 한순간에 잃어버린 기분이었다. 기분만이 아니라 실제로 그렇기도 했다. 아들과 손자를 볼 수 없다면 남은 인생 동안 무엇을 바라보며 살아야 할까. 나무의 뿌리가 자기가 틔운 무성한 잎과 과실을 즐기지 못한다면 사는 게 무슨 의미와 기쁨이 있을까.

한밤중에 잠이 깬 러너는 화가 머리끝까지 치밀어 올라 당장 아들 집에 쳐들어가야겠다고 생각했다. 도대체 자신이 무슨 큰 잘못을 저질러서 아들에게 이런 대접을 받아야 하는지 알 수가 없었다. 러너는 서둘러 침대에서 내려와 외출복으로 갈아입었다. 자신도 예고 없이 들이닥쳐 호두나무 거리가 떠나가라 고함을 쳐 대며 아들이 한 패륜적인 짓을 그대로 되갚아 줄 요량이었다.

러너는 신발을 신는 둥 마는 둥 정신없이 현관을 나섰다. 그런데 문을 열고 나온 순간 갑자기 다리가 멈추었다. 어둠 속에서 빛나고 있는 별빛 가운데로 아들의 얼굴이 떠올랐다. 그 얼굴이 두 발을 꼼짝 못 하게 붙들어 놓았다.

그날, 왜인지는 모르지만 아들은 자신보다 더 고통스러워 보였다. 상처 주는 말을 쏟아 내는 것은 자기이면서 도리어 제가 상처받은 얼굴을 하고 있었다. 꼭 울음을 터뜨리며 허공으로 주먹을 휘두르는 아이 같았다. 어린아이…….

러너는 그대로 힘없이 테라스 벤치에 주저앉았다. 과거에서 온 오래된 별빛이 지난 시간들을 되돌아보게 했다. 자신을 향한 아들의 괴로움과 미움은 지금이 아닌 어린 시절에 기인한 것이었다.

니스가 열대여섯 살쯤일 때였던가. 사업과 관련해 소송을 당하면서 크게 곤란을 겪은 적이 있었다. 사업을 해외로 확장하는 과정에서 무리가 생겨 여러 군데에서 한꺼번에 소송이 들어온 것이다. 신뢰와 정직을 최우선의 가치로 삼는 1지구에서 '사기'가 죄목인 소송에 휘말리는 것은 큰 수치였다. 본인뿐만 아니라 가족과 가문 전체가 타격을 입게 될 수도 있었다. 다행히 재판부가 중재를 잘해 줘 사업을 정리하는 것으로 합의를 봤지만, 법원을 들락날락거리는 근 1년 동안 가족에게 큰 고통을 주었다.

생각해 보니 아무래도 그 사건 이후로 아들의 신뢰를 잃은 것 같았다. 장난꾸러기였던 니스가 갑자기 학업에 전념하고 공직에 몸을 바쳐 칼같이 정직한 사람이 된 것도 어쩌면 그때 겪은 일들에 대한 반발인지도 몰랐다. 제 아버지가 걸은 길과 완전히 반대의 길로 가는 것을 보여 줌으로써 제 나름의 복수를 하는 것이었다. 그렇다면 러너는 절대 아들을 비난할 수 없었다. 아들은 제가 선택한 그 길을 걸어 누구보다도 훌륭한 어른이 되었으니.

컴컴한 물속 같았던 아들의 마음을 들여다볼 한 줄기 빛을 본 러너는 회한의 한숨을 내쉬었다. 니스가 직접적으로 말한 적은 없지만 어쩌면 엄격한 1지구 공직 사회에서 자신의 과거가 아들의 발목을 잡는 걸림돌이 되고 있는지도 몰랐다. 대통령이 되는 데에 니스의 진짜 약점은 비프라임 출신이 아니라 아버지, 즉 자기 자신이었던 것이다. 그래서 그날 근무 시간 중에 느닷없이 찾아와서 "아버지가 만든 진창에 다윈까지……." 하며 횡설수설 댔던 걸까? 그렇다면 혹시 내 그 이력 때문에 다윈이 프라임스쿨을 다니는 데에도 문제가 생긴 걸까?

러너는 일어나 정원을 거닐었다. 이해되지 않았던 일이 하나씩 맞춰지자 그간 마음에 쌓였던 분노가 녹아내렸다. 아들 앞에서 결코 부끄러운 인생은 살지 않았고, 사업 역시 가족의 미래를 위해 잘해 보려다 틀어진 것이지만, 어쨌든 아버지가 돼 사회적으로 지탄받을 만한 일을 만든 것은 큰 잘못이었다.

러너는 걸음을 멈추고 정원의 나무를 어루만졌다. 곧고 튼튼한 기둥이 외로운 밤에 의지가 되었다. 할 수만 있다면 자신도 아들과 손자에게 이런 존재가 되고 싶었다. 그 마음을 듣기라도 한 듯 나무는 자신의 존재 방식으로 가르침을 주었다. 그러려면 아들이 자신에게 가진 원망을 묵묵히 감수해야 한다고. 자신의 대척점에 서려는 아들의 행동을 너그럽게 받아들여야 한다고. 억지로 다가가기보다는 지금 자리에서 흔들림 없이 기다려야 한다고. 그러면 아들은 분명 나무가 주는 그늘 밑으로 돌아올 것이라고. 언제 올지 모를 새를 홀로 서서 기다리는 게 외롭긴 하겠지만……

지하실로 내려온 러너는 불을 켰다. 두 달간 빛을 못 본 바비큐 그릴이 가장 먼저 눈에 들어왔지만, 애써 무시하고 한쪽 벽에 세워 둔 낚싯대 쪽으로 걸어갔다. 더 이상 가망 없는 일에 연연해하고 싶지 않았다. 올 시간이 지났는데도 아무 소식이 없는 걸 보면 니스와 다윈은 이번 달에도 오지 않을 게 분명했다. 이번엔 니스가 또 어떤 말로 다윈을 설득했을

반가운 손님

까. 연달아 두 번이나 할아버지 집에 가지 않는 것을 납득시키려면 꽤 그럴듯한 이유여야 할 텐데. 낚싯대를 잡으려 손을 뻗던 러너는 그 생각에 빠져 그만 옆에 있는 꾸러미들을 넘어뜨리고 말았다. 그제야 정돈 안 된 짐들이 가득 쌓인 지하실 전경이 눈에 들어왔다. 물건을 잘 버리지 못하는 성격 탓에 이사를 다니면서도 쓸모없는 짐들을 매번 다 끌어안고 살아왔다. 아마 찾아보면 오륙십 년 된 물건도 발견할 수 있을 것이다. 러너는 언젠가 기회를 봐서 오래된 짐들을 정리해야겠다고 생각하며 낚싯대를 잡았다.

그때였다. 지하실 계단에 대고 급하게 외치는 애나의 목소리가 들렸다.

"어르신, 차관님이 오셨어요. 다윈이 친구도 데려왔고요."

러너는 아끼는 낚싯대를 내팽개치다시피 하고 서둘러 계단을 올라갔다.

"할아버지, 잘 지내셨어요? 지난번엔 못 와서 죄송했어요."

평소와 다름없는 밝은 얼굴로 들어오는 다윈을 러너는 품속 깊숙이 끌어안았다. 이제야 몸속에 피가 도는 것 같았다.

다윈은 곧 옆에 있는 여자아이를 소개해 주었다.

"루미 헌터라고 해요. 제이 아저씨 동생이신 조이 아저씨 딸이고요."

러너는 루미를 물끄러미 바라보았다. 다원이 집에 처음 데려온 여자아이라 머릿속에 온갖 질문과 호기심이 일었지만, 다원을 생각해 점잖은 할아버지 노릇을 해야 했다.

루미가 "안녕하세요."라고 인사하며 악수를 청했다. 수줍어하는 보통의 여자아이들과 달리 당당하고 자신감 있는 루미의 첫인상이 마음에 들었다. 불을 켜 놓은 것처럼 선명하게 빛나는 눈동자가 특히 시선을 끌었다. 일요일에 학교 교복을 입고 온 것이 독특하긴 했지만 제 딴엔 격식을 차리려고 그런 것일 터였다.

"그래, 반갑구나. 이렇게나 예쁜데 프리메라 학생이기까지 하다니. 헌터 가문의 보석이겠구나."

러너는 다원과 루미를 어서 소파에 앉게 했다. 그러고는 한 걸음 떨어져 뒤에 서 있는 아들에게로 시선을 돌렸다. 눈이 마주치자 니스는 슬쩍 시선을 피하더니 가장 먼 쪽 소파에 가서 앉았다. 멋쩍어하는 얼굴이 영락없이 제 잘못을 알면서도 자존심 때문에 잘못했다는 말을 하지 않는 어린아이였다. 러너는 마음 한구석에 응어리져 있던 분노와 서운함이 흐르는 물이 되어 단숨에 멀어지는 것을 느꼈다.

"할아버지, 루미가 선물을 가져왔어요."

"와 준 것도 고마운데 무슨 선물을……."

러너는 진심으로 감격해하며 루미가 건네는 선물을 받았다. 아직 어린아이인데 첫 방문이라고 선물까지 신경 써 가져오다니, 헌터 가문의 아이답게 가정교육을 잘 받은 모양이었다. 포장지를 뜯어 보니 사진 액자였다.

루미가 설명했다.

"저희 할아버지가 종군기자로 활동하셨을 때 찍으신 사진이래요. 할아버지는 자연 사진은 별로 찍지 않으셨는데, 그래도 가끔 이런 걸 찍고 싶을 때가 있으셨나 봐요. 제가 아끼는 사진들 중 하나인데 마음에 드셨으면 좋겠어요."

러너는 척박한 돌산 기슭에 한 무리의 산양 떼가 모여 있는 사진을 유심히 감상했다. 풀 한 포기 보이지 않는 데다 희미하게 눈발까지 흩날리는 광경이 그들에게 닥친 운명이 녹록지 않음을 짐작케 했다.

러너는 왠지 가슴이 뭉클해져서 말했다.

"개인적으로 한 번도 뵌 적은 없지만 난 헌터 씨가 왜 이 풍경을 찍고 싶었는지 알 것 같구나."

루미가 반짝이는 눈을 더 빛내며 물었다.

"정말요? 왜인데요?"

러너는 사진에서 받은 인상을 솔직하게 이야기했다.

"내 눈엔 이 산양 무리가 한 가족으로 보이는구나. 앞에 선 이 큰 양이 남편이고, 그 옆이 부인, 뒤쪽의 작은 양들은 아마도 이들의 새끼겠지. 전쟁이 일어나고 있는 낯선 땅에서 이 선한 무리를 본 순간 헌터 씨도 자기 가족이 생각났을 거야. 집에 두고 온 가족과 가파른 돌산을 올라가는 양들이 동질적으로 느껴졌겠지. 자신이 늘 곁에 있어 주지 못하는 데 대한 죄책감도 들었을 테고. 사랑하는 가족을 향한 헌터

씨의 그리움과 걱정이 절절히 느껴지는구나. 아마 헌터 씨의 그 애달픈 마음이 전해져서 루미 너도 이 사진이 마음에 드는 거겠지."

루미가 "우아!" 하고 감탄하며 말했다.

"할아버지 설명을 듣고 나니까 정말 그렇게 보여요. 사진 평론을 하셔도 될 것 같은데요."

듣기 좋으라고 하는 말이란 것을 알면서도 러너는 기분이 유쾌했다. 아부로 변질되기 쉬운 어른의 기름진 말과 달리 아이들의 칭찬은 호수를 바다라 과장한다 해도 귀엽기만 했다. 자고로 아이들이란 새와 같아서 그 작은 입에서 나오는 모든 말이 노래가 되기 마련이었다.

좋은 선물과 좋은 대화가 주는 즐거움을 만끽하던 러너는 이 유쾌한 분위기에서 혼자 동떨어져 있는 아들이 신경 쓰여 힐끗 눈길을 주었다. 아들로서 제 아비가 펴낸 감상에 한마디라도 대꾸해 주면 좋으련만, 니스는 이 자리에 없는 사람인 양 아무 말도 없었다.

러너는 아들의 관심을 끌었으면 하는 마음으로 말했다.

"그런데 문화 훈장까지 받으신 예술가의 사진을 이렇게 덥석 받아도 되는지 모르겠구나. 루미 네 말대로 헌터 씨께서 평소에 잘 찍지 않는 성격의 사진이라면 더 가치가 있을 테니 말이야. 니스 네가 보기엔 어떠냐? 문화부 차관이니 어느 정도 예술에 대한 식견은 있을 거 아니냐. 헌터 씨가 훈장을 받은 게 니스 네가 책임자가 된 뒤의 일이니, 헌터

씨 작품이 세간에서 받는 평가를 누구보다 잘 알기도 할 테고."

예상대로 니스가 창밖에 뒀던 시선을 이쪽으로 돌렸다. 그런데 그냥 고개만 돌린 게 아니라 제 아비의 심장을 뚫을 것 같은 날카로운 눈동자를 하고서였다. 러너는 어쩌다 보니 의도한 것보다 니스를 더 자극했는지도 모르겠다고 생각했다. 그저 아들의 반응을 이끌어 내고 싶어 한 말이었는데, 저 엇나가는 녀석의 귀에는 또 비꼬는 말로 들렸는지도 몰랐다.

니스가 그 날카로운 눈빛으로 이야기하듯 말했다.

"맞아요, 헌터 아저씨는 종군 사진작가로 일생을 바친 위대한 예술가예요. 그 사진도 아저씨의 삶에 무지한 일반 가정에 걸어 두기에는 너무 아까울지도 모르죠."

아들의 날선 대답을 들은 러너는 이 좋은 날에 스스로 무덤을 팠구나 싶었다. 아들은 지금 예술과 사회를 위해 헌신한 해리 헌터의 삶과 돈만 좇아 온 제 아비의 삶을 보란 듯이 비교하고 있는 것이었다. 예전부터 한 번씩 의심해 왔던 일이긴 했다. 니스는 어쩌면 '위대한 해리 헌터'가 자기 아버지였으면 하고 바라고 있는지도 모른다고.

러너는 아들의 도전적인 시선을 피해 다시 사진을 내려다보았다. 척박한 땅에서 가족들을 이끌어 가는 아비 산양……. 비록 위대해지진 못했지만 가족을 사랑하고 염려하는 마음만큼은 이 산양에게도, 해리 헌터에게도 결코 뒤지지 않을 자신이 있었다. 그걸 저 무심한 아들이 알기나 할까.

그때 루미의 목소리가 들렸다.

"그럼 제가 선물을 잘 가지고 온 것 같은데요? 아저씨와 할아버지만큼 이 작품의 의미를 알아주시는 분은 없으니까요. 현대 미술관보다도 이 집이 저희 할아버지 사진을 놓아두기에 더 훌륭한 곳이에요."

루미의 이야기를 듣자 러너는 울적했던 마음에 금세 생기가 돌았다. 첫눈에도 알아봤지만 역시 영특한 아이였다. 러너는 "그래, 이 집이야말로 가장 좋은 전시관이지." 하며 활기차게 일어나 액자를 벽난로 위에 세워 놓았다. 겨우 사진 한 장이 더해졌을 뿐인데 집 안 분위기가 크게 살아나는 것 같았다. 옆에 놓인 다원의 프라임스쿨 입학식 사진과도 잘 어울렸다. 산양 가족과 삼대독자로 이루어진 세 부자. 동물이든 인간이든 공백으로 시작된 삶을 채워 주는 것은 결국 가족이었다.

그때 니스가 자리에서 일어나며 말했다.

"볼일이 있어서 사무실에 다녀와야 해요. 다원, 오후에 데리러 올 테니 루미랑 재미있게 놀고 있으렴."

다원이 니스를 붙들었다.

"내일 하시면 안 돼요? 두 달 만에 할아버지 집에 온 건데 아직 얘기도 못 나누셨잖아요."

"그게, 이번 주에 이미 끝냈어야 하는 일이라서."

"하지만 일요일이잖아요. 일요일은 가족과 보내는 날이라고 하셨으면서."

"그래, 그런데 오늘은 할아버지도 있고 루미도 있으니…….
어쨌든 미안하구나. 가능하면 얼른 끝내고 오마."

정말 급한 일이 있는 것일 수도 있지만, 러너는 왠지 니스가 이 자리를 피하려고 일부러 핑계를 대는 것 같은 느낌이 들었다. 집에 들어설 때부터 창밖만 보고 있는 게 언제 여기서 자연스럽게 나갈지를 재고 있는 모습이었다. 러너는 서운하기도 하고 괘씸하기도 했다. 그러나 한편으로는 아들이 저렇게까지 싫어한다면 원하는 대로 여기서 그만 해방시켜 주고 싶었다. 그 난리를 쳐 놓고 다시 왔으니 제 딴엔 불편하기도 하고 부끄럽기도 할 것이다. 법원 판결문에 준하는 자신의 선언을 뒤집고 와 준 것만으로도 오늘은 아들의 도리를 충분히 한 것으로 봐야 했다.

러너는 니스의 편을 들어줄 겸 다원에게 말했다.

"할 일이 많다는 건 행복한 일이란다. 그만큼 능력이 많다는 뜻이니까. 다원, 아버지가 빨리 일을 끝내고 돌아오도록 보내 드리는 게 낫지 않겠니?"

다원은 그 말에 수긍해 순순히 니스를 놓아주었다. 니스는 다원과 루미에게 "그럼 이따가 보자." 하고는 바로 집을 나섰다.

러너는 아들의 모습을 창밖으로 지켜보았다. 뒤도 돌아보지 않고 성큼성큼 정원을 걸어가는 것이 무척 있기 싫었던 장소에서 간신히 빠져나간 아이처럼 홀가분해 보였다. 제 아비와 같이 있는 게 저리도 싫었을까. 그러나 무거운 상념에 오래 빠져 있지 않기로 했다. 니스는 갔어도 다원이 남아 있었다. 게다가 오늘은 귀여운 손님까지 왔으니.

러너는 시선을 돌려 다원과 루미에게 물었다.

"자, 뭘 해야 이 멋진 날이 더 멋지게 남게 될까?"

실버힐에서 보낸 오후

한 블록 한 블록을 지날 때마다 정원
에 있던 할아버지들이 농담을 던졌다.

"러너, 프리메라 교복을 입은 그 예쁜 아가씨는 누구지?"

"오, 드디어 다윈이 여자 친구를 데려왔나 보구나."

"축가는 내가 불러 주마. 내가 그때까지 살아 있기만 한
다면."

러너 할아버지가 그들에게 조용하라는 뜻으로 손사래를
치며 말했다.

"불쾌하게 생각지 마렴, 환영한다는 뜻이니까. 나이 든
티가 나게 애들만 보면 좋아서 어쩔 줄을 모르지."

루미는 미소로 응대했다.

"하나도 불쾌하지 않아요. 다들 좋으신 분 같은걸요."

루미는 마주치는 사람들을 향해 일일이 손을 들어 인사했다. 러너 할아버지에게 잘 보이기 위한 꾸밈이 아니라 진심에서 우러나오는 행동이었다. 어떤 형태든지 다른 사람들이 주는 관심은 즐겁고 기쁘게 받아들여야 한다. 생물이 햇빛의 에너지를 받아 성장하는 것처럼 인간은 타인의 눈길을 통해 성장하는 존재이기 때문이다. 타인의 시선을 끄는 데 실패한 사람은 음지에서 자라는 식물처럼 우울하고 왜소해질 수밖에 없다. 그런 아이가 나이를 먹으면 4지구 출신 여자와 결혼해 거실에 값싼 정물화를 걸어 놓고 7급 서기관이라는 주변부 인생에 만족하며 사는 어른이 될 것이다.

아빠의 지루한 얼굴이 떠오르자 루미는 거기서 그만 생각을 중단시켰다. 아빠와 같이 있는 게 싫어 아침 일찍 집을 나왔으면서 실버힐까지 와서 아빠 생각을 하고 있다는 사실이 불쾌했다. 그 순간 문득 옆에서 걷는 다원과 눈이 마주쳤다. 시선이 닿자 다원이 웃었다. 루미는 따라 웃긴 했지만 어쩌면 갑자기 아빠 생각이 난 게 다원 때문인지도 모른다는 원망이 들었다. 아까 다원이 러너 할아버지에게 자신을 인사시켜 주었을 때 그냥 '프리메라에 다니는 루미 헌터'라거나 '제이 아저씨의 조카'라고만 해 주길 바랐다. '조이 아저씨의 딸'이라는 소개는 자신의 어느 면도 만족스럽게 설명해 주지 못하는 가장 빈약하고 왜곡된 수식어였다.

"루미야, 어떠니? 여기가 마음에 드니? 노인들이 많다는 점만 빼면 그렇게 나쁘지는 않지?"

점심 식사를 마치고 가볍게 나온 산책이 어느새 마을 투어로 이어지고 있었다. 루미는 고급 주택이 길게 늘어선 마을 전경을 둘러보며 대답했다.

"네, 정말 멋져요. 노인 분들이 많은 것도 잘 모르겠어요. 저희 집보다도 훨씬 활력이 느껴지는걸요."

러너 할아버지가 웃으며 말했다.

"그렇게까지 치켜세울 건 없단다. 아무리 훌륭한 곳도 자기 집보다 좋을 순 없지."

루미는 그 생각에 결코 동의하진 않았지만 굳이 이의를 제기하지는 않았다. 아들은 문교부 차관이고 손자는 프라임스쿨 학생인 러너 할아버지 같은 사람에게는 집이 이 세상에서 가장 훌륭한 곳일 테니까. 그런 생각이 들자 곧은 다리로 햇빛 아래를 똑바로 걷는 당당한 러너 할아버지와 방에 틀어박혀 우울한 일요일을 보내고 있을 자기 할아버지를 자연스레 비교하게 되었다. 자신이 이룬 영광이 아들 세대로 이어지지 못한 할아버지와 달리 러너 할아버지는 후손들의 성취 덕분에 나이를 먹은 지금까지도 여전히 1지구의 중심부에 있었다.

루미는 존경과 부러움을 담아 말했다.

"할아버지는 정말 건강해 보이세요. 저희 할아버지는 이제 혼자 힘으로는 잘 걷지도 못하시고 기억도 다 잃었는데."

"헌터 씨 병세는 니스에게 종종 전해 듣고 있단다. 참 유감이구나."

"저희 할아버지를 보면 사람이 인생에 휘둘린다는 말이 이해가 돼요. 이제 할아버지 뜻대로 할 수 있는 게 아무것도 없으니. 저희 할아버지는 삶에 완전히 잡아먹혀 버리신 것 같아요."

"루미야, 너무 비관적으로 생각하지는 마라. 병은 병일 뿐이지, 그게 헌터 씨의 본질까지 무너뜨릴 수는 없단다. 젊고 건강했을 때의 헌터 씨 삶을 생각해 보렴. 그땐 완전히 인생을 지배하지 않았니? 그때 너무 많은 기력을 쏟은 탓에 조금 일찍 휴식기에 들어가신 건지도 모르지."

생각하긴 싫지만 러너 할아버지의 말을 듣자 어쩔 수 없이 또 아빠 생각이 났다.

"아빠도 그런 비슷한 얘기를 했어요. 젊어서 너무 높이 난 탓에 나이가 들어서 다른 사람보다 더 밑으로 떨어진 거라고."

"그 말은 좀 그렇구나. 노인이든 젊은이든 사람이 병이 들었다고 밑으로 떨어지는 건 아닌데."

루미는 러너 할아버지가 날카롭게 간파한 점에 적극 동의했다.

"그렇죠? 아빠는 묘하게 할아버지를 깎아내리는 경향이 있거든요. 할아버지가 젊어서 가정보다 일에 더 많은 시간을 할애한 게 지금까지도 불만인가 봐요. 우습죠? 어린애도 아닌데 그런 걸 이해 못 하다니."

"자식 입장에서는 충분히 그렇게 생각할 수도 있을 거다. 나도 일에 빠져 가족을 소홀하게 여기던 때가 있었는데, 돌이켜 보면 아내와 니스에게 미안한 점이 참 많으니까. 그 짧은 시절이 자식이 가장 크게 변화하는 때였는데 왜 그때 옆에서 지켜봐 주지 못했는지 하고 말이야. 아마 니스도 나에게 서운한 점이 많을 거다. 루미 네 아빠도 그런 심정인 거겠지."

루미는 확고하게 "전 달라요."라고 대답했다.

"전 만약 제 아빠가 역사에 남는 종군 사진기자였다면, 1년에 한 번, 아니 10년에 한 번밖에 못 만나는 한이 있더라도 아빠를 정말 자랑스러워했을 거예요. 휴일에 애들이랑 공원에 가서 공이나 차고 연이나 날리는 것보단 세상을 바꾸는 일에 동참하는 게 훨씬 값진 일이잖아요. 아빠가 할아버지를 자랑스러워하지 않는 건 아빠가 지나치게 안전 지향적인 사람이라서 그런 거예요. 이상하죠? 그렇게 용감한 할아버지 밑에서 아빠 같은 소심한 사람이 태어났다니."

러너 할아버지가 웃으며 "루미 네 미래가 자못 기대되는구나." 하더니 이어 말했다.

"그런데 말이지, 이 세상엔 같은 방향으로 가는 부모 자식이 있는가 하면 정반대의 방향으로 가는 부모 자식도 있단다. 그걸 가지고 한쪽이 맞으니까 다른 쪽은 그르다고 할 순 없지. 각자의 인생에 충실하기만 하다면 어느 쪽으로 가든 그게 옳은 거니까. 루미 아빠는 법원 서기라고 알고 있는데, 그것도 종군기자 못지않게 훌륭한 일 아니니? 정의와 진실을 다루는 일이니까."

루미는 냉소를 섞어 대꾸했다.

"정의와 진실을 다루는 건 변호사, 검사, 판사이고, 아빠 이미 결정 난 판결문을 그대로 옮겨 적는 것뿐이에요. 전 아빠가 세상에 영향을 끼치고 변혁을 일으키는 일을 하는 사람이면 좋겠어요. 남의 결정을 따르는 게 아니라 자기가 결정하는 사람요. 저희 할아버지나 니스 아저씨처럼."

루미는 그러면서 다원을 부러운 눈길로 바라보았다. 다원은 아버지 칭찬을 듣는 게 쑥스러운지 말없이 미소만 지었다. 다원은 겸손했다. 루미는 그 점을 높이 샀다. 프라임 보이가 거만해지려면 얼마든지 거만하게 굴 수 있었고 사회 분위기도 그것을 너그럽게 용인했다. 오히려 적당한 오만함은 그들 특유의 정체성이었다. 그런 현실을 감안해 볼 때 권력자 아버지를 두고 특권층 집단에 속해 있으면서도 일반 학교에 다니는 평범한 학생처럼 행동하는 다원은 연구 대상으로 삼아야 할 정도로 희귀했다.

그러나 루미는 다원의 소박한 성품에 감탄하면서도 다른 한편으로는 어쩌면 다원은 자신이 가지고 있는 것들의 위상을 제대로 인지하지 못하고 있기 때문에 겸손한 것일지도 모른다고 생각했다. 성에 사는 왕자님은 자신의 부모와 집이 얼마나 대단한 것인지 알 수 없을 것이다. 하루아침에 왕관을 빼앗기고 성에서 쫓겨나지 않는 한.

러너 할아버지가 말했다.

"루미 네 나이 때는 그런 생각을 하는 게 당연하겠지. 인생에서 꿈을 가장 많이, 가장 크게 꿀 나이니까. 세상 모든 게 부족해 보이고, 잘못된 건 다 바꾸고 싶고, 그런 일을 하지 않는 어른들은 다 모험심을 잃은 패자로 여겨질 테지."

루미는 다윈에 대한 생각을 멈추고 러너 할아버지에게 물었다.

"할아버지도 제 나이 때 그런 생각을 하셨어요?"

"그랬던 것 같구나."

"할아버진 세상을 어떻게 바꾸고 싶으셨는데요? 이 세상이 어떤 곳이 되길 바라셨어요?"

깊은 생각에 잠긴 듯 러너 할아버지는 가로수 세 그루를 지나치는 동안 아무 말이 없었다. 루미는 할아버지가 이야기를 다시 시작할 때까지 잠자코 기다렸다. 지나온 시간이 긴 만큼 옛 시절로 돌아가기 위해선 많은 시간이 필요할 것이다.

잠시 뒤 할아버지는 "글쎄다." 하며 입을 뗐다.

"세월이 많이 지나서 그런지 어떤 세상을 바랐는지는 잘 모르겠구나. 그저 막연하지만 강렬하게, 어떻게든 바뀌어야 한다고 생각했지."

루미는 "막연하지만 강렬하게, 어떻게든." 하고 할아버지의 말을 똑같이 따라 했다. 멋진 말이었다.

"할아버지 어린 시절은 그 말처럼 멋있었을 것 같아요. 60년 전쯤인가요? 할아버지가 저희 나이였을 때가. 궁금해요. 할아버진 어떤 아이였어요?"

러너 할아버지의 이마에 주름이 만들어졌다.

"내 어린 시절?"

"네, 할아버지의 차일드후드요. 그땐 어땠어요?"

누가 버렸는지 모르는 큰 후드를 뒤집어쓴 채 뭔가를 찾아 하루 종일 걷기만 했다. 찾는 게 빵일 때도 있고, 밑창이 떨어지지 않은 신발일 때도 있고, 누가 피우다 버린 담배꽁초일 때도 있었다. 다를 건 없었다. 그저 배가 고프면 빵을 찾고, 발바닥이 시리면 신을 찾고, 지독하게 외로우면 담배꽁초를 찾았을 뿐이니까. 내일은 생각할 틈도 없이 오직 이 하루 동안 살아남는 게 유일한 목표였던 나날들…….

내 부모는 어디 있었던 걸까. 아니, 아니지. 그땐 그런 걸 궁금해하지도 않았다. 처음부터 부모는 없었으니까. 처음부터 없었던 것에 의문을 가질 수는 없다. 그냥 단순하게 어떤 인간은 부모 없이 혼자서 태어날 수도 있는 존재라고 짐작했다. 그 어떤 녀석이 나였고…….

주위에 있는 모든 아이들이 고아였기 때문에 고아가 불행한 건지도 몰랐다. 고아원 원장은 매일 우리를 때렸다. 그러나 부모가 있는 애들이라고 다를 건 없었다. 그 애들 역시 자기 아버지에게 "쥐새끼보다 쓸모없는 놈."이라는 욕을 들으며 거리로 쫓겨나곤 했으니까. 우리는 고아원 담벼락에 기대서서 부모가 있는 그 애들을 불쌍하다고 조롱했다.

열두세 살쯤에 이미 9지구의 모든 어른들과 대등해졌다고 생각했다. 그들이 하는 짓은 나도 다 할 수 있었다. 담배를 피우고, 여자와 자고, 종종 죽을 생각을 하고. 훗날 내 양어머니가 되어 주신 분이 첫 만남에서 나를 안아 주며 "아직 이렇게나 어린데." 했을 때, 처음 느껴 보는 보드라운 손길보다도 그 말에 더 충격을 받았다.

어리다고? 내가 어린아이라고?

내가 어린아이였다니…….

열여섯, 그래, 지금 다원의 나이에 나는 내가 가진 유일한 옷이었던 검은 후드를 벗고 양부모님이 주신 옷으로 갈아입었다. 세상에 그렇게 복잡한 옷은 태어나 처음 봤다. 목에서 허리까지 줄줄이 달린 단추에 바늘귀보다 더 조그만 구멍이라니. 그 구멍 안에 단추를 일일이 집어넣느라 얼마나 애를 먹었는지 모른다. 빳빳한 셔츠 목 칼라에 넥타이를 둘러매는 일은 아무리 봐도 마술사가 부리는 묘기 같았다. 넥타이는 지금도 잘 매지 못한다.

그러고 보니 니스가 어렸을 때 넥타이가 잘 매어지지 않는다며 나에게 대신 매 달라고 부탁했던 게 기억난다. 그때나는 넥타이를 손봐 주는 대신 뒷짐을 지고 서서 사내는 그런 자질구레한 것에 연연해서는 안 된다고 훈계했다. 마음 같아선 근사하게 넥타이를 매 주고 싶었지만 아들 앞에서 그것 하나 제대로 못하는 아비가 되기 싫어 일부러 더 엄하게 대한 것이다. 이후로 니스는 나에게 한 번도 같은 부탁을 하지 않았다. 그러고는 언제부터인가 제 힘으로 아주 멋지게 넥타이를 매기 시작했다. 미안하기도 하고 대견하기도 했다. 니스는 제 어머니를 닮아 나와는 비교가 되지 않게 천성적으로 훌륭한 아이였다.

양부모님을 만나 새 삶이 시작되었지만 후드는 버리지 않고 침대 밑에 두고 지냈다. 언제 이 완벽한 세상에서 쫓겨날지 모른다고 겁을 먹었기 때문이다. 그때가 되면 부드러운 감촉의 파자마를 반납하고 그 지긋지긋한 후드를 다시 입어야 할 테니.

어느 날, 그것을 발견한 어머니가 "러너야, 이건 더 이상 필요 없잖니." 하면서 후드를 버리려고 했다. 나는 후드가 없으면 알몸으로 쫓겨나게 될까 봐 두려워 "버리면 안 돼요!"라고 외쳤다.

어머니는 나를 안타깝게 바라보며 머리를 쓰다듬어 주었다.

"추억이 깃든 옷이라서 그러는구나."

추억? 뭐, 악몽도 깨고 나면 추억이 될 수 있겠지.

다음 날, 어머니는 후드를 깨끗이 세탁해 와서는 말했다.

"후드는 이 상자에 넣어서 다락방에 올려 두자꾸나. 가끔 생각날 때만 꺼내 보고. 하지만 그럴 일은 없었으면 좋겠구나."

그 후로도 한동안 불안에 떨며 살았지만 어머니 말대로 다시 그 후드를 꺼내 입을 일은 생기지 않았고, 몇 년이 지나자 아예 후드의 존재 자체를 잊어버렸다. 어느 상자에 넣어 놓았는지도 기억나지 않는다. 아마 이사 다니는 동안 사라져 버렸겠지. 후드는 그렇게 내 인생에서 완전히 자취를 감추었다. 어린아이가 아니었던 내 '차일드후드'와 함께.

열여섯, 나는 비로소 제대로 된 어린아이로 다시 태어났다. 양부모님은 교육도 받지 못하고 문명화도 안 된, 몇백만 년 전의 원시 인류나 다름 없는 나를 정성껏 가르쳤다. 두 분을 실망시키지 않기 위해 나는 죽어라 공부했고 그러는 동안 1지구 6학년생보다 작았던 체격도 부모님의 사랑으로 점점 커졌다. 그리고 어느 날 드디어 나는 학교에 다니게 되었다. 후드가 아닌 교복이 어울리는 어엿한 학생이 된 것이다.

양부모님의 존재를 통해 나는 부모가 얼마나 위대한 이름인지를 깨달았다. 양부모님의 가르침을 통해 나는 한 인간이 이루어 낼 수 있는 게 얼마나 많은지에 대해 눈을 떴다. 추운 겨울, 빵이나 신발, 담배꽁초를 찾아 하루 종일 헤매는 인생 대신 따뜻한 방에서 공부하고, 부모님을 존경하고, 생일 선물로 무엇을 받을지 고민하는 삶을 알게 되었다.

새 인생을 얻은 뒤 나는 내 죄를 깨우쳤다. 왜 이 올바르고 훌륭한 세상을 그렇게 증오하고 바꾸려고 했던 걸까. 왜 부모님같이 인자한 사람들을 우리의 적이라 생각하고 죽이려 했던 걸까. 진짜 바뀌어야 할 것은 저 아래쪽의 비열한 세계인데. 진짜 죽어야 할 사람들은 나를 꼬드긴 그 사람들인데.

나는 매일 밤 울었다. 그 진정 어린 눈물과 부모님의 용서로 내 눈에 쌓였던 검은 더께들은 차츰 녹아내리기 시작했다.

"네? 할아버진 어떤 아이였어요?"

열여섯, 나는 드디어 밝은 눈동자로 세상을 바라볼 수 있게 되었다. 새로 얻은 깨끗한 눈으로 바라본 1지구는 별빛이 아름답게 빛나고, 네온강은 평화롭게 흐르고, 집집마다 따뜻한 빛과 웃음소리가 새어 나오는 완벽한 세상이었다.

"이 세상을 다 바꾸고 싶어 하는 어린아이였나요?"

세상을 바꾸는 일?

루미야, 그건 어린아이들이 꾸는 하룻밤의 몽상일 뿐이란다. 갖고 놀던 장난감이 지루해 발로 부수어서 재조립하는 것과 비슷하지. 아이들은 잠깐씩 그래도 돼. 어차피 금방 꿈에서 깰 테니. 하지만 나이를 먹고도 그 꿈에서 깨어나지 못하고 있는 사람이 있다면, 주의하고 경계해야 한단다. 이 완벽한 세상을 바꾸려 한다면 그건 용서할 수 없는 반란이고 폭동이니…….

러너 할아버지는 상념에 잠긴 듯 말없이 나무만 올려다

보고 있었다. 루미는 추억에 빠진 할아버지를 대신해 자신이 추측하고 있는 바를 먼저 이야기했다.

"그럼 제가 한번 맞혀 볼까요? 할아버진 왠지 부모님이 읽지 말라는 책을 침대에 숨겨 두고 읽는 학생이었을 것 같아요. 1지구 말고 다른 세상에서 일어나는 일이 궁금해서 밤에 몰래 집을 나가기도 하고요. 모험가가 되길 꿈꾸면서요."

할아버지는 드디어 입가에 웃음을 머금고 대답했다.

"하도 오래전이라 이젠 기억이 가물가물하구나. 그런데 사실 난 부모님을 무척 존경했기 때문에 두 분을 실망시킬 일은 하고 싶지 않았단다. 오히려 어떻게 하면 그분들의 마음에 들지 전전긍긍해졌지. 불량한 책을 읽기보다는 아버지가 추천해 주신 과학 전집을 읽고, 몰래 집을 나가기보다는 학교가 끝나면 곧장 집으로 오는 그런 아이였단다. 초인종을 누르고 어머니가 문을 열어 주시길 기다리는 동안엔 항상 가슴이 두근거렸지. 매일매일 깜짝 생일 파티가 기다리고 있는 것처럼. 세상에서 부모님을 가장 사랑했고 집이 정말 좋았어. 그렇게 좋은 집을 두고 다른 곳에 가는 건 상상해 볼 수도 없었단다."

루미는 믿을 수가 없어 목소리를 높였다.

"절 놀리려고 거짓말하시는 거죠?"

할아버지는 "축소도 거짓말의 일종이라면 그렇겠지."라며 어깨를 으쓱하더니, 곧 진지한 얼굴로 "이건 그때의 감정을 백 분의 일로도 담아내지 못한 거란다."라고 덧붙였다. 루미는 러너 할아버지의 이마에 깊게 팬 주름과 왼쪽 뺨 한가운데에 있는 희미한 흉터를 바라보았다. 처음 만났을 때 악수를 한 순간부터 눈에 들어왔던 것이었다.

"제 예상을 완전히 빗나갔어요. 전 할아버지가 틀림없이 모험심 넘치는 반항아였을 거라고 생각했거든요. 어떤 책에서 그랬어요. 이마에 주름이 많은 노인은 젊어서 고뇌를 많이 한 사람이니 그의 삶을 더 존중해야 한다고. 학교가 끝나고 곧장 집에 오길 좋아하던 모범생이 어떻게 그런 주름을 가질 수 있는 거죠?"

할아버지는 손가락으로 자신의 이마 주름을 톡톡 치면서 웃었다.

"이런 건 늙으면 누구에게나 생기는 거란다. 특히 눈을 이렇게 치켜뜨는 버릇이 있는 나 같은 사람은."

루미는 걸음을 옮기며 말을 이었다.

"할아버지 부모님이 어떤 분들이셨는지 궁금해요. 얼마나 훌륭하시기에 할아버지가 그분들을 실망시키지 않으려고 집에 일찍 왔다고 할 정도인지. 전 상상도 할 수 없는 일이거든요."

러너 할아버지는 조금의 망설임도 없이 "정말 훌륭한 분들이셨지."라고 확답한 뒤 덧붙였다.

"그런데 부모님에 대한 존경은 사실 두 번째 이유고, 내가 그런 아이로 컸던 건 무엇보다 나 스스로가 그런 삶을 원치 않았기 때문이었단다. 난 부모님이 읽지 말라는 책을 숨겨 두고 읽을 만큼 독서광도 아니었고, 솔직히 말해 지금도 책과는 친하지 못하지. 밤에 집을 나가 봤자 특별한 일도 없다는 것을 진즉에 알아 버렸단다. 추운 겨울 거리에서 떨며 보내는 밤보다 따뜻한 불이 켜져 있는 집이 훨씬 특별하다는 걸 말이야."

"할아버진 꼭 추운 겨울밤을 거리에서 지내 본 적이 있는 사람처럼 얘기하시네요."

러너 할아버지는 "그렇게 들렸니?" 하고 호탕하게 웃었다.

"원래 내 나이쯤 되면 자신이 살아 보지 않은 삶도 어느 정도 추측할 수 있는 법이란다."

이런저런 이야기를 하는 동안 발걸음은 벌써 마을 끝에 있는 공원을 돌아 다시 집으로 향하고 있었다. 루미는 할아버지가 다윈에게 "오늘은 정말 기분이 좋구나. 다윈 네가 오는 것만으로도 좋은데, 이렇게 훌륭한 친구까지 데려왔으니 말이야." 하는 말을 들으며, 비로소 자신의 가치를 제대로 알아주는 곳에 왔다는 생각이 들었다. 집에서라면 우울하게 보냈을 일요일이 자신의 방문을 진심으로 기뻐해 주는 사람들의 환영 속에서 생동감 있는 색으로 되살아나고 있었다.

그렇게 걸어가고 있는데 이웃한 집들마다 우편함 지붕 위에 나무로 만든 조각품이 붙어 있는 것이 눈에 띄었다. 루미는 호기심이 일어 그것이 뭐냐고 러너 할아버지에게 물었다.

"아, 저거 말이구나. 지난번 마을 회의에서 '마을 경관 꾸미기'라는 걸 논의했는데, 거기에서 나온 프로그램 중 하나란다. 소일거리 삼아서 각자 조각품 하나씩을 만들어 자기 집 우편함 지붕을 장식하는 거지. 저래 봬도 전문 조각가를 마을로 초빙해서 강습을 받고 만든 거란다. 덕분에 평생 못질 한번 해 보지 않고 산 위인들이 만든 것치고는 썩 괜찮은 편이지?"

장식품들을 흥미롭게 살펴본 뒤 "할아버지는 뭘 만드셨어요?"라고 묻자 할아버지는 "난 안 만들었단다."라고 대답했다. 루미는 다시 물었다.

"왜요?"

그러자 할아버지는 웬일인지 쓸쓸한 미소를 지으며 말했다.

"지난달엔 경황이 없어서……."

루미는 갑자기 외로운 표정으로 돌변한 할아버지의 모습이 무엇 때문인지 궁금했지만, 오늘 처음 만난 나이 많은 사람의 사생활을 무례하게 캐물을 생각은 없었다.

루미는 할아버지의 쓸쓸함을 못 본 척 활기차게 제안했다.

"그럼 오늘 만드시는 건 어때요? 다른 집들은 다 했는데 할아버지만 뒤처져서는 안 되잖아요. 저랑 다윈이 도와드릴게요. 그렇지, 다윈?"

다윈도 단번에 "좋아."라고 답했다.

집으로 돌아와 러너 할아버지가 조각에 필요한 연장들을 지하실에서 꺼내 가지고 정원으로 나왔다. 주민 센터에서 나누어 주었다는 조각용 통나무는 지난달 할아버지의 사정을 보여 주듯 새것 그대로였다.

루미는 할아버지에게 물었다.

"어떤 걸 만들고 싶으세요?"

러너 할아버지가 손에 든 칼을 능숙하게 빙글빙글 돌리며 말했다.

"무엇보다도 집에 찾아오는 손님들을 기분 좋게 해 주는 것이었으면 좋겠구나. 우체통에 장식해 놓는 것이니까 좋은 소식도 많이 가져올 것으로 말이야. 그런 게 뭐가 있을까?"

루미는 곰곰이 생각에 잠겼다가 "비둘기 어때요?"라고 제안했다. 할아버지가 "비둘기?"라고 되물었다.

"네, 옛날엔 비둘기가 편지를 전달해 주기도 했잖아요. 우편함이랑 잘 어울리지 않을까요? 네 생각은 어때, 다윈?"

다윈이 고개를 끄덕였다.

"맞아, 그래서 비둘기를 전서구라고 부르기도 했지?"

할아버지는 흡족한 얼굴로 "편지를 전해 주는 비둘기라니, 그보다 좋을 순 없지. 역시 루미는 영특하구나." 칭찬하며 덧붙였다.

"난 루미가 무척 마음에 드는구나. 앞으로도 계속 봤으면 좋겠다. 자주 놀러 오렴."

루미 역시 자신의 진가를 제대로 알아봐 주는 러너 할아버지가 마음에 들었다. 더불어 할아버지가 누리고 있는 이 모든 영광도.

흉터

늦은 오후가 되어 니스는 실버힐로 돌아왔다. 하늘엔 벌써 노을이 내려앉으려 하고 있었다. 평소라면 걸음을 멈추고 자연이 그리는 풍경화에 갖가지 생각을 했겠지만 오늘은 그런 감상을 하고 있을 만한 마음의 여유가 전혀 없었다. 일요일을 갑갑한 관청에서 보낸 탓인지 컨디션이 좋지 않았다. 머릿속도 전혀 정리되지 않았다. 아버지와 온종일 같이 있는 게 싫어서 도망치다시피 나간 것인데, 정작 사무실에 가서는 계속 아버지 생각이 났다. 다시는 이 집에 오지 않겠다고 큰소리를 쳐 놓고 다시 찾아온 내가 아버지는 얼마나 우스웠을까? 제 풀에 지쳐 고개를 숙이고 들어오는 꼴을 보고 승리감을 느꼈을지도 모른다.

다윈만 아니었다면 절대 이렇게 물러서진 않았을 것이

다. 아버지 집에 가는 건 오직 다윈을 위해서였다. 지난달
에 이어 이번 달에도 할아버지 집에 가지 않겠다고 하면 다
윈이 분명 자기가 없는 사이에 일어난 일들을 궁금해할 터
였다. 다윈이 아버지에게 의견을 구해 둘이서 함께 이야기
를 거슬러 올라가다 보면 아버지 입에서 지난달 자신이 이
곳에 와서 난동을 피운 사실이 나올 거고, 아버지도 궁금해
하던 차에 역으로 '다윈이 어떻게 그걸 알게 된 건데요'라
는 뜻이 무엇이냐고 물을 것이다. 다윈도 처음엔 그 뜻을 모
를 것이다. 그러나 사건의 날짜를 맞추다 보면 결국엔 후드
를 찾았던 일에 이르게 될 것이다. 만약 다윈이 아버지에게
"할아버지 지하실에서 찾은 후드를 '오래된 것들' 행사에
낸 게 조금 문제가 되었어요."라는 말을 하게 된다면…….
그런 일을 만드느니 이 정도에서 자기가 먼저 아버지와 타
협하는 편이 나았다. 아버지가 가장 사랑하는 존재인 다윈
을 못 보게 함으로써 아버지에게 가장 고통스러운 벌을 내
리고 싶었지만, 어쨌든 우연찮게도 다윈이 친구와 약속을
잡은 덕에 한 번은 그 목적을 이루었고, 후드에 관해선 자신
이 오해한 것이기도 하니.

니스는 차에서 내려 정원으로 들어섰다. 하루에 아버지
집을 두 번이나 들어서는 것에 자괴감이 들었다. 꼭 큰소리
를 치고 집을 박차고 나간 아이가 밤이 돼 갈 곳이 없어 슬그
머니 돌아오는 모양새였다. 그러나 니스는 울타리를 넘은
다음부터는 그런 유치한 감정은 깨끗이 지워 버리기로 했

흉터

다. 자신이 아무 일도 없었던 것처럼 행동하는 한 아버지도 다윈을 생각해 그 일을 다신 꺼내지 않을 것이다. 우습지만 가정의 평화란 상당 부분 이렇게 한쪽의 묵인과 다른 쪽의 동조로 유지되는 것인지도 모른다.

집을 향해 걸어가는데 테라스 쪽에서 이야기 소리가 들렸다. 더 가까이 걸어가니 벤치에 앉아 뭔가에 열중해 있는 아버지와 다윈 그리고 루미의 모습이 눈에 들어왔다. 노을이 그 풍경을 한 장의 빛바랜 사진처럼 만들어 놓고 있었다. 그 순간 니스는 문득 스스로에게 의문이 들었다.

그런데 난 오늘 아버지를 피해 도망간 걸까, 아니면 저 아이를 피해 도망간 걸까……

자기를 향한 시선을 느꼈는지 루미가 고개를 들고 "아저씨." 하고 반갑게 인사했다. 니스는 굳은 얼굴을 미처 풀지 못해 가볍게 고개만 끄덕였다. 곧이어 다윈이 "아버지, 언제 오셨어요?" 하며 환하게 웃었다. 니스는 그제야 미소를 지으며 테라스로 다가가 "뭐 하는 거니?"라고 물었다.

"우편함을 장식할 조각상을 만들고 있어요. 마을에서 다함께 하기로 했는데 할아버지만 아직 못 하셨대요."

니스는 바닥에 어질러진 공구들을 둘러보았다. 다윈이 손에 들고 있는 조각칼이 위험해 보였다. 다윈은 아직 아이였다. 칼을 만져 본 적도 없으니 조금만 방심해도 칼날이 어긋나 손이 베일 것이다. 루미가 다치는 일 역시 신경 쓰였다. 하나밖에 없는 소중한 딸의 몸에 상처가 난다면 조이에게 미안한 일이었다.

니스는 쓸데없는 일을 벌였다고 비난하고 싶은 감정을 완전히 억누르지 못한 채 낮은 목소리로 물었다.

"뭘 만드는 데 세 사람이나 필요한 거니? 할아버지 혼자서 해도 충분할 텐데."

"안 그래도 제일 중요한 비둘기는 할아버지가 만들고 계세요. 전 비둘기 둥지, 루미는 알을 만들고요."

"비둘기?"

니스는 아버지 손에 들린 작은 새 조각을 힐끗 보았다. 아마추어가 만든 것치고는 제법 그럴듯한 형상을 갖추어 가고 있었다.

루미가 손에 든 나무 조각을 들어 보이며 말했다.

"아직은 알 같지 않죠? 모서리를 더 다듬어야 해요. 그런데 할아버지는 정말 잘 만드시죠? 조각칼이 두 개밖에 없어서 저희한테 주시고 그냥 칼로 하시는 건데도 전문가처럼 능수능란하세요."

니스는 자기도 모르게 쓴웃음이 나왔다. 1지구 아버지들 중 저렇게 칼질에 익숙한 사람은 없을 것이다. 저렇게 손등에 자잘한 흉터가 많은 사람도 없을 것이다. 만년필을 너무 오래 쥐어 손가락 마디에 생긴 굳은살이라면 모를까. 감추려 해도 인간의 출신은 결국 걷는 자세나 무심코 쓰는 단어, 넥타이를 매는 솜씨 같은 것을 통해 자기도 모르게 드러나는 법이었다.

그때였다. 아버지가 갑자기 짧은 비명을 지르며 조각품과 칼을 손에서 떨어뜨렸다. 니스는 깜짝 놀라서 아버지를 돌아보았다.

"괜찮으세요?"

아버지는 손으로 한쪽 눈을 가린 채 웃으며 말했다.

"아무것도 아니다. 칼날이 눈 밑을 살짝 스쳤어. 어두워서 가까이 보려다가 잠깐 방심했구나."

"손을 치워 보세요."

니스는 칼날이 스치고 간 아버지 눈가를 살펴보았다. 피가 조금 흐르긴 했지만 다행히 눈에는 아무 이상이 없었다. 니스는 주머니에서 손수건을 꺼내 피를 닦았다. 아버지는 "괜찮대도."라고 중얼거리면서도 그대로 얼굴을 맡기고 있었다.

루미가 걱정스러운 목소리로 말했다.

"같은 쪽에 또 상처가 나서 어떡해요? 흉터가 생기면 안 될 텐데."

니스는 순간 쥐고 있던 손수건을 더 꽉 쥐었다. 아버지가 뺨에 난 상처를 더듬으며 웃었다.

"아, 이거 말이구나. 그래도 이건 영광의 상처란다. 여기 니스 차관의 숙제를 해 주다가 얻은 것이니."

"숙제요? 무슨 숙제였기에 상처까지 생길 정도였어요?"

"그게 열대여섯 살 때였던가, 학교 숙제로 무슨 과학 실험인가를 해야 한다 해서 같이 했는데, 그때 잘못해서 강산

이 얼굴에 튀었지."

니스는 손수건을 짓누르며 대꾸했다.

"실수였어요."

"그래, 그래서 영광의 상처라고 하지 않나. 아들 공부를 위해서라면 아비가 그 정도 위험은 감수해야지. 고맙게 생각한단다. 덕분에 병원에도 가지 않고 큰 점을 지웠지 않냐?"

그 순간 루미가 호기심 어린 목소리로 물었다.

"점이 있으셨어요?"

"그래, 루미 네가 말한 이 흉터가 옛날엔 큰 점이었단다. 생긴 게 특이해서 어릴 때 친구들이 웃긴 별명을 붙여 줬지. 뭐랬더라, 독수리였나? 아니, 독수리는 아니었던 것 같고……."

니스는 아버지의 얼굴에서 손수건을 떼며 다원과 루미에게 말했다.

"아무래도 상처를 소독해야 할 것 같구나. 잘못했다간 염증이 생길 수도 있으니. 둘이 가서 애나 아주머니께 구급상자 좀 찾아 달라고 하겠니? 그리고 오늘은 여기까지 하는 게 좋겠다. 밖이 이렇게 어두워지고 있는데 또 다치는 사람이 나오지 말란 법이 없지. 오늘은 루미도 있는데 너무 늦으면 안 되니까 집에 갈 준비들 하고 있으렴."

다원과 루미가 집 안으로 들어가고 나자 아버지가 뒤늦게 "이 정도 가지고 소독은 무슨."이라고 말했다.

해가 넘어가면서 연장과 나무 파편으로 뒤덮인 테라스

바닥에 짙은 그림자가 지고 있었다. 투박하고 거친 게 아버지의 본질에 그대로 들어맞는 풍경이었다.

니스는 낮은 목소리로 말했다.

"애들 앞에서 옛날 일은 꺼내지 마세요. 아니, 애들뿐만 아니라 누구 앞에서도."

아버지는 영문을 모르겠다는 얼굴로 물었다.

"그게 무슨 말이냐?"

니스는 그때나 지금이나 한 인간이 자신의 과거에 이렇게 뻔뻔할 수 있다는 것에 진저리가 났다. 그 뻔뻔한 인간이 자신의 아버지란 사실에는 더.

니스는 참지 못하고 속에 품은 말을 뱉어 버렸다.

"떳떳이 얘기할 만큼 자랑스러운 과거가 아니란 건 스스로 아실 거 아녜요. 생각 없이 이런 거 만들지 마시라고요."

니스는 바닥에 떨어진 비둘기 조각상을 발로 툭 차 버린 뒤 안으로 들어갔다. 아버지도 이 정도의 벌은 받아야 했다.

프라임 보이

　　　　　버즈는 프라임스쿨 재학생의 평균
신장에 맞춰 카메라 높이를 설정했다. 마음 같아선 높이만
맞출 게 아니라 카메라 뼈대에 살을 붙이고 교복을 입혀 진
짜 한 명의 프라임 보이로 보이게 하고 싶었다. 아이들이 카
메라의 존재를 의식하지 않고 있는 그대로의 모습을 보여
주길 바라는 열망에서였다. 불가능할 것 같았던 관문을 넘
어 드디어 이 교정에 발을 들인 만큼 그들이 보여 주고 싶은
프라임스쿨이 아니라 실제 프라임스쿨과 프라임 보이의 생
활 속으로 들어가야 했다.

　버즈는 카메라 렌즈에 눈을 갖다 댄 뒤, 프라임스쿨에 입
학한 아이가 이 위엄 서린 곳에서 가장 먼저 무엇을 바라볼
지 생각했다. 그러고 있으니 무엇에라도 홀린 듯 렌즈가 저

절로 하늘로 향했다. 자신이 열네 살 프라임스쿨 신입생이었다면 어쩐지 이렇게 교정 한가운데 서서 잠시 하늘을 올려다봤을 것 같은 생각이 들었다.

프라임스쿨의 하늘은 지극히 평정했다. 움직이지 않는 듯 움직이는 구름은 이 세상의 조급함을 초월한 것 같았다. 그에 반해 어디선가 갑자기 렌즈 속으로 날아든 새는 지나치게 애쓰고 있었다. 가장 가뿐해야 할 날개를 힘겹게 퍼덕거리는 모습이 꼭 양어깨에 돌을 매단 것 같았다. 새의 움직임을 좇던 버즈는 문득 이상하다는 생각이 들어 카메라에서 비켜나 맨눈으로 하늘을 바라보았다. 새는 온데간데없었다. 그 순간 버즈는 주머니에서 수첩을 꺼내 머릿속에 스쳐 지나가는 내레이션 문구를 빠르게 옮겨 적었다.

프라임스쿨에서 바라보는 첫 하늘은 손을 뻗으면 닿을 수 있을 만큼 가깝습니다. 프라임스쿨의 일원이 됐다는 것은 꿈꿔 온 이상의 세계가 바로 눈앞에 펼쳐지는 일이기 때문입니다. 그러나 엄격한 기숙사 생활과 과중한 수업, 흐트러지지 않는 동료들에게 지칠 때쯤이면 하늘은 가닿지 못할 세계처럼 높아져 있습니다. 새조차도 그 높이를 이기지 못해 추락해 버릴 것 같습니다. 태양은 긍지와 이상이라는 빛 가장자리에 열등감과 좌절이라는 그늘을 만듭니다. 아침엔 세상에서 가장 훌륭한 인간이 될 기대에 부풀어 잠이 깨지만, 저녁엔 아무것도 이루지 못하는 실패자가 될 거라는 두려움에 잠을 설칩니다.

펜을 멈춘 버즈는 자신이 프라임 보이를 수심에 찬 소년으로 묘사해 놓은 데 스스로 놀랐다. 이 특별한 학교에 다니는 아이들은 일반적으로 자존감이 높고 당당하며, 모두의 사랑을 받는 콧대 높은 엘리트로 여겨지는 게 보통이기 때문이었다. 자신 역시 바로 어제까지만 해도 그런 생각을 가지고 있었다. 버즈는 수첩을 다시 주머니에 넣은 뒤 교정을 오가는 프라임 보이들을 살펴보았다. 그런데 소년 시절에는 들어와 보지 못한 학교를 이렇게 중년이 되어 거닐어 보니 학생들의 빳빳한 셔츠 칼라 속에 감추어져 있는 어떤 불안이 감지됐다.

극심한 경쟁이 주는 스트레스 때문일 수도 있고, 사회와 격리된 곳에서 지내는 갑갑함 때문일 수도 있다. 어쩌면 지나치게 신성성을 띠고 있는 학교 건물을 탓해야 하는지도 몰랐다. 뾰족한 첨탑과 성화가 모자이크 된 창문, 아치형 천장이 드리운 긴 회랑은 웅장하고 아름답지만, 어딘가 사람을 우울하게 짓누르는 데가 있었다. 감성이 예민한 학생들에겐 필요 이상의 죄책감을 불러일으키는 양식인 것이다. 수도원에서 뻗어 나온 뿌리 역시 보이지 않게 학생들의 생각을 경직시킬 터였다.

버즈는 과연 자신이 열네 살에 프라임스쿨에 입학했다면, 이 위압감들을 이겨 낼 수 있었을까 하는 의문이 들었다. 온갖 위대함 속에서 혼자만 보잘것없는 존재가 될지도 모른다는 두려움을 감당할 수 있었을까. 그렇게 생각하니 자신들의 양 날개에 얹어진 돌을 자기 몸의 본래 무게인 양 생각하며 쾌활한 얼굴로 강의실을 오가는 프라임 보이들에게 존경스러운 마음까지 들었다. 그러나 이런 관조적인 감상도 나이가 들어 한 발짝 뒤로 물러선 덕분에 얻게 된 것이지, 자기 자신밖에 볼 줄 모르는 10대 때라면 친구들 얼굴에 드리운 그늘을 결코 알아챌 수 없었을 것이다.

"안녕하세요, 아저씨."

상념에 빠져 있던 버즈는 문득 저쪽 먼 데서부터 자기에게 인사를 하며 다가오는 한 소년을 보고 흠칫 놀랐다. 시간이 되돌려진 것이 아닌 이상 그럴 수 없다는 것을 아는데도 분명 어린 시절 친구의 얼굴이었다. 옛 생각에 지나치게 깊이 함몰된 탓에 아까 새를 봤을 때처럼 또 다른 환영을 보고 있는 걸까.

머릿속이 정리되지 않은 나머지 버즈는 소년이 자기 바로 앞에서 걸음을 멈출 때까지 아무 반응도 하지 못한 채 멀뚱히 바라보고만 있었다. 소년은 그 공백을 자신의 이름을 기억하지 못해 머뭇거리는 것으로 느꼈는지 다시 자기소개를 했다.

"다윈이에요. 지난번에 제이 아저씨 추모식에서 아버지랑 같이 만났는데 기억 안 나세요?"

버즈는 이제야 시간이 되돌려진 것 같았던 상황이 이해가 돼 친구의 아들이 오해하는 일이 없게끔 얼른 해명했다.

"아, 그래그래, 다윈. 미안하구나. 내가 잠깐 딴생각을 하느라."

"일하시는 데 제가 방해했나 봐요. 그럴 줄 알았으면 나중에 인사드리는 거였는데."

버즈는 장난을 섞어 말했다.

"방해는 무슨. 전혀 아냐. 점심으로 생선을 먹을지 고기를 먹을지 고르는 중이었단다."

다윈은 어린아이처럼 웃더니 역시 장난을 섞어 말했다.

"정말 심각한 고민인데요."

버즈는 다윈의 얼굴을 찬찬히 살펴보았다. 제이 추도식에서 인사를 나누었을 때도 느꼈지만, 다윈은 니스 어릴 때와 정말 많이 닮았다. 니스가 나이를 거꾸로 먹어 프라임스쿨 교복을 입고 있는 것이래도 믿을 정도였다. 굳이 다른 데를 찾자면 다윈이 니스보다 조금 더 밝아 보인다는 점이랄까. 물론 니스 역시 기본적으로 명랑한 친구이긴 했지만, 워낙 공상가 기질이 있는 탓에 사춘기를 거치면서는 이따금 우울해하기도 했고, 제이가 죽은 뒤로는 한동안 그늘에 묻혀 지냈다. 그 그늘이 걷힌 뒤에는 아예 다른 사람이 돼 버렸고…….

그러나 다윈의 갈색 눈동자에서는 태생적으로 갖고 있는 빛이 느껴졌다. 마치 한 번도 밤을 무서워해 보거나 악몽을 꾸어 본 적 없는 순수한 어린아이 같았다. 숱하게 다큐멘터리를 찍으며 수많은 인간 군상을 목격한 덕분에 버즈는 순간의 만남으로도 그들이 가진 밑바닥을 들여다볼 수 있는 능력이 생겼다고 자신했다. 이번에도 버즈는 자신의 그 판단력을 확신했다. 지금 눈앞에 있는 이 아이의 얼굴은 '진짜'였다. 프라임 보이들이 쓰고 다니는 가면이 다원의 얼굴에서는 전혀 덜그럭거리지 않았다. 다원은 이 고압적인 지붕 아래에서도 진실로 만족하고 행복해하고 있었다.

그러나 버즈는 그렇게 자신의 통찰력에 자부심을 느끼면서도 단 한 가지, 위대함으로 나아가기 위해 고통을 이겨 내는 대다수의 아이들과, 운명이 선사한 행운을 부여받아 삶에서 고통을 느끼지 않는 한 아이 중에서 어느 쪽을 진정한 프라임 보이라고 해야 하는지는 아직 판단이 서지 않았다.

"감독님, 이쪽 카메라 앵글 좀 다시 체크해 주셔야 할 것 같은데요."

그때 조수 필립이 도움을 요청했다. 버즈는 답을 내지 못한 채 생각이 중단된 것을 아쉬워하면서 카메라 앵글을 재조정했다. 필립에게 몇 가지를 조언해 주고 돌아온 버즈는 다원에게 시간이 있으면 잠깐 교정을 함께 거닐겠느냐고 제안했다. 어쩐지 이대로 다원과 헤어지기가 아쉬웠다.

다원은 학교 이곳저곳을 친절하게 소개해 주었다. 촬영에 앞서 사전 조사를 하기 했지만 프라임스쿨 재학생, 그것도 옛 친구를 그대로 닮은 프라임 보이가 해 주는 안내는 특별한 감상을 불러일으켰다. 추억에서는 진즉에 깨어났지만 버즈는 여전히 옆에서 걷는 다원이 문득문득 니스로 착각

되었다.

다원이 말했다.

"프라임스쿨이 주인공이라니, 어떤 다큐멘터리가 될지 정말 기대돼요."

"나 역시 기대하고 있단다. 내가 과연 어떤 이야기를 만들지."

"그 말씀은 아직 확실히 정해 놓은 틀이 없다는 뜻이에요?"

"정확히 봤구나. 그냥 만들다 보면 저절로 틀이 생길 거라고 생각하고 있지. 뭐, 아예 없어도 상관없고. 액자 따위야 보는 사람 좋으라고 덧붙이는 것뿐이니까."

"예술가들은 그런 마음으로 작업을 하는 거군요. 멋져요."

아이가 해 주는 솔직한 칭찬에 버즈는 도리어 너무 호기를 부렸다는 부끄러움이 들어 태도를 낮추었다.

"물론 최종적으로 프라임스쿨이 제시한 큰 틀에는 당연히 맞추어야지. 어렵게 학교를 공개해 줬는데 계약을 위반할 수는 없으니까. 그런데 이상하게 다들 내 작품에 의심이 많은 모양이야. 이런저런 조건이 많은 걸 보면."

"아저씨 작품이 주로 위험한 곳이 배경인 데 반해 프라임스쿨은 평온하잖아요. 그런데 아저씨가 프라임스쿨을 찍는다니까 어떤 시선으로 여기를 바라볼지 다들 관심이 생기지 않겠어요? 저도 그런걸요."

"그래, 그렇겠지. 그런데 내 눈엔 오히려 여기가 훨씬 위험해 보이는구나. 10대 아이들에게 진짜 극단적인 일은 바이크를 타고 도로를 질주하는 게 아니라 수도원 냄새가 밴 기숙사 학교에서 6년을 견디는 것일 테니까. 어릴 땐 그 의미를 잘 몰랐는데 지금 와 생각하니 다들 어떻게 그 긴 시간을 이겨 내는지 경이로울 정도야. 나 같으면 백번도 넘게 담을 넘고 싶었을 텐데."

그 순간 다원이 갑자기 웃음을 터뜨렸다. 담을 넘었을 거란 말이 프라임 보이에게는 그렇게 우스운 이야기인가 해서 버즈는 고개를 갸웃거렸다.

다원이 웃음이 가시지 않은 목소리로 말했다.

"역시 레오는 아저씨를 그대로 닮은 거였네요."

"그게 무슨 말이니?"

"레오도 그런 말을 했거든요. 어느 날 갑자기 밤에 학교를 나가고 싶은 충동이 들면 나갈 수밖에 없다고요. 레오가 또 그런 일을 벌여도 아저씬 이해해 주실 수밖에 없겠어요."

순진한 다원의 웃음에 버즈는 적당한 미소로 응대했다. 레오가 기숙사를 무단으로 나가서 징계를 받았다는 소식은 아내에게 전해 들었다. 어차피 자기 인생이니 상관할 생각은 없었지만 "한심한 녀석."이라고 혼잣말이 터져 나오는 것까지는 막을 수가 없었다. 그 정도의 자제력도 없어서 프라임스쿨의 명예를 더럽히다니.

가장 기본적인 규율조차 참아 낼 각오도 없는 녀석이 애초에 프라임스쿨은 왜 간다고 했던 걸까. 다원은 레오를 이해해 줄 수밖에 없겠다고 말했지만 버즈는 오히려 아들이 조금도 이해되지 않았다. 창밖으로 나가고 싶은 충동이 이는 것과 그 충동을 제어하지 못해 창밖으로 뛰어내리는 것은 완전히 다른 차원이었다. 생각과 행동 사이에는 땅과 하늘만큼의 차이가 있는 것이다. 누군가가 죽길 바라는 것과 실제로 죽이는 것의 차이처럼.

버즈는 마음속에 이는 상념들을 억누르며 다원에게 말했다.

"지난번에 추도식에서 만났을 때는 잘 모르는 사이인 것 같더니, 어느새 친해졌나 보구나."

"네. 그때 아버지가 아저씨께 그랬잖아요. 자연스럽게 친해질 기회가 있을 거라고. 그 말 때문인지 정말 얼마 뒤에 둘이서 이야기를 나눌 기회가 생겼어요. 그리고 지금은 프라임스쿨에서 가장 친한 친구가 됐고요."

아버지들에 이어 자식들도 친구가 되면 좋을 거라고 말한 게 자기 자신이긴 했지만 막상 다원을 알고 나니 다원과 레오가 함께 있는 모습이 잘 연상되지 않아 버즈는 주의를 줄 겸 말했다.

"행여 레오가 같이 프라임스쿨 담을 넘자는 정신 나간 제안을 할지도 모르니까, 다원 네가 늘 정신을 똑바로 차리고 있어야 할 거다. 저 혼자야 퇴학을 당해도 싸지만 아무 죄 없는 너까지 끌어들이는 건 용서가 안 되니."

"퇴학이라뇨, 절대 그럴 일은 없어요."

"모르는 일이지. 난 이미 레오가 프라임스쿨의 첫 퇴학생이 될 것을 어느 정도 각오하고 있단다. 당장 오늘 레오를 데려가라는 교장 선생님 전화를 받는대도 전혀 놀라지 않을 거야."

다원이 걸음을 멈추며 물었다.

"진심으로 하는 말씀이세요?"

"진심이지."

그러자 다원이 진지하다 못해 심각한 목소리로 말했다.

"그럴 일은 절대 일어나지 않을 거예요. 두고 보세요. 졸업식 날 저랑 같이 학사모를 쓰고 사진을 찍고 있을 테니. 아저씨가 사진을 찍어 주시면 영광일 거예요."

언뜻 화난 얼굴이 된 다원이 버즈는 귀엽고 사랑스러웠다. 친구 일을 자기 일처럼 생각하는 마음은 모든 어른들이 오래전에 잃어버린 보물 중 하나일 것이다.

버즈는 다원의 어깨를 가볍게 쓰다듬으며 말했다.

"레오가 정말 좋은 친구를 얻었구나. 다원, 부디 나중에 어른이 돼도 그 마음을 잊지 말길 바란다. 어린 시절 친구를 잃는 건 자신의 어린 시절 전체를 잃어버리는 것과도 같거든."

우정을 격려하기 위해 한 말이었는데 뱉어 놓고 보니 마치 자신이 그 상실의 가장 큰 피해자인 양 쓸쓸한 기분이 들었다. 바람에 나뭇잎들이 쏠리는 소리가 들렸다. 버즈는 잎이 무성한 나무를 올려다보았다. 햇살에 부딪치는 푸른 잎들이 그보다 더 푸르렀던 옛 시절로 기억을 이끌었다.

그때의 거의 모든 시간은 이 잎들처럼 제이와 니스의 얼굴로 뒤덮여 있었다. 당연한 일이었다. 두 사람이 인생의 첫 친구들이자 마지막 친구들이었으니. 그 뒤로는 친구라고 부를 만한 사람을 한 명도 사귀지 못했다. 고등학교와 대학교에서 많은 사람들을 만났지만 누구에게든 감정을 아꼈고, 적당한 거리를 유지하려 했다. 제이와 니스를 통해 친구의 소중함을 배웠지만 동시에 두 사람에게서 받은 상처가 더 이상 친구를 필요치 않게 만든 것이다.

버즈는 옆에 다윈이 있다는 것도 잠시 잊은 채 오래전 날들로 깊이 빠져들었다. 마음속에 바람이 불어왔고, 자신은 그 바람에 휩쓸려 하루아침에 갑자기 아이에서 어른이 된 것 같았다. 어깨동무를 한 채 같이 노래를 부르고 다녔던 친구들은 다 어디로 가 버렸는지 알 수가 없었다.

"추도식 이후에 저희 아버지랑 따로 만난 적은 없으세요?"

다윈의 목소리를 듣고서야 버즈는 정신을 차리고 다시 걸음을 옮겼다.

"서로 바쁘니까. 다큐멘터리 건으로 공식 서신을 몇 번 교환한 정도지. 프라임스쿨 위원장과 다큐멘터리 감독으로서."

"추도식 때 보니까 어렸을 때는 많이 친하셨던 것 같은데 언제부터 사이가 멀어지신 거예요?"

버즈는 다윈의 질문을 자기 자신에게로 돌렸다. 형제처럼 친했던 친구가 갑자기 타인으로 돌변해 버린 게 언제부터였을까.

"……아마 제이가 죽은 뒤부터였겠지. 친구의 죽음은 어떤 식으로든 남은 사람에게 영향을 미치니까. 나 역시 충격이 컸고 한동안 방황했지만, 제이가 죽은 뒤로 니스는 완전히 다른 사람이 되어 버렸단다."

"다른 사람이라는 게 어떤 뜻이에요?"

"어떻게 말해야 할까……."

버즈는 말끝을 흐리면서 당시의 니스를 회상했다.

"예를 들면, 우리가 열여섯 살이었을 때는 미래에 니스가 교육위원회니 문교부 차관이니 하는 자리에 앉아 있을 거라고는 감히 상상도 못 했단다. 니스는 타고난 공상가였지. 프라임스쿨이니 성적 따위엔 아무 관심도 없었어. 늘 모험가가 되고 싶어 했지. 해리 아저씨처럼 전 세계를 돌아다니며 세상이 감추고 있는 비밀을 들추고 싶다면서 말이야. 지금의 세계가 불평등하다는 말도 곧잘 했지. 책상에 명패를 세워 놓고 하루 종일 사무실에 앉아 있는 관료들을 제일 한심해했고, 분명 더 좋은 세상을 만들 수 있는데 그러지 않는 이유가 뭔지 궁금하다고도 했어. 만약 그때의 내가 지금의 니스를 길에서 마주치면 뒤집어질 정도로 웃어 버릴지도 모른단다. '야, 니스 영 너, 그 고리타분한 양복은 다 뭐야. 이 자식, 넥타이 잘도 맸네.' 하면서. 니스는 창피해서 아마 도망가 버릴걸."

추억에 빠져 갖가지 일화들을 두서없이 쏟아 낸 버즈는 문득 다윈의 기분을 상하게 한 건 아닌지 걱정이 들어 얼른 덧붙였다.

"아, 다윈, 그렇다고 오해는 마렴. 지금 니스가 하고 있는 일을 모욕하는 건 절대 아니니까. 나 같은 사람은 절대 못 오를 훌륭하고 대단한 자리라고 생각한단다. 단지 철없던 어린 시절에는 그런 생각을 했다는 거야. 하지만 누구도 영원히 아이인 채로 있을 수는 없는 법이니 당연히 우리에게도 어른이 되어야 하는 순간이 왔지. 제이의 죽음이 그 문이 되리라고는 전혀 예상하지 못했지만……. 아무튼 그 문을 지나자 니스는 한순간에 어른이 되어 버렸단다. 나 역시 내 방식대로 어른이 됐고. 아마 거기서부터 우리들 길이 갈렸을 거다."

다행히도 다윈은 불쾌해하는 기색 없이 오히려 호기심 어린 눈동자를 빛냈다.

"새로워요, 아버지 어린 시절 이야기는. 아버지는 늘 아버지로만 생각해 왔는데. 제 나이의 아버지라니, 전혀 상상이 안 가요."

버즈가 흐뭇한 미소를 지으며 말했다.

"그게 니스가 훌륭한 아버지라는 증거란다. 아버지는 늘

아버지다워야지. 아들에게 아버지답지 않은 모습을 보이는
사람은 그 이름을 얻을 자격이 없는 거니까."

다윈과 헤어지고 난 뒤, 버즈는 마음속에 충만함과 공허
함이 동시에 이는 것을 느꼈다. 중년의 길목에서 만난 친구
의 아들은 삶이 어떤 식으로 진행되는지 보람을 느끼게 하
면서도 돌아갈 수 없는 자신의 어린 시절에 대한 아픈 회한
을 일으켰다. 그러나 버즈는 굳이 그 이중적인 기분을 떨쳐
내려 노력하진 않았다. 달든 쓰든 어린 시절에서 떨어져 나
온 감정 한 조각은 프라임스쿨을 느끼는 데 의미 있는 향미
를 선사해 줄 테니까.

버즈는 카메라로 프라임스쿨 이곳저곳을 비추고 다녔다.
소년들의 냄새가 물씬 풍기는 기숙사, 학업의 열기가 타오
르다 못해 차가움마저 느껴지는 강의실, 옛 수도원이 소장
했던 고서들을 그대로 간직하고 있는 위엄 어린 도서관, 소
년들의 발자국이 남아 있는 오솔길…….

촬영은 순조로웠지만 프라임스쿨 측과 맺은 촬영 약관
때문에 더 심도 있는 그림을 얻지 못하는 것이 아쉬웠다. 학
교 측에서는 건물 내부를 찍을 때면 반드시 교직원을 동행
하게 했고, 학생들의 학습권을 침해하면 안 된다는 명목으
로 촬영을 단 3회로 제한했다. 상시적인 보조 인력도 한 명
만 허용됐다. 학교의 허가 없이 학생들을 인터뷰하는 것도
금지였고, 학교 규칙을 비난하는 것도 사후 검열 대상이었
다. 따지고 보면 결국엔 학교의 대략적인 풍경을 스케치하

는 촬영만 허가해 준 셈이었다. 필립은 다큐멘터리의 본질도 모르는 관료주의적 발상이라고 비난했다.

"그냥 카메라만 들이댄다고 되는 게 아니라 오래 시간을 들여 바라보다가 마침내 그 시선이 관찰이 아니라 생활이 됐을 때 탄생하는 게 다큐멘터리라는 건데 말이죠. 그렇죠, 감독님?"

필립의 능청에 버즈는 웃음이 나왔다. 그 말은 자신이 가르쳐 준 다큐멘터리 작법이자 창작자로서의 태도였기 때문이다. 실제로 마약 딜러를 하는 8지구 아이들의 이야기를 찍을 때는 석 달을 꼬박 그 아이들과 함께 밥을 먹고, 잠을 자고, 카메라를 숨긴 채 거래하는 곳에 몰래 따라다녔다. 그렇게 했어도 그 아이들이 서 있는 절망의 땅을 반도 채 담아내지 못했으니 단 세 번으로 프라임스쿨 방문을 제한해 놓은 계약에 필립이 불만을 터뜨리는 것은 당연했다. 시작도 하기 전에 미완성의 작품을 예약해 놓은 것이나 다름없달까.

버즈 역시 무리한 스케줄이라고 화를 내긴 했지만 결국엔 학교가 내세운 조건을 받아들였다. 프라임스쿨의 고심을 모른 척할 수 없었기 때문이다. 지금껏 프라임스쿨이 이렇게 깊숙한 곳까지 카메라를 들여보내 준 적은 한 번도 없었다. 이번에도 언론에 공개를 금기시하는 학교 전통을 내세워 얼마든지 촬영 협조를 거절할 수 있었다. 그런 경우엔 어쩔 수 없이 프라임스쿨 교문만 나오는 다큐멘터리를 찍어야 할 거라는 각오까지 해 두었다. 그런데 뜻밖에도 촬영 허가가 쉽게 내려졌고, 약관을 성실히 이행하는 한 학교 측에서도 최대한 협조하겠다는 약속까지 받을 수 있었다. 이 정도면 세 번이 적다고 투덜댈 게 아니라 오히려 세 번이나 학교에 들어올 수 있게 허용해 준 것에 고마워하는 게 공평한 건지도 모른다.

버즈는 물론 그게 누구 덕분인지 잘 알고 있었다. 추도식에서는 부정적인 답변을 해 놓고 결국엔 부탁을 거절하지 못한 마음 여린 친구, 니스의 배려 덕분이었다. 버즈는 니스에게 진심으로 고마웠다. 25년 넘게 만나지 않았어도 한 번 친구는 영원한 친구였다.

버즈가 필립에게 말했다.

"프라임스쿨을 비밀에 싸인 어느 왕조라고 생각해 봐. 수립 이래 한 번도 외세에 문을 열어 준 적 없는 왕조가 우리를 위해 육중한 문을 특별히 세 번이나 열어 주는 거야. 이래도 감격하는 대신 불만을 터뜨린다면 다른 긍정적인 조수를 구하는 게 낫겠지."

"뭐, 왕조까지야……."

필립은 군소리를 하면서도 지시하는 곳을 향해 착실히 카메라를 돌렸다. 버즈도 카메라를 들고 다른 곳으로 향했다. 정해 놓은 틀은 없지만 프라임스쿨에 들어와 보니 마음속에 품고 있던 이상이 저절로 그려졌다. 프라임스쿨의 하늘과, 하늘에 닿겠다는 약속을 이루려는 듯 높이 솟은 첨탑,

첨탑의 그림자가 드리운 맞은편의 회랑 벽, 절대적 메시지가 아른거리는 그 벽 위로 자기 그림자를 늘어뜨리며 혼자 걸어가는 소년. 그 긴 길을 걷는 소년의 마음에 이는⋯⋯.

그때였다.

"다윈이랑 무슨 얘기 했어요?"

버즈는 갑작스러운 목소리에 놀라 뒤를 돌아보았다. 언제 왔는지 레오가 서 있었다.

잡힐 듯했던 이미지가 순간 흐트러져 버린 아쉬움에 버즈는 작게 한숨을 내쉬고는 다시 카메라로 시선을 돌리며 대꾸했다.

"봤구나. 봤으면 와서 인사하지 그랬니?"

"방해하고 싶지 않아서요."

"그런 배려도 다 할 줄 아는구나."

"아버지가 누군가한테 그렇게 다정하게 구는 걸 처음 봤는데 당연히 자리를 피해 드려야죠. 어때요, 다윈? 좋은 아이죠?"

버즈는 카메라에서 눈을 떼지 않은 채 대답했다.

"그래, 좋은 걸 넘어 훌륭한 아이더구나. 태어날 때부터 프라임 보이로 낙점받아 놓은 것처럼. 덕분에 옛날 생각도 나고 즐거웠단다."

수업 종료 벨이 텅 빈 교정으로 학생들을 불러내는 순간을 찍기 위해 버즈는 긴장한 채 카메라를 준비했다. 잠시 뒤 종이 울리자 교복 가슴에 P 자 배지를 단 무리가 한꺼번에 쏟아져 나왔다. 원하던 장면을 포착해 낸 버즈는 그제야 '그런데 넌 이 시간에 수업이 없는 거냐?'라고 물으려고 뒤로 시선을 돌렸다. 그러나 레오는 이미 어디론가 가 버리고 없었다.

제이 삼촌의 방

루미는 책장에 놓여 있는 녹음테이프 가운데 하나를 골라 카세트 플레이어에 넣은 뒤 침대에 드러누웠다. 자기 방이 아닌 다른 사람 방에서 가장 편안함을 느낀다는 것은 이상한 일인지도 모른다. 더군다나 그 방이 30년 전에 죽은 사람의 방이라고 한다면 더욱더. 그러나 루미는 제이 삼촌 방보다 더 편안한 곳은 어디서도 찾지 못했다. 아니, 단순히 편안하다고만 하는 것은 한참 모자란 설명이었다. 삼촌의 침대 위에서 느끼는 감정은 그보다 훨씬 더 완전하고 본질적인 것이었다.

루미는 눈을 감았다. 30년 전, 제이 삼촌이 녹음해 놓은 라디오 음악이 흘러나왔다.

'땅거미가 질 무렵 날 뒤따라오고 있는 외로운 친구를 봤

어. 그와 평생을 같이하게 될 걸 직감했지.'

침대에 누웠지만 팔다리 감각은 더 예민해지고, 눈은 감았지만 눈을 뜨고 있을 때보다 더 흥미로운 것들이 보이고, 호흡은 느려졌지만 심장은 더 생기 있게 부풀어 올랐다. 루미는 제이 삼촌 방에 흐르는 어떤 힘으로 자신이 서서히 되살아나는 기분이 들었다. 학교에 있을 때와는 완전히 정반대의 감정이었다.

프리메라 여학교가 네모난 상자라면 학생들은 그 상자 속에서 온종일 경직된 자세로 대기하고 있다가, 이름이 불리는 순간 즉각 한 장씩 튀어나와야 하는 티슈들이었다. 천팔백 장의 티슈를 모두 늘어놓고 봐도 다 같은 모양 같은 크기로 순결하고 보드랍기만 할 뿐 다른 점이라고는 없었다.

루미는 빼곡한 티슈들 사이에 끼여 있으면서도 자신은 결코 그 희멀건 물질이 아니라고 생각했다. 자신은 프리메라 여학교에 있는 유일한 인간이었다. 이 세계를 생각하고, 의심하고, 판단할 줄 아는 진정한 인간.

백치 같은 티슈들 틈에서 혼자만 인간으로 지낸다는 것은 아무도 몰라주는 싸움을 매일매일 홀로 치러야 한다는 것을 의미했다. 창 없는 답답한 상자를 견뎌야 했고, 무조건적인 순종을 강요하는 손짓에 복종하는 척해야 했고, 생각을 나눌 수 있는 친구가 없어 하루 종일 자기 자신과만 대화해야 했다. 그러나 그중에서도 가장 이겨 내기 어려운 적敵은 똑같은 교복을 입은 아이들이 보내는 동류의식의 눈빛이었다. '너도 우리와 똑같은 티슈잖아.'라고 말하는. 루미는 프리메라 안에서 자신의 유일함과 개성이 하루하루 무너지는 것을 느꼈지만 이러한 불만을 공개적으로 표출할 수는 없었다. 프리메라 여학교는 투쟁을 해서 얻은 전리품이었기 때문이다.

부모님은 프리메라 여학교에 가는 것을 반대해 처음엔 입학시험에조차 응시하지 못하게 했다. 두 사람은 엘리트 양성이라는 목적으로 설립된 특권 학교들에 반감이 강했다. 4지구 출신 엄마가 1지구 엘리트들에게 열등의식이 있는 것은 충분히 이해할 수 있었다. 그런데 1지구 출신인 아빠는 오히려 엄마보다도 거부감이 더 심해 모두가 우러러보는 프라임스쿨조차 신랄하게 깎아내렸다. 아직 철도 안든 아이들을 병적인 자아도취에 빠뜨리는 학교라면서.

경우에 따라선 특별한 교육 신념을 가진 사람의 주장일 수도 있지만, 루미는 아빠의 본심에 깔려 있는 감정이 무엇인지 꿰뚫어 보고 있었다. 단 한 번도 특권적인 지위에 서 본적 없는 사람이 내보이는 추악한 질투심. 감히 프라임스쿨에는 견줄 수도 없는 일반 학교를 졸업한 1지구 남자가 나이 들어서까지 사라지지 않는 열등감을 교육 시스템에 대한 그럴듯한 비판으로 위장하고 있는 것이었다. 부모님이 프리메라에 가는 것을 반대하고 나선 열세 살 무렵, 루미는 그렇게 자신의 부모가 가진 모든 약점과 모순을 한순간에 깨달았다.

루미는 할머니 집으로 달아나 할머니 품에 안겨 말했다.
가족 중에 한 명이라도 프라임스쿨이나 프리메라 여학교
출신이 있었으면 아빠 엄마도 생각이 달라졌을 거라고. 그
때 할머니는 프라임스쿨 입학시험에 합격해 놓고도 학교에
가지 않은 제이 삼촌 이야기를 들려주었다.

"왜 가지 않았는데요?"

할머니는 그립고도 쓸쓸한 표정을 지으며 대답했다.

"프라임스쿨보다 가족과 집을 더 사랑했기 때문이지."

불행히도 그 생각엔 조금도 동감할 수 없었지만, 루미는
프라임스쿨 같은 최고의 학교를 아무것도 아닌 것처럼 넘
겨 버린 삼촌이 더없이 위대하게 느껴졌다. 역사적인 사진
작가인 할아버지의 아들로 태어나 천재적인 두뇌에 따뜻한
마음까지 갖춘 제이 삼촌. 삼촌은 완벽했다. 심지어 요절조
차도 영웅들의 삶에서 발견되는 특별한 요소로 생각됐다.
태어나 죽을 때까지 운명의 눈으로부터 주목받고 있던 사
람이 치러야 하는 비극적인 결말처럼.

루미는 부러움을 섞어 말했다.

"제가 제이 삼촌이었으면 좋겠어요."

할머니가 웃으며 말했다.

"네가 제이이기도 하지. 루미 너는 제이와 같은 날 태어
난 데다 아기 호랑이 같은 제이의 눈을 그대로 빼닮지 않았
니? 넌 또 다른 제이란다. 우리 리틀 제이."

할머니 말은 큰 영감을 주었다. 아무리 노력한대도 삼촌

같이 훌륭한 부모를 두는 것은 태생적으로 불가능한 일이지만, 자신이 리틀 제이라면 부모의 도움 없이도 프리메라 입학시험쯤은 가뿐히 합격할 수 있을 것 같았다.

루미는 부모님께 알리지 않은 채 국립 도서관을 오가며 혼자 입학시험을 준비했다. 그 과정에서 자기와 처지가 비슷한 한 친구를 알게 되었다. 레오 마샬. 유명 다큐멘터리 감독의 아들인 레오 역시 프라임스쿨에 입학하는 것에 아버지의 지지를 얻지 못하고 있었다. 물론 루미는 그것이 자신이 당하는 것과 같은 퇴보적인 반대가 아니라 바쁜 직업에 몸담고 있는 아버지들이 흔히 보이는 방관 혹은 진보적인 작품을 만드는 예술가가 엘리트 체제에 가지는 본능적인 반감이라는 것을 알았다. 레오는 프라임스쿨에 입학함으로써 자기 아버지에게 뭔가를 증명해 보이고 싶어 했다. 그런 점에선 목적이 같았기 때문에 금세 친구가 될 수 있었다. 버즈 아저씨가 제이 삼촌의 옛 친구였다는 사실을 알게 된 뒤로는 레오를 만나 친구가 된 것이 운명처럼 여겨지기도 했다. 다만 억울한 점이 있다면 프라임스쿨이 요구하는 모든 과목에서 자신이 레오보다 더 높은 점수를 받을 수 있음에도 단지 여자라는 이유로 프라임스쿨 입학시험에 응시할 기회조차 없는 현실이었다.

여학생들에게 프라임스쿨은 원천적으로 봉쇄된 세계였다. 200년 전의 우매한 교육가들은 프라임스쿨을 설립할 당시 여학생이라는 존재를 고려조차 하지 않았다. 머지않아

모든 학문 분야에서 여학생이 남학생과 동등하게 경쟁하게
될 것을 전혀 예측하지 못한 것이다. 아니면 변화의 낌새를
눈치챘으면서도 의도적으로 회피했거나.

프리메라 여학교는 프라임스쿨이 설립된 지 150년이 흐
른 뒤에야 여학생들에게도 프라임스쿨에 상응하는 엘리트
교육을 제공해야 한다는 여론에서 설립되었다. 드디어 남
학생과 여학생을 평등하게 대하는 시대가 된 것이다. 그러
나 루미는 그 결정이 조금도 평등해 보이지 않았다. 아니,
오히려 불평등 쪽으로 한 발짝 뒷걸음질 친 것이라 생각했
다. 진정으로 평등을 추구할 것이었다면 프라임스쿨의 아
류 학교를 만들 게 아니라 200년간 닫아 놓은 프라임스쿨
의 한쪽 문을 여학생들에게 열어 주어야 했다. 남학생들과
똑같이 입학시험을 볼 기회만 준다면 제이 삼촌처럼 시험
에 합격할 자신이 있었다. 그러나 이런 현실에 문제의식을
가지고 있는 사람은 이 세상에 오로지 자기 한 명뿐인 것 같
았다.

비록 프라임스쿨은 아니지만 여학교 중에선 최고인 프리
메라의 입학 허가서를 받은 날, 루미는 원하던 학교에 합격
했다는 사실보다 자신의 정체성이 확실해졌다는 사실이 더
기뻤다. 이로써 자신이 아빠의 피보다 할아버지에서 삼촌
으로 이어진 피를 더 많이 물려받은 게 증명된 셈이었다.

루미는 합격 통지서를 부모님께 내밀며 말했다.

"아빠 엄마가 등록금을 내주지 않으면 할머니가 내주시

겠대요."

아빠는 축하 대신 냉소적인 어투로 말했다.

"대단하구나. 제 잘난 맛에 사는 여자애들이 다 모인 학교를 군이 시험까지 쳐 가면서 들어가다니. 아무튼 네 결정이니 부디 힘들다고 후회하는 일이 없길 바란다."

그러면서 덧붙이기를, 등록금은 부모인 자신이 당연히 책임져야 하는 것이니 할머니에게 너무 의지하지도, 자주 찾아가지도 말라고 했다.

루미는 눈을 감은 채 아빠의 쌀쌀맞은 얼굴을 떠올렸다. 인정하긴 싫지만 아빠 말대로 프리메라에서 지내는 생활은 인내의 연속이었다. 3년이 다 된 지금까지도 초록색 교문을 들어설 땐 늘 자신을 다독거려야 했다. 그러나 아빠의 말은 반만 맞은 예언이었다. 설령 학교생활이 지금보다 배로 더 힘들어진다 해도 프리메라에 들어간 것을 후회하고 학교를 떠날 일은 결코 없을 것이다. 과연 왕이 격무에 시달린다는 이유로 자신의 자리를 다른 사람에게 넘기고 싶어 할까? 어리석은 왕이라면 그럴 수도 있을 것이다. 그러나 현명한 왕이라면 자신의 권력을 포기하는 대신 바로 그 권력을 이용해 업무에서 벗어나 쉴 수 있는 조용한 정원을 만들 것이다.

비록 왕의 절대 권력으로 얻어 낸 것은 아니지만 제이 삼촌의 방이 자신에게는 조용한 정원이나 마찬가지였다. 이곳에서는 모든 사람들로부터 멀어져 누구에게도 침범당하지 않은 채 오로지 자기 자신만을 찬찬히 들여다볼 수 있었다. 한 명의 독립적인 개체, 선명한 취향, 풀리지 않은 미스터리. 인생 속에 있으면 좋을 모든 것들이 이 방에는 존재하고 있었다.

그때였다.

"어려운 문제야."

루미는 눈을 떴다. 제이 삼촌이었다. 자신과 삼촌을 지나치게 일원화한 나머지 잘못 들은 환청이 아니라 실제로 테이프에 녹음돼 있는 삼촌의 목소리였다. 이전에도 몇 번 다른 테이프들에서 이런 소리를 들은 적이 있었다. 창문을 여닫는 소리라든지, 고양이 울음소리와 "쉿, 저리 내려가."라는 외침, 노랫말을 따라 흥얼거리는 목소리……. 30년 전엔 기술력이 요즘만큼 좋지 않아서 라디오 음악을 녹음할 때 외부 소음까지 같이 녹음되곤 했던 모양이었다. 루미는 그 소리들을 조합해 30년 전, 삼촌이 음악을 들었던 어느 새벽을 재구성해 보기로 했다.

자정 열두 시에서 새벽 두 시까지 방송되는 '미드나이트 뮤직'을 녹음하려고 라디오를 틀어 놓은 채 책상에 앉아 있던 삼촌은 창밖에서 수상한 움직임을 느끼고 창문을 연다. 늘 이 시간에 오는 고양이가 비상계단을 기어 다니며 울고 있다. 삼촌은 "쉿, 저리 내려가." 하고 외치며 고양이를 쫓아낸다. 그러고는 다시 한밤의 고요를 즐기며 노래를 따라 흥얼거린다.

그렇다면 "어려운 문제야."라는 건 어떤 상황에서 한 말일까? 프라임스쿨에 합격한 수재답게 라디오를 들으며 늦은 밤까지 수학 문제라도 풀고 있었던 걸까?

할머니나 아빠에게 물으면 약간의 힌트를 얻을 수 있을지도 모르지만, 루미는 그보다는 자신의 상상력에 기대는 쪽을 택했다. 어린 시절 삼촌의 목소리를 들으면 할머니는 다시 깊은 슬픔에 빠질 테고, 아빠는 이 발견을 조금도 가치 있게 생각하지 않을 것이기 때문이다. 괜히 삼촌 방에 너무 자주 들어가는 거 아니냐는 간섭만 받을 바에야 삼촌 방을 독차지한 것처럼 삼촌의 목소리도 혼자 비밀스럽게 품고 있는 게 나았다. 그럴수록 삼촌과의 유대감은 더 깊어질 테니.

그때였다. 노크 소리와 함께 문이 열렸다. 가사 도우미였다.

"루미, 할머니께서 우편물 정리를 도와달라서."

루미는 1층 응접실로 내려왔다. 할머니는 이미 탁자 위에 우편물을 가득 쌓아 놓고 기다리고 있었다. 우편물 대다수를 차지하는 건 여러 종류의 고지서지만 그 외에 팸플릿과 편지도 더러 섞여 있었다. 할아버지의 명성 덕에 사진 협회 등에서 정기적으로 보내 오는 소식지와 초대장들이었다. 초대를 받아도 할아버지는 더는 그런 곳에 참석할 수 없기 때문에 중요한 초청인 경우엔 부득이하게 참석 못 한다는 회신을 보내야 했다.

할머니 집에 놀러 오는 날이면 루미는 할머니로부터 우편물 분류하는 일을 종종 부탁받았다. 루미는 자기의 도움이 꼭 필요한 일이 아니란 것을 알면서도 늘 친절히 응했다. 그게 단순한 우편물 정리가 아니라, 할머니가 손녀와 벌이는 일종의 사교 놀이라는 것을 알기 때문이었다. "이건 꼭 답장을 보내 줘야 하는 거예요."라고 확인해 주면 할머니는 코에 걸친 돋보기 안경을 올려 쓰며 "이이는 꼭 잊지 않고 카드를 보낸다니까." 하고 웃었다. 할머니는 그런 식으로 자신이 여전히 우아하고 건재한 안주인 역할을 해내고 있다는 것을 손녀에게 보여 주고 싶은 것이다. 치매에 걸린 남편을 돌보며 누릴 수 있는 아주 작은 허영일 것이다.

"할아버지는 아직도 주무세요? 너무 오래 주무시는 거 아니에요?"

"덕분에 이렇게 쉴 수도 있고 좋지, 뭘."

루미는 우편물 분류하는 일을 휴식으로 생각하는 할머니가 안타까웠다. 할아버지가 할머니를 제외한 다른 간병인은 모두 쫓아내 버리고 할머니를 밖에 나가지도 못하게 해서 할머니는 온종일 할아버지 곁에만 붙어 있어야 했다. 이런 작은 사회 활동이라도 하지 않는다면 할머니는 햇빛을 못 본 식물처럼 바싹 말라 버릴 것이다.

루미는 할머니의 사교 놀이에 화답하기 위해 일부러 우편물을 한 장 한 장 느리게 넘기며 발신인을 확인했다. 사진 협회에서 보낸 전시회 일정 통보 편지는 응답할 필요가 없는 우편물 쪽에 놓았다. 어차피 그쪽에서도 할아버지가 참석할 수 없다는 것을 알면서 예우 차원에서 보내는 것이었다. 협회가 아닌 개인이 보낸 편지에는 가급적 응답을 해 주는 게 좋았다. '보내 주신 편지에 진심으로 감사드립니다. 그런데 안타깝게도……'라는 간단한 회신 엽서만으로도 헌터 가문의 품격을 유지할 수 있었다. 각종 공과금 역시 꼭 확인해야 하는 쪽이었다. 공과금이 밀려 벌금이 붙은 고지서가 날아오는 것은 할머니의 자존심에 상처를 입히는 일이 될 테니까.

우편물 분류를 거의 끝낸 루미는 몇 개 남지 않은 편지들 중에서 낯선 발신 기관을 발견했다. 루미는 할머니에게 먼저 편지를 보여 주며 물었다.

"아카이브에서도 할아버지께 편지가 와요? 여긴 국립기록물 보관소잖아요."

할머니는 편지를 뜯어 안에 든 내용을 읽더니 별것 아니라는 식으로 얘기했다.

"아카이브에 저장된 할아버지 사진 저작권의 남은 보관기한을 알려 주는 통지문이란다. 5년마다 오는 건데 어느새 또 5년이 흘렀나 보구나. 통보만 하는 공문서니까 답장할 건 없어."

"할아버지 사진이 아카이브에 저장돼 있는 줄은 몰랐어요."

"나도 직접 가서 본 적은 없단다. 아카이브라는 기관 자체가 일반인이 아니라 연구자들이나 옛 자료에 특별한 흥미가 있는 사람들만 가는 곳이잖니. 한번 계약을 맺으면 일률적으로 아카이브가 50년 동안 저작권을 갖는데, 여길 보니 일부 사진들의 남은 보관 기한이 15년이라는구나. 만약 그 안에 할아버지나 내가 세상을 떠나면 아마도 조이나 루미 네가 저작권 이양을 연장할지 말지를 결정해야겠지. 할아버지가 저런 상태니 할머니가 대신 부탁하마. 할아버지는 당신 사진이 아카이브에 보관되는 걸 자랑스러워하셨어. 더 많은 사람이 사진을 볼 수 있길 바라셨지. 너희도 그 뜻을 존중해 드리렴."

루미는 잠시 생각에 잠겼다가 물었다.

"할아버지가 찍은 모든 사진이 아카이브에 저장돼 있는 거예요?"

할머니가 "그럴 리가 있겠니."라며 재미있다는 듯 웃었다.

"할아버지가 찍은 모든 사진을 저장하려 했다간 아카이브를 독점해야 할 텐데. 아마도 역사적으로 보존할 가치가 있는 사진들만 선별했겠지."

루미는 그에 관해 할머니와 더 이야기를 나누고 싶었는데, 그 순간 방에서 할아버지가 내지르는 고함 소리가 들려왔다. 잠에서 깬 모양이었다. 오랜만에 여유로워 보였던 할머니는 금세 수심 어린 얼굴로 변해 방으로 달려갔다. 루미는 아카이브에서 보낸 편지를 따로 챙겼다.

아카이브

　　　　　　네온강의 줄기가 시작되는 동쪽에
자리한 문화 거리는 1지구인들의 사랑을 가장 많이 받는 지
역으로 각종 예술 공연과 전시회, 박람회가 1년 내내 쉼 없
이 진행되었다. 이곳에서는 미래 생활상을 보여 주는 과학
전시관을 체험한 뒤 바로 옆 미술관에서 모던주의 작품을
감상하고, 이어 인류사 박물관에 보관된 초기 인류 발자국
화석을 견학하는 일이 하루 안에 자연스럽게 이루어졌다.
그렇게 모든 관람을 마치고 밖으로 나오면 공기가 이질적
으로 느껴지면서 네온강의 흐름이 유독 도드라지게 보이는
현상을 경험하게 되었다. 어떤 방문객에겐 단순히 여가만
제공하는 곳이지만, 어떤 방문객에겐 인류의 미래와 현재,
과거에 대해 유기적인 질문을 던지는 곳이었다.

조용한 보통의 1지구 거리들과 달리 이곳은 여러 지구에서 찾아오는 방문객들로 1년 내내 혼잡했다. 아카이브 역시 문화 거리에 있긴 했지만, 사람들에게 인기 있는 기관이 아닌 데다 후미진 곳에 위치한 탓에 찾아가는 길은 한산했다.

　루미는 점심시간 내내 학교 도서관에 비치된 국가기관 요람집에서 아카이브에 관한 정보를 찾아보았다. 정보라고 해 봤자 설립 이념, 소속 기관, 운영 방식 등 단순한 기관 소개에 불과했지만, 그 정도로도 알고 싶은 내용은 거의 충족되었다. 아카이브 연혁을 살펴보니 설립 당시엔 관장 체제로 운영되던 독립기관이었다가 이후 문교부 산하기관으로 편입되었다는 설명이 나와 있었다. 가장 궁금했던 저작권 부분은 할머니의 이야기와 동일했다. 국가 기록물로서 보존할 가치가 있는 자료들을 소유한 저작권자들과 일괄적으로 50년간의 저작권 이양 계약을 맺어 그 기간 동안 자료의 이용과 공개에 대한 권한을 가진다는 내용인데, 5년 전부터는 그 기록물들을 디지털화하는 작업을 시행해 편리성과 접근성을 높였다고 했다.

　루미는 '국가 기록물로서 보존할 가치가 있는 자료들'이라는 문구를 눈여겨보았다. 그것은 어제 할머니가 역사적으로 보존할 가치가 있는 사진들만 선별했을 거라고 했던 말과 일맥상통했다. 루미는 확신을 굳혔다. '12월의 폭동'을 찍은 사진보다 국가 기록물로서 더 가치 있는 것이 뭐가 있겠는가.

아카이브에 다다르자 입구 벽에 붙은 '휴관일은 매월 둘째 주 주말입니다.'라는 안내 문구가 가장 먼저 눈에 띄었다. 문화 거리에 있는 각종 기관들은 정해진 특정 주에 돌아가며 문을 닫는데, 기관들이 워낙 많은 탓에 사람들이 휴관일을 헷갈려 해서 그렇게 상시적으로 안내해 놓은 것이었다. 주말 이틀을 통째로 쉬는 걸 보면 역시 문화 거리에서 가장 인기 없는 기관인 모양이었다. 루미는 입구를 지나 종합 자료실이라는 푯말을 내건 곳으로 들어갔다.

"실례합니다. 말씀 좀 여쭐게요."

안내 데스크에 앉아 뭔가를 기록하고 있던 중년 여성이 "무슨 일이죠?" 하며 고개를 들었다. 루미는 순간적으로 여자가 자신의 교복을 힐끗거리는 것을 눈치챘다. 아무 말 없이 프리메라 교복만으로 단번에 우위를 점한다는 게 이런 순간일 것이다.

루미는 여자에게 우편물을 보여 주며 말했다.

"얼마 전에 저희 할아버지께 이런 편지가 왔어요. 전 여기에 저장돼 있는 할아버지의 자료 사진들이 어떤 건지 확인해 보고 싶어서 왔어요."

여자는 편지를 간단하게 훑어보더니 메모지를 한 장 뜯어 몇 가지를 적어 주었다. 여자가 내민 메모지에는 찾고 싶은 자료들을 검색하는 방법이 적혀 있었다.

1. 디지털 자료 검색실로 이동

2. 일반 검색란에 저작권자의 이름이나 저작권 번호 입력

3. 저작권 보호 문제로 사진 촬영은 절대 불가

모퉁이를 돌아 안쪽 코너에 위치한 디지털 자료 검색실에는 좌우 양쪽 벽에 컴퓨터가 세 대씩 놓여 있었다. 오른편의 컴퓨터 두 대는 이미 남자 두 명이 차지하고 있었는데, '미디어'라는 두꺼운 전공 책이 놓여 있는 것으로 보아 리포트를 쓰는 대학생들인 것 같았다.

루미는 그들 역시 프리메라 교복에 특별한 눈길을 주는 것을 느꼈다. 신원 확인이 끝났는지 남자들은 곧 상냥한 미소를 지었다. 루미는 마찬가지로 눈인사를 한 뒤 컴퓨터 앞으로 가 앉았다. 9지구 방문은 큰 소득 없이 끝났지만 이번에는 정말로 '미싱 링크'를 찾을 것 같은 예감이 들었다.

해리 헌터. 루미는 여자가 알려 준 대로 일반 검색란에 할아버지의 이름을 입력했다. 모래시계가 뒤집어졌다 바로 섰다 하기를 몇 차례 반복하더니, 잠시 후 어떤 기준에 의해 일련번호가 매겨진 숫자들이 모니터 가득 긴 행렬을 이루었다. 마우스로 그 번호를 클릭하자 관련 사진들이 파노라마처럼 펼쳐졌다.

내전 중인 국가의 난민촌 생활, 초라한 몰골로 후퇴하는 군인들, 외국 정상의 방문 행사, 3지구와 4지구를 잇는 트램 철로 건설 현장, 지진으로 폐허가 된 어느 도시…… 할아버지의 활동에는 시대의 벽도 국가 간의 장벽도 없었다. 그런

데 그 사진들 중 몇 개는 제이 삼촌 앨범에서도 본 것들이었다. 역시 할아버지가 자신이 소장하고 있던 사진들을 담아 삼촌에게 준 선물 상자에는 아카이브에 저장할 만한 역사적인 사진들도 섞여 있었던 것이다. 그렇다면…….가슴이 두근거렸다. 루미는 의자를 바짝 끌어당겨 제대로 자리를 잡았다. 언제 어디서 미싱 링크가 튀어 나올지 몰랐다.

뒤에 있던 남자들이 일이 끝났는지 "너무 늦었다.", "이만하면 충분한 것 같지?"라는 대화를 나누며 검색실을 나갔다. 루미는 몇 시간 만에 고개를 돌려 시계를 확인했다. 시간이 어느새 여섯 시에 가까워져 있었다. 환한 햇살이 비쳐 들어오던 창엔 푸르스름한 저녁 기운이 감돌았다.

루미는 피곤함을 느꼈다. 그러나 두 시간 가깝게 모니터에 얼굴을 들이밀고 앉아 있는 데서 오는 피로보다 기대했던 것이 이루어지지 않은 데서 오는 실망감이 더 컸다. 가장 마지막 번호까지 확인해 보았지만 '12월의 폭동'과 관련 있는 사진은 하나도 발견되지 않았다.

루미는 자리에서 일어났다. 혼자 고민하고 있느니 폐관 시간 전에 도움을 요청하는 것이 나을 것 같았다. 루미는 다시 안내 데스크로 가 아까 자신의 교복을 힐끗 쳐다보았던 여자에게 물었다.

"저희 할아버지 이름으로 저장된 자료를 모두 검색해 봤는데도 찾고 싶은 사진을 찾을 수가 없어서요."

여자는 사무적인 말투로 대답했다.

"검색해도 나오지 않는다면 처음부터 우리 아카이브에 저장되지 않았던 것이겠죠."

"그럴 리가 없어요. '12월의 폭동'은 현대사에서 빼놓을 수 없는 사건인데, 그때를 찍은 사진들이 하나도 저장이 안 돼 있다는 건 말이 안 되잖아요. 상대적으로 덜 중요한 교각 건설 현장은 저장돼 있으면서요. 해리 헌터라는 사진작가를 모르세요? 문화 훈장까지 받은 유명한 작가인데. 저희 할아버지가 그 해리 헌터예요."

여자는 무언가 못마땅한 표정을 지으며 대답했다.

"해리 헌터라……. 글쎄요, 전 누군지 잘 모르겠네요."

루미는 이 정도의 기본적인 교양도 갖추지 못한 여자가 아카이브 담당자로 앉아 있는 것이 한심했다. 분명 1지구 출신은 아닐 것이다. 화려한 걸 즐기지 않는 것으로 보아 2, 3지구 출신도 아니었다. 그러면 중위 지구 출신이라는 열등 감과 1지구에 입성했다는 우월감이 마음속에서 늘 충돌하고 있는 4지구 정도?

그때 여자가 "아!" 하며 깜박 잊은 사실이 있다는 듯 말했다.

"그러고 보니 다른 경우가 있을 수도 있겠네요."

"다른 경우요?"

"특별 검색으로 지정되어서 일반 검색으로는 걸리지 않는 자료들이 있어요. 학생이 그렇게까지 확신하고 있다면 특별 검색으로 지정된 것일 가능성도 있겠죠."

"어떤 자료들이 그 특별 검색에 지정되어 있는데요?"

"국가 기밀에 관한 것이나 일반인들에게 공개할 실익이 없거나 하는 자료들이죠. 그 밖에도 다른 이유가 있을 수 있고요."

"그런 건 어떻게 해야 볼 수 있어요?"

"특별 검색을 할 수 있는 아이디와 패스워드가 있어야 해요."

"그럼 저도 만들래요. 그건 어디서 어떻게 만들어야 하나요?"

그러자 여자는 가볍게 코웃음을 치더니 "아무에게나 발급되는 게 아니에요." 했다.

"3급 이상의 고위직 공무원들에게만 우리 아카이브를 포함한 여러 기록물 보관 기관의 정보에 접근할 수 있는 통합 아이디가 발급되죠. 다시 말해 우리 아카이브에 저장된 특별 검색 자료를 보기 위해서는 3급 이상의 고위직 공무원이어야만 해요."

루미는 3급 공무원이 범접 불가능한 지위라도 된다는 듯이 이야기하는 여자의 태도가 거슬렸다. 본인에게는 3급 고위 공무원이 하늘을 나는 정도의 비현실적인 얘기겠지만, 프리메라 여학생에게 3급 공무원은 몇 걸음만 더 오르면 도착하게 될 예정된 목적지였다. 아직 때가 오지 않았을 뿐.

"하지만 저작권자 본인은 언제든 열람할 수 있게 해야 하지 않나요? 그건 우리 할아버지가 찍은 사진이에요."

"학생 할아버지가 찍은 사진이라 해도 아카이브에 저작권 이양을 동의한 이상 관리는 여기 소관이죠. 제가 자료를 분리하는 담당자가 아니라서 확실히 말은 못 하겠지만, 특별 검색으로 저장돼 있는 게 맞다면 학생이 그 사진을 볼 수 있는 방법은 없어요. 우리는 국립 기관이자 문교부 소속 기관으로서 법을 준수해야 할 의무가 있으니까."

루미는 목소리를 높였다.

"말도 안 돼요. 어떻게 본인이 찍은 사진을 본인이 볼 수 없죠? 그건 법이 아니라 횡포예요."

여자는 굳은 얼굴이 되더니 더 사무적인 말투로 물었다.

"학생이 그 사진을 찍은 당사자인가요?"

루미는 피하지 않고 여자를 똑바로 쳐다보았다.

"말했잖아요, 우리 할아버지라고."

"그럼 본인은 아니란 말이군요. 정 사진을 확인하고 싶거든 할아버지께 국가에 소송하는 방법이 있다고 알려 드리세요. 저작권 이양 계약을 취소해 달라는 취소 소송이에요. 물론 승소 확률도 희박하고 시간도 아주 오래 걸리겠지만요."

"자기가 찍은 사진을 자기가 보기 위해 소송을 한다는 게 말이 돼요? 그리고 저희 할아버지는 아파요. 기억을 거의 잃으셨다고요. 그런데 어떻게 소송을 하라는 거예요?"

"유감이네요. 아무튼 아카이브는 당사자와 저작권 이양

계약을 맺었고, 계약 기간이 소멸되기 전까지는 관리에 대한 전적인 권한이 있어요. 물론 다시 한 번 말하지만 이런 이야기도 학생이 찾고 있는 자료가 특별 검색으로 지정되어 있다는 전제하에 하는 말이고요."

여자는 벽에 걸린 시계를 힐끔거렸다. 이제 폐관 시간이니 그만 나가 달라는 뜻이었다. 루미는 여자의 시선에 깃든 적개심의 정체를 알았다. 그것은 까다로운 민원인에 대한 순간적인 피로가 아니라 프리메라 여학교 학생을 향한 오랜 질투심에 기인한 것이었다. 1지구 국가기관에 몸담고 있는 것을 보면 여자는 아마도 4지구에서는 나름 일류라 일컫는 학교를 나왔을 테지만, 프리메라 여학교에 가장 강한 적대감을 품는 게 바로 이런 출신들이었다. 2, 3지구 여학생들은 1지구에 못 미친다는 열등감을 재력으로 순화하지만, 그럴 여력조차 없는 4지구 여학생들은 겉으로는 소박함을 미덕으로 내세우면서 안으로는 우리나라 최고의 여학생 교육기관에 대한 질투심으로 속을 새까맣게 태웠다. 그들은 어른이 돼서도 결코 여학생 때의 열등감에서 쉽게 벗어나지 못한다. 그래서 기회가 있을 땐 이렇게 프리메라 여학생에게 인색하게 굴면서 그 순간만은 자신이 우위에 있다는 보상 심리를 느끼는 것이다.

여자는 "폐관 시간이 지났네요." 하며 그만 나가 달라는 뜻으로 빙그레 웃었다.

루미는 아카이브 정원 벤치에 앉았다. 인적 드문 정원은 저녁 빛에 물들어 고요하고 스산했다. 보기에 따라선 아름다울 수도 있는 풍경이지만 루미는 한가하게 경치나 즐기고 있을 수가 없었다. 미싱 링크를 찾을 수 있을 거라던 기대가 한낮의 열기처럼 뜨겁게 끓어오르다 한순간에 차갑게 식어 버렸다. 루미는 그 온도 그래프의 가장 높은 곳에서 가장 낮은 바닥으로 내팽개쳐진 기분이 들었다. 실제로 추락이라도 한 것처럼 머리도 지끈거렸다. 루미는 땅에 떨어져 있는 긴 나뭇가지를 무심코 집어 들고 바닥에 물음표를 그렸다.

이대로 포기해야 하는 걸까. 만약 '12월의 폭동' 사진이 아카이브에 저장돼 있지 않은 거라면 선택의 여지없이 그래야 할 것이다. 그러나 아무리 생각해도 현대사에 한 획을 그은 사건이 국가 기록물 저장 대상에서 제외됐을 리가 없었다. 일반 검색으로 나오지 않는다는 건 분명 특별 검색으로 분류돼 있다는 뜻이다.

미싱 링크를 간직하고 있는 게 분명한 건물의 그림자가 발 주변에 위압적으로 드리웠다. 루미는 그 그림자가 흔들릴 만큼 무거운 숨을 내뱉었다. 할아버지의 정신만 온전하다면 혼자서 이런 고민을 할 필요도 없고, 주제도 모르고 거들먹거리는 4지구 출신 여자에게 굴욕을 당하지 않아도 됐을 텐데.

사진을 확인할 방법에 골몰해서인지 나뭇가지를 든 손이 저절로 물음표 옆에 숫자 3을 썼다. 3급 이상의 고위 공무원……. 루미는 7급에 불과한 아빠를 떠올리며 이전보다 더 무거운 한숨을 내쉬었다. 싸구려 정물화에 만족하는 것으로 보건대, 죽을 때까지 일해도 3급으로는 진급하지 못할 것이다.

루미는 어느 때보다도 권력의 힘을 절감했다. 평소엔 잘 드러나지 않지만 규칙을 만드는 사람과 만들어진 규칙에 따르기만 하는 사람의 차이가 바로 이런 순간에 극명하게 드러나는 것이었다. 타 지구에서 볼 때 1지구 사람은 모두 권력자인 것처럼 여겨지지만, 알고 보면 이 안에서의 계급차는 오히려 더욱 극명했다. 규칙을 만드는 사람을 바로 옆에서 지켜보면서 자신은 절대 그 지위에 오르지 못하는 현실을 받아들여야 하니. 더군다나 그 권력자가 함께 주말 여행을 갈 정도의 친한 이웃이라면 상대적 박탈감이 더…….

그 순간, 루미는 들고 있던 나뭇가지를 내던지고 벤치에서 일어났다. 일요일에 집으로 초대해 주는 이웃이자 이 사회의 규칙을 만드는 권력자, 그는 뜻밖에도 아주 가까이에 있었다.

초대

            금요일 저녁, 프라임스쿨에 서풍이
불었다. 비 없이 부는 여름 바람치고는 꽤 강력해 학교 문장
이 그려진 깃발이 태풍에 휩싸인 돛처럼 격렬하게 흔들렸
다. 바람이 흔든 건 깃발뿐만이 아니었다. 어울리지 않게 뱃
사람들처럼 머리가 헝클어진 학생들 역시 실제 출항을 앞
둔 배에 올라탄 비장함으로 들떠 있었다. 수업이 끝난 교실
은 항해 지도를 가운데 펼쳐 놓고 전술을 짜는 군 지휘관들
의 긴급 상황실이 되었고, 식당은 영양가 있는 음식을 풍족
하게 갖춘 식량 창고, 운동장은 해가 뜨면 싸움이 펼쳐질 대
양으로 변했다. 비장함과는 거리가 먼 세탁실마저 승리를
다짐하는 구호로 넘쳤다. 모두가 명령만 떨어지면 부두에
묶어 놓은 닻줄을 풀고 전투에 나설 준비가 되어 있었다.

냉철한 공기에 익숙한 프라임스쿨에 이처럼 뜨거운 열기를 불어넣은 원동력은 하루 앞으로 다가온 체육대회였다. 체육대회는 양 기숙사 간에 뿌리 깊게 존재하지만 평소엔 드러내는 것이 금지된 파벌성을 학교의 공인 아래 마음껏 표출할 수 있는 기회였다. 그래서 체육대회가 있는 늦여름의 이 짧은 한 주 동안 프라임스쿨 기숙사는 두 척의 전함으로 변하고 학생들은 자원 입대한 병사들처럼 호전적이 되곤 했다.

몸과 몸이 부딪치는 격랑 속에서 정신적 고양을 최고 이상으로 삼는 평상시의 풍토는 육체의 우월성을 과시하는 구호에 잠시 숨을 죽였다. 체력이 지력을 압도하는, 프라임스쿨에서는 흔치 않은 시간이었다. 물론 그 와중에도 교수들은 체육 활동 역시 궁극적으로는 단합과 의지라는 정신적 가치를 위한 것임을 주지시키는 데 힘썼지만.

양 기숙사의 전화실은 하루 종일 만원이었다. 가족에게 학교에 올 시간과 배정 좌석, 자신이 참가하는 종목, 출전 여부 등을 확인시켜 주려고 다들 오랫동안 수화기를 붙들고 있었다. 체육대회는 입학식과 졸업식을 제외하면 외부인이 프라임스쿨에 들어올 수 있는 거의 유일한 기회이기 때문에, 전화를 받는 가족들 역시 당사자들 못지않게 흥분해 있었다.

다원은 아버지의 사무실로 전화를 걸었다. 아버지에게 알려 줄 기쁜 소식이 하나 있었다. 아직 확실히 결정된 건 아니지만 코치가 오늘 새벽 연습 경기에서 30분이나 뛰게 하며 체육대회 때 출전시킬 가능성을 내비친 것이다. 마지막 연습에서 그 정도 기회를 주었다는 것은 출전이 거의 보장된 것이나 다름없었다.

아버지는 함께 기뻐해 주면서도 덧붙였다.

"주전으로 선발되지 못한대도 실망할 건 없단다. 경기 상황에 따라 더 적절한 선수가 있는 것뿐이지 경기에 못 뛰었다고 실력이 부족한 건 아니니까. 알겠지?"

"무슨 말씀인지 알아요. 그런데 아버지랑 할아버지가 실망하실까 봐요. 제가 벤치에만 앉아 있으면 학교까지 오시는 의미가 없잖아요."

"의미가 없긴. 널 보는 것 자체가 의미지."

다원은 마음 한 부분을 누르고 있던 부담감이 아버지의 따뜻한 말로 녹아내리는 것을 느꼈다. 불필요한 걱정이라는 것은 스스로도 잘 알고 있었다. 아버지는 단 한 번도 어떤 목표를 내세워 압박하거나 부담을 지운 적이 없었다. 체육대회에서 좋은 모습을 보여 주고 싶다는 마음 역시 순전히 자신의 열망이었다. 아버지와 통화를 끝낸 다원은 이어서 할아버지에게 전화를 했다. 할아버지는 아버지와 다르게 무척이나 들뜬 목소리로 말했다.

"다원 네 활약을 기대하고 있단다. 벌써 카메라도 챙겨 놓았지."

체육 종목에서 크게 돋보이는 모습을 보여 준 적이 한 번도 없음에도 할아버지는 언제나 기대감으로 차 있었다. 체육 뿐만이 아니었다. 할아버지는 늘 모든 분야에서 최고가 될 것이라고 격려해 주었다. 다원은 완전히 상반된 말을 하는 아버지와 할아버지 사이에서 방황하기보다는 오히려 안정된 균형감을 느꼈다. 비록 형태는 다르지만 저울 양쪽에 평형으로 올려져 있는 것은 사랑과 믿음이라는 굳건한 추였다.

할아버지와 통화를 마친 다원은 그만 자리에서 일어나려고 했다. 그런데 문득 옆자리 4학년 선배가 여자 친구로 짐작되는 사람과 통화하는 소리가 들렸다.

"그래, 교문 앞에서 부모님이 기다리신대. 두 분 다 널 만나고 싶어 하셔."

대부분은 가족과의 연락 수단으로 전화실을 이용했지만, 학년이 높아지면 친구 혹은 이성 친구에게 공공연하게 연락하곤 했다. 기숙사 생활로 이성을 만날 기회가 적다 보니 반성직자 같은 이미지가 덧씌워지긴 했지만, 프라임 보이의 연애는 금지된 게 아니었다. 오히려 양쪽 부모들이 먼저 나서서 소개를 해 주는 경우도 있었다. 그중에서도 프라임 스쿨과 프리메라 여학교 학생 간의 만남은 더욱더 공적이고 적극적인 지지를 받았다. 두 학교 학생이라면 교제를 하더라도 학업을 소홀히 하지 않을 것이라는 믿음이 있기 때문이다.

다원은 수화기를 다시 들었다. 학생 한 명이 초대할 수 있는 최대 인원은 세 명이었다. 다원은 지금까지의 체육대회

에 늘 할아버지와 아버지 두 사람만 초대했고, 그것에 한 번
도 부족함을 느끼지 않았다. 그런데 오늘 처음으로 그간 쓰
지 않았던 세 번째 초대권이 하나의 '기회'임을 깨달았다.

다원은 머릿속에 각인된 전화번호를 눌렀다. 지난번 할
아버지 집에서 함께 시간을 보낸 뒤 루미를 향한 마음은 더
분명해졌다. 그날, 루미는 할아버지와 격의 없이 어울리며
이상적인 대화 상대자가 돼 주었다. 노인이라는 점을 의식
해 듣기 좋은 말만 골라 하는 허울 좋은 말벗이 아니라 동등
한 위치에서 서로 의견을 주고받는 진심 어린 태도였다. 다
원은 그런 루미를 옆에서 지켜보면서 감동에 가까운 느낌
을 받았다. 루미는 9지구의 낯선 남자와도 두려움 없이 대
등하게 이야기를 나눌 줄 알았고, 1지구 노인에게도 친구처
럼 스스럼없이 다가갔다. 그런 태도는 흔치 않은 것이었다.

전화벨이 울리는 동안 다원은 이번에도 지난번처럼 루미
가 전화를 받길 바랐다.

"네, 여보세요."

그러나 아쉽게도 수화기 너머에서 들려온 건 남자 목소
리였다. 조이 아저씨인 것 같았다. 긴장되긴 했지만 피할 이
유는 없었다. 다원은 정중하면서도 친근하게 인사했다.

"안녕하세요. 아저씨, 저 다원이에요."

조이 아저씨가 놀란 목소리로 물었다.

"다원 네가 어쩐 일이니? 지금 기숙사에 있을 시간 아니
니?"

"네, 기숙사예요. 루미에게 할 이야기가 있는데 통화할 수 있을까요?"

그때 수화기 너머로 "제 전화예요?"라고 묻는 목소리가 들려왔다. 루미였다. 조이 아저씨가 "그래, 무슨 일인지 다원이 전화를 했구나."라고 말했다. 루미가 "제가 받을게요."라며 수화기를 건네받았다. 그러고는 잠깐 동안 아무 소리도 들리지 않았다. 아마도 루미는 조이 아저씨가 자리를 비켜 줄 때까지 기다리는 것 같았다. 곧 아저씨가 갔는지 루미가 "다원." 하고 인사했다. 다정한 목소리에 다원은 아직 정식으로 고백하지 않은 자신의 마음이 받아들여지는 기분이 들었다.

"집에 가는 날도 아닌데 갑자기 전화해서 놀랐지?"

"아니, 사실은 며칠 전부터 네가 전화해 주길 계속 기다리고 있었어."

다원은 깜짝 놀라 물었다.

"정말? 왜?"

"지난번에도 내가 기다리고 있을 때 네가 전화했잖아. 내가 필요할 땐 네가 또 전화를 해 줄 것 같았어. 우린 텔레파시가 통하나 봐."

우리. 텔레파시. 통하다. 다원은 가슴이 설렜다. 루미는 단 세 단어로 아까 교정에 불어닥쳤던 바람보다 훨씬 더 격정적인 울림을 만들어 냈다.

다원은 지나치게 흥분한 마음을 들키지 않도록 침착한

목소리로 물었다.

"무슨 일 있어?"

"그게…… 다원, 프라임스쿨은 일요일에 특별 외출이 가능하지? 부모님 허락을 받아서 일주일 전에 학교에 통보만 해 준다면 말이야."

다원은 프라임스쿨의 세세한 규칙까지 알고 있는 루미가 신기했다. 중요한 집안 행사가 있을 경우를 대비해 마련된 것인데 실제로 실행에 옮겨 본 적이 없으면 재학생도 잘 모르는 규칙이었다.

"그래, 가능한 걸로 알고 있어. 아직 한 번도 신청해 본 적은 없지만."

"그럼 다음 주 일요일에 처음으로 외출 허락을 받아 볼래?"

"다음 주 일요일이 무슨 특별한 날인 거야?"

"널 만날 수 있는 날들 중에서 가장 가까운 날이지. 그게 이번 주 일요일이면 좋겠지만 이미 늦어 버렸으니 어쩔 수 없고."

루미의 입에서 나오는 말들은 하나같이 가슴을 두근거리게 하는 마력이 있었다. 다원은 그런 면에선 자신이 루미보다 한참 부족하다고 생각했다.

다원은 서둘러 말했다.

"그렇지 않아. 내일도 가능해."

"어떻게?"

"내일 체육대회가 있거든. 초대만 되면 외부인도 얼마든지 학교에 올 수 있어."

루미가 수화기에 대고 "맞아, 그러고 보니 이맘때가 프라임 체육대회였지."라고 혼잣말처럼 중얼거리는 소리가 들렸다. 루미는 역시 프라임스쿨 학생 누군가와 잘 아는 사이인 게 분명했다. 그래서 재작년 체육대회 때도 관중석에서 사진이 찍힌 것이고, 프라임스쿨 규칙에 대해서도 상세히 알고 있는 것이다. 그리고 아직 단정할 순 없지만 그 누군가는 레오일 가능성이 가장 컸다. 그런데 지금 얘기를 꺼내기 전까지 루미가 체육대회에 관해 잊고 있었던 걸 보면 이번에는 레오가 루미를 초대하지 않은 게 확실했다. 그럼 이제 두 사람은 더 이상 만나지 않는 사이인 걸까?

다원은 솔직하게 전화를 건 이유를 밝혔다.

"사실 체육대회에 널 초대하려고 전화한 거였어."

"나를 체육대회에? 정말?"

"응, 네가 다른 약속이 없다면."

루미는 "다른 약속은 없지만……." 하고 말끝을 흐리더니 물었다.

"그럼 혹시 내일 니스 아저씨도 학교에 오셔? 나랑 만날 시간도 있으시고?"

다원은 루미가 왜 갑자기 아버지에 관해 묻는지 알 수 없어 혹시 아버지와 같이 있는 걸 불편해하는 건 아닐까 하는 걱정이 들었다. 아버지는 세상에서 가장 자상한 분이지만 문교부 차관이라는 직책이 어떤 친구들에겐 막연한 부담감을 주는 것도 사실이었다. 실버힐에 갔을 때 그 편견을 떨쳐 냈으면 좋았겠지만 그날 할아버지와는 오랜 대화를 나눴던 데 반해 아버지와 루미는 충분한 시간을 갖지 못했다. 다원은 루미라면 아버지와도 스스럼없이 이야기를 나눌 수 있을 것이라 확신하면서도, 불편할 경우엔 언제든 도와줄 중개자가 있다는 것을 알리고 싶었다.

"오시지. 그리고 할아버지도 오실 거야. 네가 온다는 것을 아시면 정말 기뻐하실걸."

역시 할아버지 얘기를 한 게 효과가 있었는지 루미의 대답은 예상보다 훨씬 빠르고 명쾌했다.

"좋아, 갈게."

"정말?"

"그래, 초대해 줘서 고마워."

"나야말로 고맙지."

전화를 끊은 뒤 들뜬 마음으로 기숙사 방으로 올라가던 다원은 2층 계단에서 문득 걸음을 멈추었다. 창문 너머로 검은빛에 뒤덮인 나무들이 서쪽을 향해 흔들리고 있었다. 늘 빛의 편인 것 같았던 나무들이 이 순간엔 어둠에 더 가까워져 있는 것을 보면서 다원은 자기 마음 한 곳도 짙게 그늘지는 것을 느꼈다. 그곳엔 내일 루미를 만난다는 기쁨이 전혀 닿지 못하고 있었다. 레오에 대한 미안함 혹은 죄책감이랄 수 있는 감정이 루미가 몰고 오는 빛을 밀어내고 있는 것 같았다.

물론 불확실한 정보로 자신의 감정이 필요 이상으로 과장된 것일 수도 있다는 생각을 하기는 했다. 루미와 레오가 어떤 관계인지 확실하게 드러난 것은 아무것도 없었다. 루미가 레오 이야기를 한 번도 한 적이 없고, 레오 역시 이번에 루미를 초대하지 않은 것으로 보면 두 사람은 단순한 지인일 뿐, 특별한 사이가 아닐 수도 있다. 그럼에도 마음 바닥에 남은 의심의 찌꺼기를 완전히 걷어 내지 않은 채 루미를 초대한 것은 어쩐지 잘못한 행동 같았다.

다윈은 창가에 기대서 레오를 생각했다. 루미를 떠올릴 때 켜지는 빛의 밝기만큼 레오를 떠올릴 때도 환한 빛이 느껴졌다. 레오가 좋았다. 거칠게 굴 때도 있지만 그것은 진실한 마음이 길이 덜 들어 서툴게 표출되는 것일 뿐, 밤에 학교를 무단이탈했을 때나 법학 교수와 논쟁을 벌였을 때, 학생회 아이들과 대립했을 때 가장 상처를 많이 받은 사람은 바로 레오 자신이었다. 레오는 꼭 자기 발로 제 얼굴을 할퀴는 사자 같았다. 다윈은 그 상처를 하나 더 보태는 일은 하고 싶지 않았다. 프라임스쿨에서 가장 좋아하는 친구를 잃고 싶지 않았다. 다윈은 이 불확실한 어둠이 어서 걷혀, 자신이 루미를 포기하는 일도 없고, 레오가 마음을 다치는 일도 없기를 바랐다.

다시 보니 흔들리는 나무가 꼭 거대한 사람의 형상 같았다.

옛 친구

프라임스쿨 진입로로 들어설 때마다 니스는 연극 무대에 오르는 기분이 들었다. 매서운 눈을 한 독수리 두 마리가 마주 보고 선 알파벳 P 자를 받들고 있는 프라임스쿨 문장이 양쪽으로 갈라지면서 교문이 열리면, 드디어 어두웠던 무대에 조명이 켜지고 음악이 흐르며 제1막이 오른다.

연극엔 수많은 인물들이 등장하는데 모두가 자신을 우러러보고 떠받드는 역할을 맡았다. 교장과 교직원들, 학생회 멤버들, 학부모 대표들……. 물론 연극의 특성상 그들의 속마음이 어떤지는 알 수 없다. 어쩌면 그들 중 몇몇은 함량 미달인 '위원장'을 얕잡아 보며 실수를 잡아 낼 기회를 엿보고 있는지도 모른다. 그러나 그런 건 알고 싶지도, 알 필요도 없었다. 연극의 세계에서는 연기만 완벽하면 그 마음까지도 진실된 것이었다. 배정받은 위원장 노릇을 감쪽같이 수행하고 있는 자기처럼.

"바쁘신 중에도 이렇게 참석해 주셔서 고맙습니다. 성원에 힘입어 올해 체육대회도 성공리에 끝날 것이라는 확신이 듭니다."

니스는 사람들과 악수를 나누며 위원장 역할에 배정된 축하와 격려, 감사의 대사를 실수 없이 소화했다. 만날 사람들은 다 만났다고 생각했는데 보좌관이 마지막으로 특별한 방문객 한 사람을 더 소개했다. 그는 다른 인물들과 달리 어깨를 툭 치며 등장했다.

"니스라고 부르면 안 될 것 같은 분위기네. 차관님이라고 해야 하는 건가? 아니면 위원장님?"

버즈였다.

"그럼 나도 널 감독님이라고 불러야겠지."

"차관님과 감독님이라, 친구끼리 그러는 건 코미디지."

버즈는 그렇게 말하더니 두 팔을 앞으로 활짝 펼쳤다.

"니스, 다시 보게 돼서 반가워."

갑작스러운 포옹에 니스는 몸을 움찔했다. 중학생 무렵 어깨동무를 하고 거리를 돌아다닌 이후, 거의 30년 만에 느껴 보는 친구의 품이었다. 그때와 비교하면 버즈의 몸은 다른 사람이 된 것처럼 크고 단단했다. 꼭 어린아이로 돌아가서 잘 모르는 친척 어른에게 일방적으로 안기는 기분이 들었다. 그러나 니스는 당혹감을 숨기고 버즈가 무안해하지 않도록 가볍게 등을 두어 번 두드렸다. 버즈가 감쌌던 팔을 푼 뒤 주위를 살펴보며 활기찬 목소리로 말했다.

"어젠 바람이 꽤 세차게 불더니 오늘은 완전히 써니 데이야. 이런 날 프라임스쿨 체육대회를 카메라에 담을 수 있다는 건 대단한 행운이지. 멋진 그림이 나올 거야."

니스는 동의의 의미로 고개를 끄덕였다. 버즈의 촬영에 대해서는 학교 관계자를 통해 정기적으로 보고받고 있었다. 얼마 전에 진행한 첫 촬영은 학교 측이 제시한 지침을 준수하며 별 소란 없이 무사히 마쳤다고 들었다. 혹시나 학생들과 불필요한 접촉을 해서 학교에 해가 되는 인터뷰를 유도하진 않을까 걱정했는데 그런 일은 전혀 없었다고 했다. 학교를 위해서도, 버즈를 위해서도 다행이었다.

두 번째 촬영을 체육대회로 선택한 것은 무척 영리한 처사였다. 당연히 시청자들은 도서관에 앉아 있는 전형적인 프라임 보이들보다 평범한 아이들처럼 땀을 흘리며 운동장을 뛰어다니는 예외적인 프라임 보이들을 보고 싶어 할 테니. 학교도 손해는 아니었다. 대중에게 프라임 보이들이 학업에만 몰두하는 냉정한 엘리트가 아니라 붉게 상기된 뺨으로 축구공을 차는 건강한 소년들이라는 것을 알릴 수 있는 기회이기 때문이다.

버즈가 물었다.

"보아하니 인사도 다 끝난 것 같은데, 괜찮으면 산책 삼아 잠깐 같이 걷지 않을래?"

예상치 못한 제안에 니스는 시간을 확인하는 척 손목시계로 시선을 돌렸다. 산책 같은 건 하고 싶지 않았다. 버즈가 학교에 온다는 것은 알았지만 그와 개인적인 시간을 보낼 생각은 없었다. 지금처럼 버즈가 일부러 찾아오지만 않았다면 나중에 혼잡한 인파 속에서 적당히 인사만 나누었을 것이다. 아예 마주치지 않는다면 더 좋고.

버즈가 다시 물었다.

"응? 저기 뒤에 조용한 좋은 길이 있던데 말이야."

제안을 거절할 핑계는 충분했다. 일정이 밀렸다고 하면 되었다. 그러나 벌써부터 창밖을 살펴보고 있는 버즈의 파란 눈동자는 거절당할 가능성을 조금도 염두에 두지 않고 있는 것 같았다. 지금까지 소원했던 관계에도 불구하고 그는 자기의 옛 친구가 당연히 자신과의 산책을 즐길 것이라고 믿는 모양이었다. 니스는 또다시 기습적으로 포옹을 당하는 기분이 들었지만 그의 품을 밀쳐 낼 자신이 없는 한 이번에도 등을 두드리며 맞장구치는 수밖에는 다른 뾰족한 대응 방법이 없었다.

니스는 보좌관을 돌아보며 물었다.

"20분 정도는 괜찮겠지?"

옛 친구에게 성의를 보이면서도 이미 오래전에 끝난 관계 속으로 너무 깊이 들어가지 않아도 될 만한 적당한 시간이었다.

버즈가 말한 좋은 길은 제1강의실과 제3강의실 사이에 난 오솔길로, 뒤쪽으로는 동기숙사가 있고, 오른쪽으로 꺾으면 도서관과 대강당이 나왔다. 학교에 한 번 와 본 정도로는 쉽게 알 수 없는 길이었다.

"조사를 많이 해 왔나 보구나. 이런 작은 길도 다 알고. 학교 내부가 워낙 복잡해서 처음 온 사람은 길을 헤매기도 하는데 말이야."

"명색이 다큐 제작자인데 학교 지리 정도는 알아야지. 8지구의 미로 같은 골목길들에 비하면 아무것도 아니기도 하고. 아, 그런데 사실 이 길은 다윈 덕분에 알게 된 거야."

"우리 다윈?"

"그래. 지난번 첫 촬영 왔을 때 날 보고 인사하기에 잠깐 걸으면서 이야기를 나눴지."

뜻밖의 이야기에 니스는 잠시 입을 다물었다. 상황상 버즈와 다윈이 마주칠 개연성이 충분하다는 것은 알지만 두 사람이 자기 모르게 함께 시간을 보냈다는 게 별로 달갑지가 않았다. 니스는 그 마음을 가벼운 의문으로 표현했다.

"그랬구나. 그런데 다윈이 버즈 너랑 할 이야기가 뭐가 있었을지 모르겠네."

"왜 없겠어. 프라임스쿨 다큐를 찍는 감독으로서도, 아버지의 친구로서도 할 이야기는 무궁무진하지. 추도식 때도 느끼긴 했지만 다윈은 정말 훌륭하고 바른 아이더라. 프라임스쿨이 원하는 이상형이랄까."

"칭찬이 후하네. 그냥 아직 애야."

"듣기 좋으라고 하는 말이 아니야, 니스. 난 이 일을 하면서 정말 다양한 인간군을 만나 봤잖아. 덕분에 몇 마디만 나누어 봐도 대충 어떤 사람인지 파악이 되지. 그 감으로 장담해. 다윈은 특별한 아이야."

"내 아들을 좋게 봐 줬다니 아무튼 기분은 나쁘지 않네. 그래, 다윈은 좋은 아이야. 그리고 레오 역시 프라임스쿨이 원하는 훌륭한 아이지."

그러자 버즈가 비웃는 소리를 내며 말했다.

"니스, 난 다른 학부모들처럼 덕담 하나씩을 주고받자는 게 아냐. 나한테까지 마음에 없는 말은 하지 않아도 돼."

"마음에 없긴. 네가 진심으로 다윈을 칭찬했듯 나도 진심으로 하는 말이야. 프라임스쿨에 들어왔다는 건 공식적으로 훌륭함을 인정받았다는 뜻 아니겠어?"

"내 아들이 어떤 사람인지는 내가 가장 잘 알아. 그 앤 절대 훌륭하다는 말을 들을 주제가 못 돼. 어떻게 프라임스쿨에 입학했는지가 아직도 미스터리지."

니스는 자신의 아들에게 너무 엄격한 기준을 적용하거나, 정반대로 너무 낮은 기대를 하고 있는 버즈가 거슬렸다. 나이를 먹는 동안 자신이 어렸을 때 부모에게 가졌던 바람은 다 잊어버린 걸까? 아무리 큰 잘못을 저지르더라도 부모님만은 절대적으로 자기편이 돼 주길 바라는, 이기적이지만 한편으로는 가여운 아이들의 마음을.

니스는 쓸쓸한 기분으로 말했다.

"아들에게 너무 가혹한 거 아냐?"

"그저 진실을 말했을 뿐이야. 내 아들이라고 무턱대고 좋게만 볼 수는 없는 거니까."

"지난번 징계 때문에 그러는 거라면 마음 쓰지 마. 학교에서는 재발을 막기 위해 엄한 벌을 내릴 수밖에 없었어. 쉽게 용서해 줬다가 혹여 따라 하는 아이들이 나올 수도 있으니까. 서로가 서로에게 쉽게 물들 나이잖아."

"마음 쓰긴. 전혀 아니야. 자기가 잘못한 일에 벌을 받는 건 당연한 일이잖아. 부모와 자식이라도 어쨌든 각자의 인생을 사는 것 아니겠어? 내가 저지른 죄에 레오가 얽매일 필요가 없듯이 나도 레오가 저지른 죄에 얽매일 필요는 없지."

길은 좁아지고 주위는 점점 고요해지고 있었다. 한때는 서로의 모든 것을 알고 지냈던 친구가 시간이 지나 서로 전혀 다른 생각을 가진 어른이 됐다는 것에 쓸쓸한 기분이 들었다. 그 기분을 달래려고 니스는 먼 하늘로 시선을 던지며 말했다.

"태초부터 지금까지 인류가 연결해 온 사슬을 끊어 내는 것 같은 이야기네. 버즈 네 말대로라면 부모 자식 간의 의미가 뭐가 남겠어? 죄에 얽매이지 않는다는 것은, 서로가 주는 기쁨에도 역시 얽매이지 않는다는 뜻일 텐데."

"자유가 남겠지. 니스, 인간은 자유로워져야 해."

"자유? 뭐로부터?"

버즈가 목소리를 높였다.

"바로 그게 문제야. 인간은 자신들이 자유롭지 못한 상태라는 것을 인지하지도 못하고 있지. 네가 말한 그 부모 자식 간의 사슬에 얽혀서, 그게 자신들을 결박하는 족쇄란 것을 깨닫지도 못하는 거라고."

버즈는 아예 걸음까지 멈추고는 앞을 가로막고 서서 말했다.

"니스, 우리 둘을 봐. 벌써 길이 끝나 가는데 우린 온통 자식들 얘기만 하고 있어. 너와 내 이야기는 꺼낼 틈도 없었지. 꼭 자식들이 우리 자신인 양 굴고 있다고. 끔찍하지 않아? 이런 족쇄에서 벗어나 나는 버즈 마샬, 너는 니스 영으로 다시 자유로워져야 해."

니스는 마주 보고 선 버즈에게 말했다.

"버즈, 난 이제 마흔여섯이야. 너도 마찬가지고. 나에겐 아버지가 있고 아들이 있어. 10대가 인생의 전부가 아니듯 니스 영도 나의 전부는 아니야. 아버지의 자식, 아들의 아버지처럼 그저 나를 이루는 한 부분일 뿐이지. 내가 책임지고 있는 그런 관계들에서 자유로워지고 싶다는 생각은 하지 않아. 오히려 난 늘 그곳이 내가 돌아가야 할 곳이라고 생각하는걸. 가족이 없다는 건 나에게 자유가 아니라 허무로 느껴져."

니스는 조금 전 자신이 그랬듯 버즈 역시 어릴 때와는 생각이 너무나 달라진 친구에게 쓸쓸함을 느낄 것이라고 생각했다. 어쩌면 속으로 비웃고 있는지도 몰랐다. 자아실현을 최고의 이상으로 삼고 그것을 실현해 온 버즈로서는 한심하다고 여길 만한 말일 테니. 니스는 자기도 모르게 너무 진지하게 속마음을 드러냈나 싶어 "아무래도 난 버즈 너처럼 자의식이 높지는 않은 모양이야."라고 농담하듯 덧붙였다.

그런데 뜻밖에도 버즈는 어렸을 때 얼굴이 엿보이는 미소를 지으며 말했다.

"니스 영, 정말 훌륭한 어른이 됐구나⋯⋯. 그래, 자유니족쇄니 내가 한 말은 10대 때나 할 법한 말이지. 마흔여섯이나 됐는데 난 아직도 그 시절에서 못 벗어나고 있나 봐. 다윈이 부러워. 너같이 훌륭한 사람을 아버지로 두다니."

버즈의 이야기에 니스는 처음으로 진심 어린 웃음이 나왔다.

"뭐야, 부럽다니. 정말 10대 아이들처럼 이야기하는구나."

약속한 시간이 다 돼 가고 있었다. 다음 일정은 체육대회 개회식에 참석한 뒤 교장을 비롯한 학부모들과 친교 모임을 갖는 것이었다. 아이들이 밖에서 여름내 품어 온 에너지를 발산하는 동안 어른들은 굳이 틀지 않아도 되는 에어컨 바람이 나오는 홀에 모여 프라임스쿨의 발전 방향에 관해 토론하게 될 것이다. 실상 발전 방향보다는 현상 유지에 대한 이야기가 주를 이루겠지만.

길을 돌아오며 버즈가 다시 입을 열었다.

"인생이란 게 참 오묘하지?"

니스는 무슨 뜻인지 생각하며 버즈를 바라보았다. 버즈는 길가로 튀어나온 나뭇가지의 잎사귀 한 장을 괜스레 건드리더니 "우리 둘이 프라임스쿨을 걷는 게 말이야."라고 설명했다. 니스는 그제야 버즈가 어떤 말을 하려는지 알아차렸다. 프라임스쿨 출신도 아닌 자신들이 어른이 돼 이곳을 교점 삼아 만나는 것이 인생의 아이러니 같다는 뜻일 것이다. 자신 역시 학교에 올 때마다 종종 느끼곤 했던 감정이었다.

니스는 버즈가 건드린 잎사귀를 툭 뜯어내며 말했다.

"그래, 오묘하지. 프라임스쿨은 감히 꿈도 못 꿔 볼 정도로 낙제생이었던 나와, 프라임스쿨에 가는 게 싫어서 일부러 입학시험을 망친 네가 지금 여기에 함께 있다니."

버즈가 웃으며 덧붙였다.

"시험에 합격해 놓고도 갈 수 없었던 제이까지 합세한다면 정말 그 이상 오묘해질 순 없을 거야."

니스는 버즈가 잘못 사용한 단어를 진지하게 정정해 주었다.

"갈 수 없었던 게 아니라 가지 않았던 거였지."

버즈는 둘의 차이가 무엇인지를 30년이 넘게 흐른 지금에서야 따져 보는 것처럼 아무 말도 않다가 잠시 뒤 "그래,

가지 않았던 거였지."라고 자신의 실수를 인정했다.

멀리 운동장에서 아이들의 함성 소리가 들려왔다. 아직 경기 시작 전인데도 두 기숙사 간에 응원전이 치열했다. 앞에서 기다리고 있는 보좌관의 모습이 보였다. 버즈도 알아봤는지 "이제 감독님과 위원장님으로 헤어져야 할 때군." 이라고 말했다.

니스는 버즈가 다시 포옹을 시도할 일이 없게끔 먼저 악수로 인사한 뒤 걸어갔다. 사무적인 인사를 통해 버즈도 어느 정도는 30년 전의 '옛 친구'가 유지하고자 하는 거리감을 느꼈을 것이다.

체육대회 개회식에서 니스는 연습의 중요성을 강조했다. "재능은 갑자기 품속으로 날아온 한 마리의 새와도 같습니다. 그것은 아름다운 빛깔로 기쁨을 주지만 언제 또 홀연히 품에서 날아가 버릴지 모릅니다. 그 새를 진정한 자기 것으로 길들이기 위해서는 끊임없이 훈련하고 반복해서 연습해야 합니다. 그렇게 노력하다 보면 새는 도달할 수 없을 것 같았던 높은 이상으로 여러분을 이끌어 줄 것입니다. 오늘 여러분이 길들인 새가 하늘로 날아오르는 모습을 보게 되어 무척 영광입니다. 승패를 떠나 두 기숙사는 모두 승리할 것입니다."

대기 중인 선수들 사이에서 다윈의 얼굴이 눈에 띄었다. 상기된 뺨을 보니 설레면서도 무척 긴장한 것 같았다. 니스는 격려도 해 줄 겸 잠깐 만나 이야기를 나누고 싶었지만, 보좌관이 바로 다음 행선지로 이끄는 바람에 발길을 돌릴 수밖에 없었다. 위원장이라는 허수아비 역할극을 하고 있는 동안은 아들과의 만남도 대본에 쓰여진 대로 해야 했다.

학부모들과의 만남은 지루했다. 니스는 사람들의 시선이 닿지 않는 틈을 타 한 번씩 창밖을 넘어다보았다. 운동장에선 제1경기인 필드하키가 진행되고 있었다. 피아노 연주에 묻혀 함성 소리가 잘 들리지 않았지만, 운동장을 가로지르는 학생들의 활기찬 움직임만으로도 그들이 내뿜는 생동감이 전해져 왔다. 바깥 열기가 높아질수록 에어컨 바람이 정체된 홀은 더 답답하게만 느껴졌다.

점심 식사까지 함께하고 난 뒤에야 드디어 연극 무대에서 퇴장하는 것이 허락되었다. 필드하키는 서기숙사의 승리로 끝나고 벌써 제2경기인 럭비가 시작되고 있었다. 학교 측에서는 교장과 위원회 임원들이 앉는 특별석을 권했지만, 니스는 제안을 거절하고 보좌관까지 보낸 채 다원 앞으로 배정된 자리를 찾아 관중석으로 들어갔다. 아버지가 아침부터 지금까지 혼자 기다리고 있을 것이다. 니스는 오늘만큼은 아버지와 아무 갈등 없이 잘 보낼 수 있기를 바랐다. 그러기 위해선 자신이 좀 더 성질을 죽여야 한다는 것도 알았다. 지난번에도 무심결에 아버지에게 독한 말이 나오고 말았으니까. 니스는 그간의 잘못들을 반성하는 차원에서 자신이 먼저 아버지에게 다가가 반갑게 인사하기로 다짐했다. 아버지는 분명 그 인사의 몇 배로 더 반갑게 맞이해

줄 것이다. 통로 사이로 아버지의 옆모습이 보였다. 니스는
서둘러 걸음을 옮겼다. 그런데 자리에 이르기 직전, 발이 뚝
멈추고 말았다.

프라임스쿨 벤치에서

"뭐 하냐? 왔으면 앉지 않고?"

러너는 자리에 앉을 생각 없이 가만히 서 있는 니스를 올려다보며 자기 왼쪽 빈 좌석을 툭툭 쳤다. 입가에 힘이 들어간 얼굴을 보아하니 또 뭔가가 마음에 안 드는 모양이었다. 러너는 늘 그렇듯 이번에도 역시 자기가 원인일 것이라고 생각했다. 그간의 일들도 있으니 분명 오늘 자기가 학교에 오지 않을 것이라고 생각했는데 웬걸, 자리를 떡하니 차지하고 있는 것을 보고 심사가 뒤틀린 것이다.

러너는 지켜보는 눈도 많은 곳에서 또 언쟁을 하게 되나 싶어 걱정이 들었다. 그런데 그때 루미가 니스 쪽으로 고개를 들이밀고 "안녕하세요, 아저씨." 하고 인사했다. 구세주 같은 목소리였다. 니스도 루미 앞에선 어쩌지 못하겠는지

"그래, 루미도 왔구나." 인사하며 자리에 앉았다.

러너는 그제야 한숨 돌리고 루미를 기특한 눈빛으로 바라보았다.

남자애치고는 다윈이 워낙 다정한 덕에 손녀에 대한 갈증이 크지는 않았지만, 루미를 만난 뒤로는 집안에 여자가 한 명 있으면 분위기가 훨씬 더 부드러워질 것 같다는 생각이 들곤 했다. 집에 여자를 들일 방법은 니스가 재혼하거나 다윈이 결혼하는 것이다. 후자는 시간이 해결해 줄 테니 그냥 기다리기만 하면 되지만 니스가 다시 좋은 짝을 만나려면 주변에서 먼저 적극적으로 나서 주어야 했다. 며느리가 병으로 세상을 떠난 지도 벌써 15년이 흘렀다. 그 정도면 추모의 시간은 충분하고도 넘쳤다. 러너는 앞으로 기회를 봐서 재혼에 관해 니스와 진지하게 이야기해 봐야겠다고 생각했다.

그때 뒷줄에 앉은 남자가 니스를 향해 악수를 청했다.

"안녕하세요. 위원장님 맞으시죠? 전 2학년 게일 아빠입니다. 물론 모르시겠지만."

니스가 악수에 응답하며 말했다.

"모를 리가요. 게일 데이먼, 맞죠?"

남자를 필두로 주위에 있던 학부모들이 앞다투어 악수를 청했다. 니스는 귀찮은 기색 없이 모두의 인사에 응했다.

러너는 그 광경을 흐뭇하게 바라보았다. 자신에겐 까다로운 아들이지만, 학부모들을 대할 때는 누구보다 친절하고 겸손했다. 개인적으로는 서운하긴 해도 아들이 미래에 오를 자리를 생각해 보면 반대의 경우보다는 훨씬 나을 것이다.

"작년에도 여기서 뵀는데 또 일반석에 앉으시네요. 앞자리가 훨씬 편하실 텐데."

"오늘은 편하기보단 재밌어야죠. 여기가 가장 재밌는 자리잖아요. 이렇게 평소에 만나기 힘든 분들과 만날 기회도 있고."

러너는 학부모들이 니스의 소박한 품성에 감흥받는 것을 지켜보면서, 아침에 학교 관계자가 앞자리로 옮겨 앉지 않겠느냐고 한 제안을 사양하기를 역시 잘했다는 생각이 들었다. 위원장의 아버지로서 그 정도 특권은 누려도 될 테지만, 자신의 작은 행동 하나하나가 훗날 아들의 평판에 큰 영향을 줄 것이기에 미리부터 조심한 것이다. 겨우 앞자리 하나를 얻으려고 아비가 아들의 직책을 이용했다는 오명을 입는다면 너무 큰 손해였다. 아들의 장래를 위해선 지금부터 기반을 잘 닦아 두어야 했다. 게다가 다른 사람들 눈엔 프라임스쿨 위원장의 아버지가 특석 대신 이렇게 일반석에 앉아 있는 게 진정한 권력으로 보일 수도 있을 것이다.

관중들이 모두 일어나서 최선을 다한 선수들에게 박수를 보냈다. 제2경기인 럭비는 동기숙사의 승리로 끝났다. 그렇다면 승부는 마지막 제3경기인 축구에서 판가름 나게 될 것이다. 흥행을 위해서도, 다윈의 활약을 위해서도 잘된 일이었다.

　다음 경기를 위해 운동장 잔디를 재정비하는 준비 시간이 잠시 있었다. 가족 단위 방문객들은 펜스 앞으로 다가가, 땀범벅이 되어 운동장을 걸어가는 아들의 사진을 찍거나 준비해 온 간식을 먹었다. 러너도 애나가 싸 준 음식을 루미와 나누어 먹었다. 니스에게도 권했지만 니스는 눈도 마주치지 않은 채 고개를 저었다. 학부모들과의 인사가 끝나자마자 금세 또 말 없는 퉁명스러운 아들로 돌아와 있었다.

　러너는 아무 말 없이 빈 운동장에만 눈길을 두고 있는 니스가 신경 쓰였다. 니스의 경우 말이 없다는 건 지나치게 생각이 많다는 뜻이었다. 수십 년간 아들을 지켜봐 온 목격자로서 러너는 그 많은 생각들이 아들을 지금의 자리에 오르게 해 준 힘이었다는 것을 알지만, 때로는 그것이 아들을 지치게 만드는 악이란 것도 알았다. 오늘 같은 축제에 저렇게 심각한 얼굴을 할 이유가 뭐가 있을까. 러너는 어떤 말로 아들의 입을 열게 할지 고민하느라 자신까지 심각한 얼굴이 되었다.

　그런데 그때, 루미가 몸을 틀며 니스에게 물었다.

　"아저씨, 아저씨에게 가장 소중한 건 뭐예요?"

　러너는 노인의 수심을 단번에 깨뜨리는 루미의 발랄함이 흐뭇했다. 여자아이 특유의 장점이 바로 이런 것이리라. 오늘 루미가 함께 온 건 정말 잘한 일이었다. 니스 역시 이 굳은 분위기를 풀어 줄 중개자가 있다는 것에 내심 기뻐하고 있을 것이다. 러너는 기회를 엿봐 자신도 대화에 낄 준비를 하며 니스를 돌아보았다. 그런데 예상과 달리 니스는 루미 쪽으로 눈길도 주지 않은 채 건성으로 대꾸했다.

"그런 건 왜 묻니?"

무뚝뚝하다 못해 냉담함이 느껴지는 니스의 태도에 러너는 루미보다도 자신이 더 무안했다. 제 아비에 대한 불만에 사로잡혀 다원의 소중한 여자 친구를 신사답지 못하게 대하다니. 어른이 아니라 꼭 루미와 똑같은 열여섯 살짜리, 그것도 아직 여자애한테서 흥미를 찾지 못한 퉁명스러운 남자애 같았다.

뜻밖의 반응에 당황했는지 루미의 목소리가 의기소침해졌다.

"그냥 갑자기 궁금해서요⋯⋯. 여쭤 보면 안 되는 거였나요?"

"오늘이 그런 얘기를 할 자리는 아닌 것 같구나."

러너는 어린 여자애에게 빈틈 하나 없이 냉정하게 구는 아들이 못마땅해 얼른 니스를 대신해서 대답했다.

"니스에게 가장 소중한 건 누가 뭐래도 다원이지."

그러고는 니스를 향해 그렇지 않느냐고 물었지만 아들은 아무 대답이 없었다.

러너는 어색한 공기를 물리치려 일부러 쾌활한 목소리로 말했다.

"루미야, 그런데 그건 자식을 둔 부모들에게는 물어보나

마나 한 질문이란다. 나에게도 가장 소중한 건 여기 이 과묵한 니스 아저씨와 다윈이니 말이야. 루미 너는 어떠니? 나는 열여섯 여자애에게 가장 소중한 게 뭔지가 더 궁금하구나. 내가 한번 맞혀 볼까? 엄마, 아니면 친구?"

평범한 추측을 뛰어넘어 루미는 첫인상과 같은 당돌한 대답을 했다.

"저에게 가장 소중한 건 '진실'이에요."

러너는 루미를 기분 좋게 해 주려고 일부러 무릎까지 쳐 가며 목소리를 높였다.

"진실이라, 역시 해리 헌터 씨의 피를 이어받은 자손답구나. 훌륭해."

그게 효과가 있었는지 루미가 조금 전의 주눅 든 목소리를 지우고 원래의 명랑하고 적극적인 태도로 말했다.

"그래서 전 말이죠, 나중에 정부 기관에서 높은 직책을 맡게 되면 제 아이디를 'truth'로 정할 거예요. 패스워드는 제이 삼촌 생일로 하고요. 어차피 제 생일과 똑같기도 하니까."

"오호, 제이 생일과 네 생일이 같은 날이니?"

"네, 우연치곤 신기하죠? 그래서 할머니가 부르는 제 별명이 리틀 제이예요. 아저씨, 고위직 공무원이 되면 아이디 쓸 일이 많죠?"

러너는 이번만이라도 니스가 친절하게 대답해 주기를 바랐다. 자신에게 가장 소중한 건 진실이고, 벌써부터 고위 공무원으로 꿈을 정해 놓은 영특하고 귀여운 여자아이를 두 번이나 실망시키는 것은 친구의 아버지로서도, 아이들의 교육을 책임지는 문교부 차관으로서도 해서는 안 되는 일이었다. 그것을 아는지 니스도 이번에는 루미에게 제대로 시선을 돌리며 말했다.

"그래. 인터넷 기술이 더 발달하면 고위직 공무원들뿐만 아니라 일반인도 점점 많이 사용하게 되겠지. 그런데 루미야, 아무리 먼 미래 일이라도 네 개인 정보를 그렇게 다른 사람에게 함부로 알리는 건 위험한 일이란다. 높은 직책에 오르는 게 목표인 사람이라면 지금부터 주의를 해야겠지. 물론 어른이 돼서도 진짜 그 아이디와 비밀번호를 쓸지는 모르겠지만."

어조는 다소 사무적이었지만, 그래도 애정 어린 조언을 곁들인 니스의 답변에, 러너는 그런대로 흡족했다. 인터넷이니 아이디니 하는 용어는 익숙하지 않았지만, 앞으로의 세계가 그쪽으로 발전한다는 것쯤은 알고 있었다.

루미가 "네, 조심할게요."라고 대답한 뒤 이어 말했다.

"그런데 아저씨, 제가 어른이 됐을 때는 개인 정보를 관리하는 일 못지않게 공공 정보를 제한하는 게 더 큰 이슈가 되지 않을까요? 사람들은 아직 잘 체감하지 못하고 있지만 지금도 대중에게 유익한 정보가 정부에 의해 많이 막혀 있잖아요. 왜 그런 퇴행적인 일을 하는 걸까요? 진실이란 건 많은 사람들이 알면 알수록 더 좋은 건데. 그런 일을 책임지시는 분으로서 아저씨는 어떻게 생각하시는지 궁금해요."

"무슨 말을 해야 할지 모르겠구나. 공청회장에서나 들을
법한 질문을 체육대회가 열리는 운동장 관중석에서 듣고
있으니. 글쎄다, 복잡한 사안이라 자세히 얘기할 수는 없지
만, 아마 미래에는 루미 네가 원하는 대로 더 많은 정보들이
공개될 거다. 정보가 많이 쌓일수록 당연히 그것에 접근하
고자 하는 사람들의 욕망도 커질 테니……. 그렇지만 루미
야, 정부의 모든 비밀 서랍이 열리는 최후의 날에 가서도 어
떤 정보는 끝까지 공개되지 않고 비밀로 남을 수밖에 없을
거란다."

"왜요?"

"왜냐하면 정보를 만들고, 저장하고, 관리하는 게 바로
인간이니까. 수십억 명 인간의 비밀을 모두 알아낼 수 없는
것과 같은 이치지. 그들 중엔 분명 자기 비밀을 공개하고 싶
지 않은 사람도 있지 않겠니?"

"비겁해요, 그런 사람들 때문에 진실이 가려지는 건."

"그래, 비겁하지."

그때, 장내 스피커에서 제3경기를 시작한다는 안내 방송
이 나왔다. 지나치게 형이상학적으로 흐르는 두 사람의 대
화에 소외감을 느끼던 러너는 선수들이 입장하는 운동장으
로 관심을 돌렸다.

"자, 그런 심각한 이야기는 이제 그만하고 다윈을 찾아보
자꾸나. 다윈은 어디 있지?"

러너는 일렬로 서 있는 선수들 사이에서 다원을 찾았다. 그러나 푸른색 유니폼을 입은 동기숙사의 열한 명 선수들 중에 다원의 모습은 보이지 않았다. 러너는 선수들 얼굴을 다시 한 번 일일이 확인한 뒤에야 후보 선수들이 앉아 있는 벤치로 시선을 돌렸다. 다원은 그 사이에 풀이 죽은 채 앉아 있었다. 다원처럼 훌륭한 아이를 주전으로 기용하지 않다니. 러너는 화가 나서 니스에게 말했다.

"다원은 벤치에 앉아 있구나."

"그러네요."

러너는 별일 아니라는 투로 말하는 아들 때문에 더 화가 났다.

"넌 아무렇지도 않냐? 다원이 벤치에 앉아 있는데."

"그게 어때서요? 당연히 누군가는 벤치에 앉아 있어야 하는데."

"벤치에만 앉아 있는 게 무슨 축구야. 나와서 뛰어야 의미가 있는 거지."

"이제 막 시작했어요. 나중에 선수 교체가 될 수도 있잖아요. 안 돼도 어쩔 수 없는 거고. 그냥 경기를 즐기세요. 아이들이잖아요."

러너는 니스의 말이 옳다는 것을 알면서도 한번 화가 난 마음을 완전히 억누를 수가 없었다. 후보들이 모여 있는 뒤쪽의 그늘진 벤치는 다원같이 빛나는 아이가 있을 곳이 아니었다. 1, 2학년 때는 선배들에게 밀려 그러는 게 관례라지만, 이제는 다윈이 선두의 중심에 서서 사람들이 보내는 갈채의 주인공이 되어야 할 순간이었다. 그렇다고 러너는 자신이 터무니없이 높은 기준을 다른 사람, 특히 자식에게 강요하는 사람이라고는 생각지 않았다. 만약 자신이 그런 독재자였다면 니스가 어렸을 때 프라임스쿨에 지원하지 않는 것을 그냥 두고만 보지는 않았을 테니.

러너는 안타까운 마음으로 다윈을 바라보았다. 자신이 가진 높은 기대치는 자신이 아니라 다윈을 위한 것이었다. 다윈은 니스와 달리 승부욕이 있는 아이였다. 물론 패배를 용납하지 않고 라이벌을 질시하는 자멸적인 승부욕이 아니라 자기 완성적인 성격의 고귀한 승부욕이었다. 니스가 개회사에서 말했듯, 태어날 때 훌륭한 새를 선물받은 아이가 그 새를 길들이려고 부단히 노력하는 것과 비슷했다. 프라임스쿨은 다윈의 그런 성격을 보여 주는 가장 강력한 증거였다. 다윈은 누가 강요한 적도 없는데 스스로 프라임스쿨을 목표로 삼았고, 입학 후에도 늘 우수한 성적을 유지했다. 여유롭다 못해 나태하기까지 한 니스의 훈육 속에서도 그런 기질을 잃지 않은 것을 보면 선천적으로 타고난 성품이랄 수 있을 것이다. 그런데 그 천성이 코치의 잘못된 선발 기준 때문에 가족이 모두 모인 오늘 같은 날에 발현될 기회 자체를 차단당했으니 할아비로선 당연히 분노가 치밀 수밖에 없는 노릇이었다.

러너는 언제 선수 교체가 되나 조바심을 내며 경기를 지켜보았다. 그러나 전반전이 끝나 가도록 선수 교체는 이루어지지 않았고, 종료 직전에 도리어 서기숙사에서 먼저 골이 터졌다. 좋은 체격이 돋보이는 레오 마샬이라는 아이였다. 니스가 일어나서 박수를 보냈다. 제 아들은 경기에 나오지도 못했는데 속 편하게 남의 집 아들을 향해 박수를 치는 니스가 러너는 내심 못마땅했다. 물론 위원장의 행동을 주시하는 주변 눈들을 생각하면 잘한 일이지만.

그때 루미가 말했다.

"자기 아빠한테 보여 주려고 더 열심히 뛰나 봐요. 버즈 아저씨가 놓치지 말고 찍으셨어야 할 텐데."

"버즈?"

"레오 아빠요. 버즈 마샬, 모르세요? 제이 삼촌의 친구이자 니스 아저씨의 친구이기도 하신데."

러너는 니스 쪽으로 고개를 돌리며 "그러냐?" 하고 물었다. 니스는 고개를 끄덕거리더니 "잘 모르실 거예요, 한 번도 만난 적 없으시니까."라고 대답했다.

러너는 그것이 은연중에 자신을 향한 비난이라는 것을 알아챘다. 사업을 하느라 입학식, 졸업식에 한 번도 참석하지 못하고 자기 어릴 적 친구 하나 모르는 무신경을 책잡는 것이었다.

이제 와 과거를 되돌릴 수도 없는 노릇이니, 러너는 짐짓 태연한 척 말했다.

"네 어릴 적 친구라서 그런지 버즈라는 이름이 왠지 익숙하구나."

"방송이나 신문에서 종종 보셨겠죠. 유명한 다큐멘터리 감독이니까. 지금도 프라임스쿨 다큐를 찍으러 와 있고요."

러너는 그제야 경기 시작 전부터 보였던 카메라 촬영이 학교 측에서 하는 것이 아니라 다큐멘터리 제작용이라는 것을 알았다.

"그래? 훌륭한 친구로구나. 아무튼 니스 너한테 제이가 아닌 다른 친구가 있었다는 걸 아니 참 새롭구나. 앞으로도 종종 그랬으면 좋겠다."

레오가 넣은 한 골로 전반전은 서기숙사의 승리로 끝났다. 러너는 자기 아들이 골 넣는 장면을 카메라에 담았을 버즈가 한없이 부러웠다. 더군다나 그 카메라가 가족들끼리나 돌려 보는 일반 카메라가 아니라 수많은 사람들이 보게 될 방송용 카메라라고 하니, 다윈이 저 골의 주인공이 되지 못한 게 더 속상했다. 아쉬움으로 속을 태우는 중에 후반전 시작을 알리는 안내말이 흘러 나왔다.

루미가 말했다.

"다윈이 나오면 좋을 텐데, 그렇죠?"

"그러게 말이다."

러너는 운동장으로 입장하는 선수들을 초조한 눈길로 바라보았다. 그러나 이번에도 다윈의 모습은 보이지 않았다.

실망과 기대

다원은 전광판 시계를 바라보았다. 경기 종료까지는 15분밖에 남지 않았다. 전반전 레오의 골로 서기숙사가 계속 1대 0으로 앞서고 있는 상황이었다. 그때 코치가 마지막 선수 교체를 요청했다. 다원은 무의식적으로 허리를 곧추세웠다. 그러나 코치가 호명한 선수는 옆에 앉아 있는 카터였다.

다원은 다른 후보 선수들과 함께 카터의 등을 두드리며 격려해 주었고, 교체되어 나온 친구에게도 똑같이 칭찬해 주었다. 코치는 운동장에 있을 때보다 벤치에 앉아 있을 때의 태도가 프라임스쿨 학생의 진정한 격을 드러낸다고 했다. 다원은 코치의 가르침에 충실했다.

관중석에 아버지, 할아버지, 루미가 나란히 앉아 있는 모습이 보였다. 아버지는 주전으로 뛰지 못한 상황을 충분히 이해할 것이고, 할아버지도 아쉬워하긴 하겠지만 결국에는 다음에 잘하면 된다는 식으로 격려해 줄 것이다. 그러나 루미는 자신이 없었다. 기껏 왔는데 경기에 한 번도 나오지 않는 것을 보고 벌써 실망했는지도 모른다. '너는 왜 그라운드에서 뛰지 않고 거기에 앉아 있는 거야?'라고 묻는 목소리가 들리는 것 같았다. 물론 자신이 만들어 낸 환청이지만, 그것의 진실성은 환청이 아닐 수도 있었다. 잠시 뒤, 경기 종료 휘슬이 울렸다. 1대 0. 작년에 이어 또 서기숙사의 승리였다.

다원은 서기숙사의 승리 세리머니가 끝날 때까지 기다렸다가 레오에게 달려갔다. 레오는 누군가를 찾는 것처럼 주위를 두리번거리고 있었다. 다원은 레오의 뒤로 가 어깨동무를 했다.

"축하해. 정말 멋졌어."

레오가 고개를 돌리며 대답했다.

"고마워. 다원 네가 유일하게 날 축하해 주는 사람이야."

"무슨 소리야, 너희 팀 모두 저렇게 기뻐하는데."

"경기에서 이긴 걸 기뻐하는 거야. 내가 골을 넣은 건 전혀 기쁘지 않을걸."

그렇게 말하는 레오 역시 승리의 주역치고는 크게 기뻐 보이지 않았다. 다원은 레오의 무거운 표정이 전후반전을 모두 소화한 선수가 겪는 피로 때문인지 아니면 자신이 뱉

은 말이 의미하는 무게 때문인지 알 수가 없었다. 지난번 학
생회 멤버들과 대립한 이후로 레오가 축구 클럽에서 소외
되고 있다는 소문을 들은 적은 있지만, 다원은 학생회가 그
렇게 비겁한 집단은 아닐 거라고 생각했다. 그러나 진실이
무엇이든 레오는 이미 그렇게 느끼고 있는 것 같았다.

"어쨌든 네 덕분에 서기숙사가 이겼잖아. 2년 연달아 패
배한 우리로서는 널 우리 팀으로 데려오고 싶은 심정이야.
우리 쪽에서 보낼 선수가 없다는 게 문제지만."

레오가 그제야 승리자답게 웃었다.

폐회식에서는 각 경기의 승자들이 단상 위로 올라 메달
을 받았다. 1대 1이었던 양 기숙사의 승부를 결정짓는 골이
자 90분 축구 경기에서 유일한 골을 넣은 레오가 '최우수
선수'가 되었다. 시상식 수여자로 나선 아버지가 레오의 목
에 새로운 메달을 하나 더 걸어 주며 축하 인사를 전했다.

다원은 힘껏 박수 쳤다. 이로써 아버지를 포함한 모든 사
람들이 레오가 그간 저지른 잘못을 잊고 레오를 새롭게 볼
것이다.

관중들이 하나둘 운동장으로 내려와 기념 촬영을 했다.
다들 즐거워 보였지만 한편에서는 심각한 얼굴로 머리를
맞대고 패착 요인을 논의하는 부자도 있었다. 주로 몇 대를
이어 프라임스쿨 졸업생을 배출한 가문에서 연출하는 풍경
이었다.

다원은 인파 속에서 자신을 향해 걸어오는 할아버지와

아버지, 그리고 루미를 발견하고 뛰어갔다.

"아쉬우셨죠? 저도 출전을 못 하고 우리 기숙사도 져서."

아버지는 예상대로 별일 아니라는 듯 말했다.

"두 팀이 겨루면 당연히 지는 팀이 나올 수밖에 없지. 누가 이기든 상관없이 다들 최선을 다해 뛰어 줘서 재미있었단다."

이어서 할아버지가 말했다.

"그래, 재미있었지. 우리 다원이 출전해서 골을 넣으면 훨씬 더 재미있었겠지만. 아직도 이해가 안 간단 말이야, 난 분명 다원 네가 역전 골을 넣어서 최우수 선수가 될 줄 알았는데."

"애한테 그런 부담 주지 마세요."

"그런 부담이라니?"

"축구는 다들 골을 넣으려고만 하는 순간 파멸하는 스포츠예요."

"또 쓸데없이 예민하게 반응하는구나. 할아비로서 손자가 골 넣는 모습을 보고 싶다는데 파멸이란 단어를 쓰다니."

아버지는 자신의 실수를 인정하듯 입을 다물었다. 할아버지도 더는 아쉬움을 토로하지 않았다. 두 분 사이에 기본적으로 늘 존재하는 의견 차였지만, 다원은 이번엔 자신이 원인이 된 것 같아 난감했다.

그때 코치가 다가와서 아버지에게 인사를 청했다.

"안녕하셨어요, 위원장님. 오랜만에 뵙네요."

아버지는 코치에게 악수로 화답하며 말했다.

"오늘은 다원의 학부모로 온 것이니 말씀 편하게 하세요."

코치는 선생님에게 변명하는 학생처럼 말했다.

"선수 기용에 관해 설명이 필요할 것 같아서 말씀드리려고요. 아시겠지만 전략상 카터를 투입할 수밖에 없었어요. 우리가 리드하고 있었다면 다원을 출전시켰겠지만, 지고 있는 상황에선 공격수를 선택해야 하잖아요. 그런데 다원은 수비수고…….."

아버지는 산뜻하게 대답했다.

"선수 선발은 전적으로 코치님 권한이죠. 아무 유감 없습니다."

코치가 돌아보며 물었다.

"다원, 실망했니?"

다원은 할아버지 옆에 서 있는 루미를 보았다. 루미의 눈빛을 의식하는 순간 그런 기분이 꿈틀댄 것은 사실이지만, 감정을 그대로 표출한다고 해서 달라질 것은 없었다. 경기는 이미 끝났고 승자는 정해졌으니까.

다원은 아버지처럼 산뜻하게 웃었다.

"아뇨, 내년에 또 기회가 있잖아요."

코치는 한쪽으로 가서 아버지에게 축구 클럽의 전반적인 상황에 대해 더 설명했고, 할아버지도 함께 그 이야기를 경청했다.

다원은 드디어 루미와 단둘이 있을 기회를 갖게 된 것이 기뻤지만, 동시에 자신의 부족함을 이야기해야 하는 상황이 조금은 부끄러웠다.

"기껏 초대해 놓고 벤치에 앉아 있는 모습만 보여 줘서 좀 우습지?"

루미는 고개를 저으며 말했다.

"전혀. 누가 프라임스쿨 학생을 비웃을 수 있겠어."

다원은 루미와 운동장을 걷는 동안 친구들은 물론이고 그들의 부모님들까지도 루미를 힐끔거리며 관심을 표하는 것을 느꼈다. 루미는 실버힐에서뿐만 아니라 프라임스쿨 안에서도 눈길을 끌었다. 다원은 그것이 단지 외부인이 잠시 내뿜는 신선함 때문이 아니라 루미가 가진 존재감 때문이라는 것을 알았다. 수많은 프라임 보이들 사이에서도 루미는 조금도 움츠러드는 기색 없이 주변의 시선을 자연 풍경 정도로 받아들이며 운동장을 거닐었다. 너무나 자연스러운 루미의 그런 태도 때문에 다원은 프라임스쿨로 초대받은 쪽이 루미가 아니라 자기인 것 같은 기분마저 들었다.

그러던 중 루미의 눈동자가 어느 한곳을 지그시 응시하는 게 느껴졌다. 하늘을 날던 새가 목표물을 정한 것 같은 눈빛이었다. 다원은 루미의 시선이 향한 곳을 따라가 보았다. 그 한가운데에 레오가 서 있었다. 다원은 지금이야말로 자신의 마음을 에워싸고 있는 불확실한 안개를 걷어 낼 순간이란 것을 알았다.

다원은 "레오." 하고 불렀다. 레오는 금방 이쪽으로 뛰어왔다. 햇빛이 부딪치자 레오의 목에 걸려 있는 메달들이 작게 축소된 태양 그 자체로 보였다. 다원은 한 걸음 물러서서 레오와 루미가 인사 나누기를 기다렸다. 레오가 루미를 향해 먼저 "안녕, 오랜만이네."라고 인사했다. 루미는 조금 차가운 태도로 "최우수 선수 된 거 축하해."라고 말했다. 그러고는 서로 아무 말도 없었다. 두 사람 다 이 자리를 달가워하지 않는 것 같았다.

다원은 열지 말았어야 할 상자를 연 대가를 치르고 있는 기분이었다. 루미와 레오가 지나치게 반가워하는 모습을 보고 싶었던 건 아니지만, 자신은 알지 못하는 많은 일이 두 사람 사이에 있었던 것처럼 서로 시선을 피하는 모습을 보니, 그 역시도 똑같이 괴로웠다.

다원은 분위기를 바꿀 겸 말했다.

"레오, 왜 혼자 있는 거야? 버즈 아저씨는 어디 가셨어? 아까 보니 관중석에서 촬영하고 계시던데."

"벌써 다른 곳으로 가셨겠지. 여기 말고도 프라임스쿨에 찍을 데는 많으니까."

"최우수 선수가 된 널 안 찍고 말이야?"

"우리 아버지한테 그런 건 안중에도 없을걸."

그때 루미가 레오에게 쏘아붙이듯이 말했다.

"넌 아직도 옛날이랑 똑같은 생각을 하고 있구나."

레오도 비슷한 어조로 루미에게 말했다.

"너도 별로 변한 건 없어 보여. 휴일에 여전히 프리메라 교복을 입고 다니는 걸 보니까."

"그걸 싫어하는 점까지도 여전히 똑같고."

"변화가 심한 사람은 믿을 수 없는 사람이라고 네가 그랬던 것 같은데?"

냉소적으로 주고받는 두 사람의 대화 속에서 다원은 파도에 휩쓸려 바다 쪽으로 점점 떠밀려 가는 조난자가 된 것 같았다. 둘만 간직하고 있는 이야기가 깊이를 알 수 없는 수심이 되어 숨을 막히게 했다.

그때 레오가 목소리에 담긴 긴장을 풀며 말했다.

"그만두자. 봐, 우리 때문에 다원이 곤란해하고 있잖아. 난 여기서 그만 퇴장해 줄 테니까 재밌게 놀다 가. 다원, 그럼 나중에 보자."

레오는 인파 속으로 금세 사라졌다.

루미가 돌아보며 물었다.

"내가 널 곤란하게 했어?"

다원은 웃으며 고개를 저었지만 곧 솔직한 마음을 털어놓았다.

"너희 둘이 어떤 사이인지 궁금한 건 사실이야. 나는 전혀 알 수 없는 말들을 주고받으니까."

"우리?"

루미는 스스로에게 되묻듯 고개를 갸웃거리더니 이어 말

했다.

"2년 전까진 친한 친구였지. 날 프라임스쿨 체육대회에 초대해 줄 정도로. 하지만 그 후로는 만난 적이 없어서 지금은 친구인지도 모르겠어."

충분한 설명은 아니었지만 앞을 가로막고 있던 안개는 어느 정도 걷혔다. 다원은 남은 시간을 더 이상 그 안에서 헤매는 데 쓰고 싶지 않았다. 최소한 자신이 두 사람을 방해하는 존재가 아니라는 것만큼은 확실해졌으니, 루미를 향한 마음을 거둬들이지 않아도 되고, 레오에게 상처 입힐 일도 없었다. 오늘은 그 정도로 만족해도 좋을 것이다.

그때 코치와 이야기를 끝낸 아버지와 할아버지가 멀리서 자신을 찾아 두리번거리고 있는 게 보였다. 다원은 손을 높이 들며 그쪽으로 걸어갔다.

가는 길에 루미가 물었다.

"다원, 아저씨께 다음 주 외출 허락은 받았어?"

그 말을 듣고서야 다원은 오늘 만남이 루미가 말한 외출을 대체한 것이 아님을 깨닫고 당황했다. 어쩌면 루미가 자기 이야기를 소홀히 했다고 생각할지도 몰랐다.

"아, 그게, 아직 이야기할 기회가 없어서…… 미안."

"아냐, 오히려 잘됐어. 우리 둘이 함께 얘기해서 허락받는 게 더 좋을 거야."

아버지는 코치에게 오래 붙들려 있어 피곤했는지 "열의가 많은 건 좋은데 나에게 말고 너희에게 쏟아부었으면 좋겠구나."라고 했다. 옆에서 할아버지가 "위원장 직함을 단 사람이 그 정도는 감수해야지. 덕분에 유익한 소식도 많이 듣고 좋던데 뭘 그러냐."라고 대꾸했다.

다원은 한번 붙잡히면 앞머리가 침으로 젖을 때까지 설교를 듣고 있어야 한다고 해서 코치의 별명이 분무기라고 알려 주었다. 이번에는 할아버지와 아버지가 아무 의견 차이 없이 동시에 웃었다.

웃음이 그칠 즈음 루미가 말했다.

"아저씨, 다음 주 일요일에 다원하고 같이 외출하고 싶은데 괜찮을까요?"

아버지는 약간 놀란 것 같았다. 지금까지 한 번도 특별 외출 허락을 받은 적이 없으니 당연한 반응이었다.

"외출?"

"네, 프라임스쿨은 일주일 전에 부모님 허락을 받으면 일요일에 외출이 가능하잖아요."

"잘 아는구나. 그런데 무슨 일 때문에? 이제껏 다원은 한 번도 외출을 신청해 본 적이 없고 어차피 이제 곧 있으면 휴가라서 집에 올 텐데……."

"인류사 박물관에서 선사 시대 전시회가 열리고 있어요. 학교에서 둘째 주 금요일까지 견학 보고서를 써 오라고 했는데 혼자보다는 친구랑 같이 가고 싶어서요. 다원도 보면 좋을 전시회잖아요."

"인류사 박물관? 다음 주 일요일이라면…… 첫째 주

에?"

"네, 같이 가려고 미리 티켓도 끊어 놨어요."

다원은 전혀 모르는 내용이었지만, 선사 시대 전시회에 가는 거라면 아버지도 충분히 납득하고 허락해 줄 거라고 생각했다.

아버지가 물었다.

"다원 너도 가고 싶니?"

"네, 가고 싶어요. 박물관에 가 본 지도 오래됐잖아요."

아버지는 잠시 생각에 잠긴 얼굴을 했는데, 그때 할아버지가 도움을 주었다.

"뭘 그런 걸 갖고 고민하고 그러냐. 가게 해 줘라. 인류사 박물관에 간다지 않냐. 일요일에 박물관 데이트라니, 귀엽구나."

다원은 데이트라는 말이 부끄러웠지만, 할아버지와 아버지에게 루미와의 관계를 공식적으로 인정받는 것 같아 기뻤다. 다원은 아버지의 최종 허락이 떨어지기만을 기다렸다. 잠시 뒤, 아버지는 "그래, 알았다. 학교에 전화해 주마." 라고 말하면서 격려까지 해 주었다.

"다원 너도 일요일엔 좀 쉬는 게 좋겠지. 바깥바람도 쐬고. 이왕 나가는 것 인류사 박물관만 보지 말고 다른 곳들도 더 둘러보고 오렴."

루미가 "네, 그럴게요. 고맙습니다."라고 인사하며 웃었다. 루미의 웃는 얼굴을 본 순간, 다원은 남은 7일이 통째로 사라져 바로 내일이 첫째 주 일요일이었으면 좋겠다고 생각했다. 그러나 지루한 기다림도 루미를 만나기 위한 것이라면 황홀하게 즐길 수 있을 것이다.

〈2권에 계속〉

다윈 영의 악의 기원 1

2017년 12월 15일 1판 1쇄
2021년 10월 30일 1판 3쇄

지은이   박지리
편집   김태희, 장슬기, 나고은, 김아름
디자인   홍경민
제작   박흥기
마케팅   이병규, 양현범, 이장열
홍보   조민희, 강효원
인쇄   천일문화사
제책   J&D바인텍

펴낸이   강맑실
펴낸곳   (주)사계절출판사
등록   제406-2003-034호
주소   (10881) 경기도 파주시 회동길 252
전화   031)955-8588, 8558
전송   마케팅부 031)955-8595 편집부 031)955-8596
홈페이지   www.sakyejul.net
전자우편   literature@sakyejul.com
페이스북   facebook.com/sakyejul
인스타그램   www.instagram.com/sakyejul

ⓒ 박지리

ISBN 979-11-6094-317-7 04810
ISBN 979-11-6094-050-3 (세트)